みがわり

青山七恵

幻冬舎

みがわり

目次

ああ！　小説のヒロインが、別の小説のヒロインから贔屓にされなければ、いったい誰が彼女を守ったり、尊敬したりするだろうか？

ジェイン・オースティン『ノーサンガー・アビー』

1. 吉兆蜂

この夏はきっと素晴らしい何かが起こる、寝耳に水の予感に打たれてわたしはハッと目を覚ました。

　五月の早朝だった。布団をはねのけてベッドから抜け出し、部屋唯一の窓を全開にする。外では霧雨が降っていた。窓の向こうには小さな墓地が広がり、そのさらに向こうに戸建ての住宅が並び、そのまたずっと向こうに暮らしの総本山のような巨大な分譲マンション群がそびえたっている。昨日、おととい、一年前、越してきた六年前から何一つ変わらない近隣の眺め……墓石に手向けられる花の色や庭木の繁り具合には確かに日々の変化が見られるけれど、それでも大きなぜんたいの感じはどっしりとして揺らがない。

　仁王立ちして眺めていると、裸足の足の裏からむらむら力が湧きあがってくる。こういうパッとしない日常風景ほどわたしを元気づけてくれるものはない。住宅街の上に広がる空はフェルトで覆ったようにけばだった灰色で、無音の霧雨に家々の屋根は濡れそぼり、どこか遠くで救急車のサイレンが鳴っていた。五月にしては珍しく陰気な朝だが、それでも目覚めの予感のせいだろうか、いまはこんな特別な陰気さもすぐそばまで近づいている幸運の兆しに感じられてならない。わたしはこの春二十四歳になったばかり、無病で無職、加えて向こう一月の予定も皆無だった。あふれる期待にいてもたってもいられず、レインコートを羽織り、得意のチャールストンステップを踏みながら外に飛び出した。

霧雨をぞんぶんに顔に浴びつつ角を曲がったところで、路肩のでっぱりと戯れていたコッカースパニエル犬が歯を剝き出してキャンキャン吠えだす。道端で会うたび、わたしはこの毛むくじゃらの生きものを力いっぱい抱擁したくてたまらなくなるのに、悲しいことに犬側からは天敵とみなされているらしい。

「ジョエル！　やめなさい！」

飼い主の女性は、すみません、すみません、と好戦的な愛犬を引き離そうとする。犬猫に愛されない人間は人間に愛されない人間よりずっとみじめだ。リードを引っぱられながらもジョエルは雨で濡れそぼった毛をぶるると震わせ、みじめな天敵に思いっきり水分を飛ばした。とはいえめげることはない、こんな屈辱でさえ、あれもまた天からの符牒だったと振り返るときがきっと来る。ジョエル、わたしはいつか必ず菓子折りを携えておまえの犬小屋を訪ねる、いまできない感謝をそのときには倍にしてする。

顔を上げれば、あちこちの家の庭や塀で五月の薔薇が咲きほこっていた。薔薇から薔薇へと引き寄せられながら、まだ寝ている住民たちの夢の端切れを縫いあわせるように朝の住宅街をじぐざぐに進んでいく。このあたりの戸建ての家には建物の新旧問わずにちょっとした庭があり、丹精を尽くされた季節の花々が通行人の目を楽しませてくれる。都会に来ていちばん驚いたのは、満員電車でもなく空気汚染でも街宣車でもなく、この時期の住宅街を生活愛の展示場に変える薔薇の花だった。

わたしが育った田舎町のひとびとの頭には、庭を計画的に飾りつけるという発想がなかった。庭は小さな子どもが掘ったり埋めたり山を作っておしっこをひっかけたりするための場所、その狼藉をよそに執拗に繁殖しつづける雑草昆虫、その他名もなき有象無象のための場所だった。でも都会の家、とりわけこの近隣の家は違う。彼ら彼女らは自分の庭を整備し、手入れし、その成果を通りすがりの赤の他人にも惜しみなく分け与えてくれる。ピンクの薔薇、赤い薔薇、白い薔薇、黄色い薔薇、八重の薔薇、スプレー咲きの薔薇……家々の庭に咲く薔薇は、その家に暮らす人間の愛の色とかたちをそのまま示していた。いわば魂の善なる部分だけを庭先にぶらさげているようなものだ。そしてその善なる魂をわたしのような貧乏人がいくらでもタダで見放題なのだ。都会のひとは心が広い。

とはいえこんな即席の人類愛にうっかり酩酊しつづけていれば、いつか植物たちから手痛いしっぺ返しを受けることになるだろう。太古のシダ植物はホモ・サピエンスが誕生する何億年も前からこの地球上に存在していた。その悠久の時間を想えば、我々人類はアポイントもなしに借家の内見にやってきたまぬけな闖入者というところではないか。図々しく土足で上がり込み、好きなだけくつろいでみたところで、我々がこの星を真に所有したことなど一度もなかった。この住宅街でも、家と家とのあいだの道ともいえない道に目を向けてみれば、たいてい出どころ不明のツタ科の植物がアスファルトを侵蝕している。縦横無尽にどこまでも伸びていくこのもの言わぬ家主たちは、今日明日にでもさあ見学は終わりですよと我々を追い立て、この星に内から鍵をかけてしまうかもしれない。

彷徨のあいだ霧雨は強まりも弱まりもせず、見えない獣の体毛のようにずっと鼻先を撫でつづけていた。

住宅街の薔薇を眺め、ツタ科の小道を爪先立ちで抜け、わたしは意気揚々と自分の部屋に引き返してきた。手を洗ってコンピューターの電源を入れ、デスクトップの左上に貼りつけてあるアイコンをクリックする。そして現れた白い画面に、目覚めた瞬間頭に彫りこまれた一文を書きこんだ。

この夏はきっと素晴らしい何かが起こる

十八文字を打ちこんで、ピタリと指が止まった。この夏はきっと素晴らしい何かが起こ

る　この夏はきっと素晴らしい何かが起こる　この夏はきっと素晴らしい何かが起こる……

起きぬけのあの明晰な予感は、物語の卵をかちわる斧になるはずだった。その一撃で永い眠りについていた物語は目を覚まし、この貧乏臭い六畳一間にぬるぬると元気のいい脚で降り立ち、わたしを果てない旅に連れ出してくれる、そういう流れを期待していた。

十八文字目の「る」に置かれたカーソルの短い横棒が、一秒間隔で消えたり現れたりする。この真一文字の割れ目から、直前の十八文字によって目覚めた物語の爪先が飛び出してくるはずなのだが。そしてたちまちその濡れそぼる全身を現し、毛からはね散る飛沫で砂壁と畳の目を洗い浄め、尾っぽでわたしのお腹を摑み、天高く跳ねあがってくれるはずなのだが。

わたしはじっと待った。長い時間待った。やがて一羽の雀がベランダにやってきて、小首を傾げて短くさえずってからまた飛んでいった。

「鈴木さん、お休みでしたか」

あいまいな夢の途中で手に取った電話から聞こえてきたのは、緑灯書房の東《あずま》さんの声だった。

「鈴木さん。鈴木さん？」

「はい！　起きてます」

「突然ですけど、今日の三時、うちにおいでいただけますか？」

「え、きょ、今日ですか？」

時計を見ると、もう昼の一時を回っている。パソコンのマウスに触れると、明るくなったスクリーン上で例のカーソルがまだ消えたり現れたりを繰り返していた。

「来月新しくオープンする地方の書店さんが、オープンにあたり何かしかけがほしいということで。急遽百冊、鈴木さんにもサイン本を作っていただきたいんです」

「あ、はあ、じゃあ行きます」

口元のよだれをぬぐった指をタオルケットにこすりつけながら、わたしは今日も完璧なオーバル形を保っているに違いない東さんのジェルネイルの色を想像した。

「加えてですね」東さんは早口で続ける。「その場に同席したいというかたがいらっしゃるんです。宜しいですか？」

「同席？　誰ですか？」

「それが鈴木さんの熱烈なファンだそうなんです。このあいだのテレビのインタビュー取材をご覧になって、感銘を受けたそうで」

「え、ウソ、あのテレビですか？」

「出ておいてよかったですよね。それで偶然、そのかたの知りあいにうちの社長を知っているかたがいて、そのご縁で、どうしても鈴木さんご本人に会ってサインがもらいたいそうで……」

「それ、本当にわたしですか？」

「本当に鈴木さんですよ。ほんの少しの時間で良いそうなんですが。とにかく鈴木さんに会ってサインをもらいたいみたいなんです。本人とは先ほど電話でちょっとだけ話しましたが、いたって丁寧な物腰の女性でした」

「そうですか、なんだか信じられないですけど……でも、そんなに熱心に言ってくださるんなら」

「あ、それじゃあOKということで宜しいですね？」

「はい、大丈夫です」

「了解です、それでは三時にお待ちしてますね」

テレビのインタビュー取材……電話を切ったあと、忘れようと努めていた不愉快な記憶が生々しく甦ってくる。

それは春先に画家の友人と合作で出版した絵本についての取材だった。出版後友人は急遽アムステルダムのアーティストレジデンスで暮らすことになったので、わたし一人が代表して取材を受けることになったのだ。テレビの取材ははじめてだった。わたしは自分が持っているなかでもっとも新しくてこぎれいな服、それは去年の冬のセールで買ったアニエスベーのブルーのカーディガンなのだが、そのカーディガンのボタンをいちばん上までしっかりと留め、奮発して美容院でセットしてもらった髪が風で乱れぬよう両手で頭をホールドしつつ、意気揚々と撮影場所に向かった。

指定されたスタジオは都心の雑居ビルに囲まれた廃墟のような一軒家だった。崩れ落ちそうな木造の家とその家を囲む塀のあいだには背の高い雑草がびっしりと生えていたけれど、外見とは裏腹に室内は白くて清潔でガランとしていた。家具の類いはいっさいなかった。キョロキョロしていると、実はこの家屋は気鋭の若手建築家によって設計された茶室なのです、ここだけの話、来日したマーティン・スコセッシ監督をもてなしたこともあるのですとディレクターを名乗る男性が得意そうに言った。

わたしが文章を書き友人が絵を描いたその絵本は、人類が滅亡したあとの地球で生きるイノシシの子どもの話だった。ある日きょうだい喧嘩をして森から出ていったウリ坊は、廃墟となった無人都市に迷いこみ、破壊されたビルや美術館や学校をさまよう。そしてその場に生きていた何者かの声に耳を澄ましているうちにいつのまにか宇宙に放り出され、「帰りたい」という生命集合体のささやきを聴く。

ところが得意顔のディレクターは、ウリ坊の聴いた声やささやきの主についてはさっぱり興味がないようだった。

「鈴木さんの一日の過ごしかたを教えてください」

「作品が完成したときの自分へのご褒美はなんですか」

「書けないときは何をして気分転換をなさるのですか」

このあたりまではわたしもきちんと答えを返していたように思う。

「二十代の新進女性作家として、鈴木さんのライフスタイルに興味を持たれる若い女性たちがたくさんいると思いますので」ディレクターはそう前置きして質問を続けた。

「ふだん執筆するときの服装とメイクに何かこだわりはありますか？」

「これから結婚と出産の予定はありますか？」

「より輝いて生きたいと願う同世代の女性たちに向けて、鈴木さんの輝きの秘訣を一言お願いします」

返答が憮然とした短いものになってくると、ディレクターは「ではページをめくる画をお願いします」と言って絵本をわたしの手に押しつけた。

「あの椅子に座って自然にページをめくってください。自然に、笑顔で、知的でかつちょっと色っぽい感じで、さわやかに！」

わたしは窓辺に運びこまれたロッキングチェアに腰かけて絵本のページをめくった。ウリ坊は確かに絵本のなかに生きているが、この白い部屋のなかでは完全に存在を消されている。廃墟をさまようわたしのウリ坊が、いつ化粧や結婚や出産について想いを馳せたというのか。女性の輝きの秘訣？　わたしは蛍ではないのだから、生まれてこのかた発光したことなど一度もない。

そんなことを考えていたからか、ページのめくりかたにどうも工夫が足りなかったらしい。

「口角を上げて！　顎を引いて！　からだを少し斜めに！　こわばらないで！　背筋を伸ばして！　力を抜いて！」あれこれポーズを指示されながら、ディレクターの納得いく画が撮れるまで結局三十分以上の時間が費やされた。

三日後、夕方のニュース番組のカルチャーコーナーでそのインタビューが流された。自己嫌悪に陥ることは覚悟していたけれども、実際テレビ画面に映っているわたしは驚くほどの満面の笑みを浮かべていた。最新の加工技術を使ってポートレイトのしみや皺をなかったことにできるように、最新の映像技術を使えば喋る人間の表情さえも見栄え良くレタッチできるのだろうか。質問が後半に突入すると、さすがに修整不可能な仏頂面だったのか、画面には著者の顔ではなく絵本の内容が映された。そこにまた柔らかにレタッチされた「そんなことはありません……」「わかりません……」という音声が重なる。最後の一言に至ってはなぜだか作中のウリ坊のせりふが知らない女性の声で読まれ、それがわたしの「輝きの秘訣」ということにされたようだった。

つまりあのテレビのインタビューは、まったくひどいインチキインタビューだったのだ。あそこでマーティン・スコセッシ監督をもてなしたなんて絶対に嘘だ。

だからこれからわたしに会いにやってくるという女性、あのインタビューを見て感銘を受けたという女性が、いったいわたしのどの一言に心打たれたのかまるきり見当がつかない。逆にいえば、あの嘘つきインタビューに簡単に心を動かされてしまうような人間は信用できない。警戒しろという本能の声が聞こえる。とはいっても、あなたの書いた本の熱烈なファンがいると言われれば胸がときめくのがひとの情ではないだろうか。きっかけは何にしろ、どこかにいる誰かがわたしの本を読んで理解して愛してくれるというならば、どこにいようとその誰かはわたしの友人に違いないのだ。というわけで出発時間ぎりぎりまで、わたしはブルーのカーディガンの毛玉取りに専念した。

緑灯書房の地下の小部屋。真四角のテーブルの上にはこれから書店に運ばれていく絵本が十冊ずつ十の山になって積まれている。

扉絵のページにわたしがサインをすると、隣の東さんが白い半紙のようなものを挟んで閉じて、また十冊ずつ積んでいく。来月オープンする書店は「いのくま」という名だそうで、オープン記念にイノシシとクマに関する本を集めて売るのだそうだ。奇特なことを考えるひとがいるものだ。

東さんが差し出す余白に、わたしはひたすら、いくらやっても手になじまない四文字を書き連ねていく。鈴木嘉子《よしこ》、鈴木嘉子、鈴木嘉子……テスト用紙や会員カードの申し込み用紙の欄を埋めるのとまったく変わらない楷書体で書きこんでいくのは、自分の名前ではなく九年前に死んだ祖母の名前だ。

「おまえは本を読むのがうまいから、大きくなったら本を書くひとになりなさい」小さいころからそう諭されて育った。祖母の愛読書は潤一郎訳の『源氏物語』だった。初孫のわたしは字を読めるようになるとすぐにすべての漢字に読みがなを振られた「若紫」の巻を音読させられたが、本当は祖母自身が書くひとになりたかったのだと幼いながらにうすうす気づいていた。だからはじめての小説が完成したとき、祖母の名前を無断で拝借した。本名を名乗るという発想はもとよりなかった。というのも親からもらった名は非常にフィクション的で、そのせいでせっかく手ずから完成させたフィクションの強度が逆に弱まりはしないかと懸念したのだ。

「あと半分ですね。がんばりましょう」

隣の東さんが励ましてくれる。

ほぼ無名の新人作家であるわたしがサインをしたところでこの絵本が飛ぶように売れていくとは少しも思えないのだが、こうしてできあがったサイン本は一度書店に渡ったら版元には二度と返本されない仕組みになっているらしい。

「疲れたら休んでくださいね」

「大丈夫です」

わたしは手を動かしつづけた。せっかくだから機械的に書くのではなく、一つ一つの文字に誠意を込めたい。とはいえ「鈴木嘉子」という名前はどう見ても祖母の名前なのでいま一つ気持ちが入らない。名を名乗るのは対人関係の基本だ。誠心誠意を尽くした作品にこんなふうに偽の名前を堂々と書きこむとは、自分自身、作品、読者、関係者一同への礼儀に欠ける不遜な行為ではないだろうか。一画一画に心を込めたいと思えば思うほど、おまえは嘘きだと文字の谷間から木霊《こだま》が返ってくる。そこには祖母の声も混じっている。というよりほぼ祖母の声だ。……おばあちゃんの名前を勝手に使うなんて心外です……まだ生きてると思われたらどうするの……そんな戯言《ざれごと》を書いている暇があったら、『源氏物語』を読みなさい……。

いよいよ残り最後の一山になったところで、東さんのスマートフォンから「英雄ポロネーズ」の着信音が流れはじめた。今日の爪はカスタードプリン色とキャラメル色のおいしそうなフレンチネイルだ。

「あ、いらしたみたいです」

「例のファンのひとですか？」

問いかけには答えず、「はい、もしもし？」東さんは電話を片手に部屋の外に出ていった。

わたしはそのまま作業を続けた。一人になると、どういうわけだか急に書く字のトメやハネが仰々しく大胆になってくる。大胆ついでに一つくらい本当の名前を書いておいてもいいかもしれない。サイン本はビニールに巻かれて書店に置かれるそうだから、何も知らないで買ってしまった読者は家に帰って驚くだろう。いったいこれは誰の名前なのか？　怒りに駆られた読者は書店に戻ってレジ台に本を叩きつける。サイン本なので返品は受けつけられませんとレジの担当者が平謝りする。さらなる怒りに駆られた読者は近くの古本屋のレジに本を叩きつける。サインは単なる落書きとみなされて（しかもこの場合おもての著者の名前でもないのだから当然だ）、元値の十分の一の値しかつけてもらえない。ここまで来ると読者の怒りは怒りを通りこして恐怖に変わる。一刻も早くこの不運の連鎖を断ち切らなければという思いで、読者は店主に言われるがまま駄菓子のような値段で本を売る。そしてその小金を握って隣のコンビニに入り、スナックコーナーの最下層に並ぶ駄菓子をレジに叩きつけ、掌中の小銭で会計をすませる。その瞬間、天地をあまねくまっぷたつに切り裂くような不吉な大低音が鳴り響き、数分後コンビニを含めたあたり一帯、何百キロという一帯がすべて廃墟と化す……。

彼あるいは彼女が古本屋に売りつけたわたしのウリ坊はそういう世界を生きているのだ。

「すみません、失礼します」

東さんが戻ってきたとき、わたしはすべての絵本にサインを終え、こっぱみじんになった駄菓子のことを考えていた。

「こちら、鈴木さんですよ」

東さんがニコニコしながら後ろの女性にわたしを紹介した。彼女は部屋に入ってきた瞬間から、わたしの顔しか見ていなかった。まさしく釘付けといったようすだ。

「こちらは鈴木さんのファンの、九鬼《くき》さんです」

「え、クキさん?」

「九つの鬼と書いて九鬼さんです」

「あ、すごい、かっこいいお名前……」

笑顔を作って「こんにちは」と挨拶してみても、相手は答えない。見開かれた双眸《そうぼう》が、短いまばたきを挟んでひとまわり大きくなったように見えた。

「九鬼さんはテレビで鈴木さんを見て……」

横で東さんが電話で話したことをまた繰り返す。九鬼さんと紹介された女性はそれでも無言で頑なにわたしを見つめつづけ、見つめつづけ、とうとう両目から涙がどっとあふれた。

「あらあら、九鬼さん……」

東さんは笑顔で相手の肩を抱くような仕草を見せたけれど、目には明らかに警戒の色が浮かんでいた。

「さ、サインしてもらいましょうね」言うなり東さんは手を回して彼女が抱えていた絵本を横から奪い、テーブルの上に置く。

「もちろん名前入りですよ。ここにお名前をフルネームで書いてくださいね」

差し出された白い紙に、彼女はぶるぶる震える手で自分の名前を書いた。九鬼梗子《きょうこ》。開かれた絵本の扉絵のページにわたしはその名前を慎重に書き写し、隣にその日百一回目となる祖母の名前を添えた。

「はい、どうぞ」

絵本を差し出してみても、九鬼梗子の涙はぽろぽろ流れて止まらない。それにしても見たことのない奇妙な泣きぶりだ。号泣しているといっても良い涙の量なのに、まったく嗚咽が漏れてこない。

そんな異様な泣きぶりは抜きにするとして、九鬼梗子のつるりと秀でた広い額と整った眉のあたりには慎ましく聡明な雰囲気が漂っていた。身につけているブラウス（光沢からして、混じりっけなしのシルクだ）も真珠のネックレスもハンドバッグも控えめながら高級そうで、暮らしのゆとりが感じられる。ふんわり膨らんだブラウスの襟元には、ピンク色の小さなブローチが留められていた。よく見ると、それは薔薇のかたちをしていた。

正直にいえば、予期していたのはもっと年をとった、声の大きい、押しの強い女性だった。何しろ知りあいのコネを使っていきなり会いにくるようなひとなのだ、会った瞬間何かを売りつけられたり何かの組織に入会させられたりするのではないかと覚悟していた。

目の前で静かに流れていく九鬼梗子の涙を見ているうち、わたしは自分が恥ずかしくなった。

「本を読んでくれて、ありがとうございます」

本心だった。わざわざ会いにきてくれて、こうして無言で涙を流してくれることが嬉しかった。わたしがその物語を書いたという理由だけのために、そのわたしの前に、自分が立っているという理由だけのために。

わたしはいったん本を置き、九鬼梗子と握手をするために近づいて右手を伸ばした。胸騒ぎがした。相手のハンドバッグが床に落ちた。

あっと思った次の瞬間には、わたしは九鬼梗子の腕に強く抱きしめられていた。

「あらあら、まあ」東さんが声を上げた。

反射的に身を離そうとした。ところがその華奢な見かけに反して、九鬼梗子の腕力は強い。首筋からはマシュマロのような甘い匂いが漂ってきた。

わたしは力を抜いて、おとなしく抱擁を受け入れた。なぜならこのひとはわたしの読者なのだから。すると相手の襟元に留められたピンクの薔薇が、ここぞとばかりにゴリゴリ鎖骨のくぼみにめりこんできた。


その夜、丸の内のオフィスビル街で会社帰りの繭子《まゆこ》を待ち伏せしながら、わたしは生まれてはじめて出会った自分の本の愛読者についてつくづく想いを巡らせた。

二年前に文芸誌の新人賞を受賞したときには、著者という存在は著作を発表した途端、いやおうなしに辛辣でぬかりない批評の渦に放りこまれるものと思い込んでいた。ところがわたしの書いた作品——自分は人間の姿で生まれた古代魚だと信じている少女があの手この手で太古の海を目指そうとする話——は赤ん坊のつむじ程度の渦さえ起こさなかった。それどころか世のなかのひとびとは誰一人その作品の存在に気づいていないようだった。加えて編集者によると、わたしのデビュー作は一冊の本として出版するには短すぎるのだという。作品の質のことを言っているのではない、あくまで量的な問題なのだと。というわけでわたしはその本に本としてふさわしいじゅうぶんな厚さを与えるため、一刻も早く次の作品に取りかからなくてはならなくなった。一作目には一年の月日を費やしていたから、次の作品もきっと同じくらいかそれ以上の時間がかかるだろうと踏んでいたところ、それから二年経ついまも、今朝のように思いついた文章を書いては消し、書いては消し、の繰り返しだ。

そうして長く不毛な日々を送っていると、自分は本当に小説家になったのだろうかと自信が持てなくなってくる。ごくごく平凡な烏合の衆の一人がたまたまあるひとときだけ文学的霊感を得て、そこそこ新鮮だけれども本にするには寸足らずな一作を書きあげただけなのではないか？……疑心暗鬼に陥りながらぐずぐずと未練がましくいつか埋まるはずの空白にしがみつきつづけていたところ、半年前に声がかかったのが絵本の制作だった。すでに絵本作家として成功していた大学時代の友人が、文章の担当にわたしを推薦してくれたのだ。

ウリ坊の話を書いている一ヶ月、どういうわけだかわたしは水を得た魚のようにいきいきとしていた。完全にウリ坊に夢中だった。あのころウリ坊のために費やした言葉は、絵本に残ったそれのゆうに百倍の量を超える。完成した絵本を手に取ったとき、遅まきながら、ようやくなすべきことを知った。古代魚の話など毒にも薬にもならない、子どもたちのための絵本作りこそが自分の天職だと悟ったのだ。ところがウリ坊を離れてワニの姉妹を主人公にした童話を書こうとした途端、手が止まった。ワニの姉妹はウリ坊のように、文字のなかで生きてはくれなかった。言葉を尽くせば尽くすほどワニの姉妹の鱗《うろこ》からは水分が抜け、パソコンの白い画面からぼろぼろ剝がれ落ちていくようだった。一月ほどそんな悪戦苦闘を続けたある日の朝、目覚めるとワニの姉妹は完全に消滅していた。書こうとしても、もうどこにもいなかった。ゆえにわたしはたまたまあるひととき文学的霊感を得て、そこそこ新鮮だけれど本にするには寸足らずな一作とウリ坊の話を書きあげた烏合の衆の一人である、そういう可能性がますます高まってしまった。

ところがそこにきて九鬼梗子だ。わたしの本を愛読し、目の前に立って感激のあまり涙を流してくれる誰か。そういう誰かがいるからわたしは心やすらぐ諦念の椅子をあえなく奪われて、腰を落ち着ける場所を失う。自分が作りだす何かがどこかの誰かに求められていると錯覚してしまう。うぬぼれだ。でもうぬぼれは心地良い。この二年、小説になる文章は一文も書けぬまま己のまだ見ぬ才能をあてにしてこうしてぬけぬけうぬぼれていられるとは、若さのせいなのか生まれもった厚かましさのせいなのか。どちらにせよ、うぬぼれの湯を沸かすのは地中に埋まっているマグマ状の希望だ。湯が冷めてきたら爪先でほんのちょっぴり足元の土を掘り起こしてやればいい。

顔を上げると、ちょうど麗しの親友がぴったりとしたラップドレスの裾を翻してビルから出てくるところだった。

「繭子！」

足を止めた繭子は、さっとわたしの全身に批判的な視線を走らせ、「そのスカート、轢《ひ》かれた段ボールみたい」とブルーのカーディガンに合わせた茶色のスカートを苦々しく見つめた。

本人いわく、国際的な秘書派遣組織の本部で秘書のなかの秘書として働いている繭子は、いつも隙のないファッションに身を固め、持ち前の美貌を化粧で適度に薄め、不敵な笑みを浮かべている。高校時代からの長い付きあいだけれど、帰国子女の彼女と、田んぼのカブトエビに共感して幼少時代を過ごしたわたしには当時から外見にも内面にも何一つとして共通点がない。それでも繭子以上に気の合う友だちをどこにも見つけられなかったわたしは、年を追うごとにさらに洗練されていく繭子にまとわりつきつづけ、たかりつづけ、会いたくなればこうして待ち伏せなどもする。

「今日、サイン本作ってたの。その帰り」

数年前にニューヨーク旅行に行った繭子が土産にくれたI♡NYの白いエコバッグが、どこへ行くにもわたしのメインバッグだ。そのバッグの隙間からウリ坊の絵本をちらっと見せると、繭子はあからさまに顔をしかめた。誰より先にプレゼントしたこの本を、繭子は先日遊びにきた親戚の子どもにあげてしまったというから、今日は絶対にもう一冊もらってもらうつもりだった。古い友人の家の本棚やテレビ台あるいはキッチンのフライパンの下に自分の本が置かれているところを想像すると、わたしの心は無上の喜びに包まれる。

「あっそ」と繭子はすげなく駅のほうに歩きはじめたけれど、その背中は旧友のわたしにだけ効力を発揮する、強烈な郷愁フェロモンを発していた。

「待って、ご飯食べようよ」

「やだ」

「一生のお願い。食べてくれないと死んじゃう」

「じゃあ死んじゃいな」

「お願い、お願い。三十分ですむから。ほんのちょっと」

「食べるとしたら、何食べるの」

「えーっと、うーん、スパゲッティが食べたいかも……」

「食べたいのは自分でしょ？　なに、〝かも〟って」

「あ、じゃあスパゲッティ食べたいかも……あ、じゃない、スパゲッティ食べたい」

「スパゲッティなら食べてもいい」

わたしたちは細長い雑居ビルの地下一階にある行きつけのスパゲッティ屋に入り、二人して海の幸のトマトソーススパゲッティの大盛りを頼んだ。味の濃いトマトソースにまみれたあつあつのホタテを口にすると生きている実感が湧いてくる。書けない小説のことはさておき、これからもずっと生きていくぞ、誰よりも長く図太く気丈夫に生きて、世のゆく末を何もかも見てやるぞという気になってくる。

「はいプレゼント」

食べ終えたところで絵本を差し出すと、繭子は「前にもらった」と首を振る。

「でも子どもにあげちゃったんでしょ？」

「あげちゃった」

「これは繭子にあげるって言ってるんだからもらってよ」

「今日のバッグには入らないからまた今度」

「じゃあこのバッグごと持ってっていいから。バッグはあとで返して」

「そんなずだぶくろは持ちたくない」

わたしは絵本をテーブルの皿の隙間に載せて、向こう側に押しやった。繭子はきれいな扇状に伸びる長い睫毛を伏せ、表紙をまじまじ見据え、耳にタコだけではなく血豆ができるほど繰り返された文句を今日も飽きもせず口にした。

「なんでこの期に及んで、自分じゃない誰かの名前を使うの？　あんたってほんとに浅はか」

わたしの戸籍上の姓は園州《えんしゅう》で名は律《りつ》という。言うまでもなく三月十四日生まれなのだが子どものころはずいぶん名前のことでからかわれた。いじめっ子の鼻を明かすため、努力して円周率の小数点以下百桁までは暗記してみせたが、いまでも五十桁くらいまでなら難なく暗唱できる。

はじめての小説が世に出ることが決まったとき、繭子は絶対にこの虚構的本名を名乗るべきだと強く勧めた。一方わたしは、その選択が今後の作品群に及ぼすかもしれないネガティブな影響について懸念を表明した。すると繭子は、たかだか著者の名前くらいで強度がゆるむ程度のフィクションならば、それは芸術の名にはほど遠いまがいものだと言った。散文を通して真実に近づくためになぜ自分を偽り、キャラクター化する必要があるのかと。

確かに繭子の主張には一理ある。ところが実のところわたしが危惧し、恥じ、できるだけ隠蔽したいと思っているのは、名前ではなくわたし自身から臭ってくるどうしようもない作りもの臭、生きた人間のレプリカ臭なのだった。かねがねわたしは、自分という存在にそこはかとない胡散臭《うさんくさ》さを感じていた。それは体臭のように、わたしの口や手が発するあらゆる言葉から臭ってくるものだった。レトリックや語彙をデオドラントスプレーのように活用したところで、この根源的胡散臭さは完全に消え去ることはない。苦悩したところで解決法などなく、一度気づいてしまったからにはこの逃れようのない異臭のなかでものを考えたり考えを発展させていくしかないのだ。

そんな人間が、時の運とはいえ、一つの小説を書き上げ、世間様に向けて作家の看板をぶらさげることになった。となれば腹をくくって臭いの源を徹底的に破壊し、無菌室ばりのクリーンな肉体で世界の真実を希求すべきなのか、あるいはいっそ開き直ってこの源をさらに発酵させ、いつかそこに真実が培養される日を待つべきなのか。どちらにせよ途方もない長期戦になりそうだが、かつて祖母の知りあいの占い師が幼いわたしの顔を一見し「早死の相が出ている」と言ったそうだから、志半ばですべてが徒労に終わる可能性も高い。

このような行ったり来たりの逡巡が日々わたしの自尊心を食い荒らしつつあったから、著者名に関する繭子の主張は、わたしの内面のもっとも癒やしを必要としている部分を真っ向から突き刺した。言葉を失っていると、繭子のほうから「そもそもあんたはいつも本当の自分をごまかそうとして……」とわたしがかつて髪を銀色に染めた話やゴシックメイクに凝っていた時代の話をねちねち蒸し返してきたので、こちらとしては安心して生温い過去の恥辱に浸かり、真の恥辱を隠し通すことができた。

そしてこのやりとりがあった翌日、わたしはインターネットの画数占いで本名ではなく祖母の名前を採用することに決めたのだ。

「そもそもあんたはいつも本当の自分をごまかそうとして……」

今日も眼光鋭い繭子が得意の弁舌をふるいかけたので、わたしは会話のイニシアチブを奪還すべく、できたてほやほやの自慢話を披露することにした。

「今日誰と会ったと思う？」

「誰？　知らない」

「ファンだよ。わたしのファンだってひとに会ったの」

「え、ファン？　へえ、そんなひとといるんだ」

「わたしもびっくり。このあいだのテレビのインタビューを見て、本を買いにいってくれたんだって」

「インタビューって、こないだのインチキインタビューのこと？」

例のインタビューについても、藺子は激昂していた。放送のあった翌日には電話がかかってきて、いま録画したのを見たけど、あんなに腹立たしい映像は後にも先にも見たことがない、未曽有《みぞう》だ、と責め立てられた。何あの質問？　何あんた、何も言い返さないでヘラヘラしてるの、信じられない、バカバカ言いながらもほんとはバカじゃないと思ってたけど、あんた実は本当にバカだったんじゃないの？

「そう。あのインタビュー見て、本を買って、ファンになったんだって」

「ヘンなひと」

「わたしもちょっとヘンなひとが来るだろうと思ってたんだよ」

「実物はどうだったの？」

「ぜんぜん想像と違ってた。上品な若奥さんって感じ。ずっと泣いてたけど」

「あんたを見てずっと泣いてるなんて、一つもまともじゃないでしょうが」

「でも本当に感動してくれてる感じだったの。わたしがそこにいることに、すごく胸を打たれてるみたいだったの」

「ウソでしょ」

「本当だよ。信じてよ。繭子だってその場にいたらきっと感動したよ。編集者の東さんもあとで感動してたもん」

「そのひと何歳？　何してるひと？」

「わかんない。でもリッチな感じで、いい匂いがした。つるつるのシルクのブラウス着てたし。知りあいの知りあいが、出版社の社長さんなんだって」

「そんなひとがなんで泣いちゃうくらいあんたが好きなの」

「わたしの本が好きだから、書いたわたしのことも好きになってくれたんだよ。最後にわたしのことをいきなり抱きしめて、しばらく離さなかったんだよ」

「は？」

繭子は眉をひそめて、グラスの水を飲み干した。するとすかさずウェイターの男の子がやってきて、ピッチャーの水をあふれるほどたっぷり注いだ。繭子に微笑まれた彼は露骨に顔を赤らめ、わたしのグラスに水を注ぐのも忘れて厨房に戻っていった。

「それ、ちょっと危ないひとなんじゃないの？」

「危なくないよ。ただそれだけ。サイン本を受け取ったら、ごめんなさいって謝って礼儀正しく帰っていったよ」

「ふーん、そこまであんたのことが好きなら、いい思い出になっただろうね」

「わたしだって、一生の思い出になったよ」

「よかったじゃん」

「よかったよ」

「でもわたしはその本、いらないから」

「なんで？　もらってよ、せっかく持ってきたんだから」

「でもこの名前にはどうしても納得がいかない。いまから本名にしますって変えられないの？」

今日もそうして名前についての議論が蒸し返され、哀れなウリ坊はテーブルのあっちとこっちを何往復もさせられた。

店を出たあとも妥協案は見出されず、結局わたしは嫌がられながらも電車に乗って繭子の家までついていき、嫌がられながらシャワーとパジャマを借りた。そして議論に疲れた繭子が布団に潜って眠ったのを見計らってエコバッグの絵本をベッドのマットレスに挟みこみ、そこに至ってようやく溜飲を下げることができた。

ソファの上で丸くなると、眠りはすぐに訪れた。

鈴木嘉子先生
昨日はお目にかかれてとても嬉しかったです。
つい感極まってしまい、失礼をいたしました。
これからもずっと応援しております。
また近く、お会いできますように。

九鬼梗子

九鬼梗子からメールで連絡があったのはその翌日、出勤する繭子に叩き起こされ、駅方面に歩き去る彼女の後ろ姿をマンションの花壇のふちに座って見送っているときだった。

奇妙なメールだと思った。

転送してきた東さんは、念のため送ります、とコメントをつけているだけだった。もとのアドレスは消されていなかったものの、本人への返信を期待されているわけではないだろう。とはいえ地下室での抱擁を経て九鬼梗子を友人どころか魂の親戚とみなしはじめていたわたしは、さっそくその場で返信文を打つことにした。

簡単な謝意を表す文章を書きあげ、じゅうぶん時間をかけて推敲したのち、送信ボタンを押す。するとまたわけなく晴れやかな気持ちになって、立ち上がってぶらぶらと歩き出した。

藺子が暮らしているのは急行電車に乗れば十五分で都心に出られる閑静な住宅街だった。そのうえ二時間ほど北西に歩けば、わたしが住処にしている街に着く。

昨日とは違って、雲の少ないすっきりした空模様の朝だった。見慣れぬ住宅街の庭に咲く薔薇をたどって、北西へ北西へと歩いていく。すると一ブロックも進まないうちに、メール受信を知らせる短い鈴の音がポケットから鳴った。

鈴木嘉子先生

お返事ありがとうございます。

まさか直接先生からご連絡いただけるとは、とても嬉しく拝読いたしました。

昨日、お話しできればと思っていたのですが、あのような状態でとても落ち着いてお話しできず、いったんはあきらめる心づもりでおりましたところ、こうして先生から直接にご連絡を頂戴し、これも何かのご縁なのではないかと希望を抱いております。

実は折り入って、先生にお願いがあるのです。できれば直接お目にかかってご相談させていただきたいのですが、もし御執筆の合間にお時間があるようでしたら、一度拙宅にお越しいただけないでしょうか？

人の目のあるところでは、なかなかお話ししづらい類いのご相談ですので……。

不躾なお願い、誠に失礼いたします。

また近く、お会いできますように。

九鬼梗子

また近く、お会いできますように。

これが九鬼梗子のお気に入りの結びのフレーズらしい。

「また近くか……」

藺子に読ませれば、絶対行くなと言うだろう。どんな窮地に陥ろうと絶対に自分に迷惑はかけないと誓約書を書かせるだろう。

とはいえもちろん、わたしの好奇心は突然現れた九鬼梗子の「お願い」におおいに誘惑されていた。明日は週に一度区民集会所で受けもっている市民のための創作ワークショップがある。本当ならいますぐに家に帰って講義に備えなくてはいけないのだが、創作ではなくお喋り目当てに来ている生徒たちに風景描写の視点操作を伝授することと、愛読者のたっての「お願い」を傾聴しにいくこと、どちらが作家の急務であろうか。

メールの最後には九鬼梗子の住所が書いてあった。思ったとおり、わたしにはまるで縁のない都内屈指の高級住宅地だ。

九鬼梗子の家には薔薇が咲いているだろうか。きっと咲いている。加えて襟元に飾られたあの薔薇のブローチ……いまこうして逡巡しているわたしの目の前にも、鮮やかなピンク色の薔薇が咲いている。これら一連の薔薇の出現に、どうして待ちわびた幸運の兆しを感じずにいられよう?

繭子は時代によってわたしをさまざまなあだ名で呼んできたけれど、そのなかの一つに「吉兆蜂」というのがある。花から花へ吸い寄せられる蜜蜂のように、わたしは吉兆を求めて自分がどこを歩いているのかも知らずに危ない橋を渡っているのだと。蜂たちは円や8の字を描きながら空中でダンスをして、仲間に蜜のありかを知らせるという。わたしもしょっちゅうダンスを踊る。でも仲間たちは寄ってこない。踊るわたしが呼び寄せているのはわたし自身の本能なのだ。

九鬼梗子の家の庭に薔薇は咲いていなかった。

咲いていたのは定家葛《ていかかずら》だ。期待は裏切られたものの、定家葛はこの季節に咲く花としては薔薇と羽衣ジャスミンに次いでわたしが三番目に好きな花だ。

　ＫＵＫＩと彫られた花崗岩《かこうがん》の表札が貼りつく門から玄関まではゆるい傾斜がついていて、アプローチには真っ白な小石がびっしり敷きつめてある。その両脇には皐月《さつき》と紫陽花《あじさい》をかけあわせたような低木が植えられていた。葉は皐月にそっくりだけれど、花は紫陽花のようにぎゅっと密集して咲いている。庭の隅には立派な金木犀《きんもくせい》の木。南向きのしみ一つない白亜の家屋はまだ築二、三年というところだろうか。二階には、サテンのリボンで髪を結った女の子がいまにも顔をのぞかせそうなこじゃれたフランス窓が二対せり出している。その下にあるビターチョコレート色のドアを開ければ、ジョエルの百倍は可愛い仔犬がころころ五、六匹飛び出してきそうだ。

　九鬼梗子はこの家の娘なのだろうか妻や母なのだろうか、それとも主人か、あるいはそのすべてか。いずれにせよお金持ちであることには間違いない。わたしはそのことに淡い興奮を覚えた。キャリー・マリガンではなくミア・ファローがデイジーを演じたほうの『華麗なるギャツビー』を観て以来、お金持ちというのはわたしにとって、いつでもデカダンでセクシーな存在だった。

　手ぶらで行くのもどうかと思い、乗り換え駅のデパートをはしごして二時間近くも手土産選びに費やしてしまったものの、ありもしない下心が透けて見えてしまう気がしてやめた。手土産なし、予告なしの自宅訪問はさすがにまずいだろうか。いや、向こうが来いというから来てやれと思って来たのだ。そもそも九鬼梗子が在宅していないという可能性もある。迷っているうちに、閉めてあった一階の窓のカーテンがシャッと開いた。反射的にそちらのほうを見てしまったが、果たせるかな、そこに立っていたのは九鬼梗子だった。

わたしを見つけた九鬼梗子は、驚愕の表情を浮かべていた。口が大きく開き、目が丸くなり、どちらも顔からはみでそうだった。いくらなんでもそんな顔で見ることはないじゃないか、大袈裟だと思ったけれど、予期せぬ客がいきなり自宅の塀の前に立っていたら誰でもあんなふうな顔になってしまうものかもしれない。

背を向けて走り去るという選択肢もあったけれど、わたしはニッコリ笑みを浮かべてみせた。何が起きてもそのようにして笑みを浮かべていれば、判断保留の時間が少なくとも数秒は引きのばせる。そのうち九鬼梗子の表情に変化が見られた。目がしぼみ、口が閉じ、ひきつっていた頬に柔らかさが戻ってきた。

九鬼梗子はわたしに向かってしっとり微笑むと、カーテンの向こうにいったん姿を消した。一分ほどしてから玄関のドアが開き、仔犬たちではなく、丈の長い緑色のワンピースを着た九鬼梗子がアプローチの小石を踏んでこちらに近づいてきた。

「いらしたんですね」

九鬼梗子は落ち着いていた。先ほどの窓辺の表情とはうらはらに、わたしが今日ここに来ることをしっかり予期していたかのような口ぶりだ。

「はい。突然来てすみません」

「メールをお読みになって……？」

「ええ、そうです。すみません、こんなにもすぐ」

「とんでもない。どうぞ上がってください」

「いいんですか？」

彼女は微笑みを浮かべてわたしを家のなかに案内した。突然の訪問者をにこやかに受け入れる九鬼梗子も九鬼梗子だが、こうして遠慮なくふかふかのスリッパに昨日から履きっぱなしの靴下を突っ込むわたしもわたしだ。

庭から受けた印象と違わず、室内も不自然にならない程度に清潔に整えられていた。リビングに案内されてすぐ、棚の上に載せられた家族の写真に目が留まる。いちばん大きくプリントされて貝殻つきの額に入っているのは、ビーチの写真だった。白い砂浜の上に九鬼梗子と背の高いハンサムな男性が立っていて、あいだにブルーのワンピースを着た小さな女の子が挟まっている。

「主人と娘です」

九鬼梗子はわたしをソファに座らせ、キッチンでお茶の準備を始めた。

目の前のローテーブルには、ぽつんと置かれた銀の爪切り以外何も載っていなかった。爪を切っている最中だったのだろうか。ソファに座ってじっと爪切りを見つめているうち、いまさらながら強烈な後ろめたさが迫ってくる。よく知らない他人の心休まる平穏なひとときを気まぐれに奪っていい権利など誰にもない。なぜ来てしまったんだろう。来なければよかった。こんなところでお茶を飲んでいる場合ではない、帰って明日の講座の準備をしなければ。とはいえ直感頼みで後先考えず行動し、後悔することがわかっていて実際に後悔するのがわたしの基本的な生活様式だ。

顔を上げるとあにはからんや、壁際のアップライトピアノの譜面台にウリ坊の絵本が置いてある。九鬼梗子はわたしのウリ坊に何色の旋律を聴いているのか。

「すみません、これしかなくて……」

九鬼梗子はポットから紅茶を注ぎ、わたしの前に差し出す。陶器のティーセットはいましがた漂白液から引き上げられたばかりのように真っ白で、ソーサーに添えられたベージュのクッキーの四隅は完璧な九十度を保っていた。

「どうぞ」

九鬼梗子がカップを手に取ったので、わたしもそうした。熱い紅茶が喉にしみる。繭子は朝食を食べさせてくれなかったから、思えば昨晩の海の幸スパゲッティ以来、もう十五時間以上も飲まず食わずだったのだ。

「おいしいです」

そう言って目を上げると、九鬼梗子はまたしても涙していた。

見間違いだろうかと思ったけれど、九鬼梗子の涙は頬をつたって膝に落ち、緑のワンピースに黒い小さなしみを作った。

「お姉ちゃん」

九鬼梗子が言った。

「お姉ちゃん」

逃げ出そうとしたときにはもう遅かった。

わたしは再び、九鬼梗子の腕のなかに強く抱きすくめられていた。

2. ペンギンいらず

「お話しさせてください」

長くじっとりとした抱擁のあと、九鬼梗子は向かいのソファに座り直してそう言った。

気づけばソファの上で押し倒されるようなかたちになっていたわたしは肘をついて身を起こし、乾いた口のなかをテーブルの紅茶で湿らす。抱擁前より紅茶はちょっとすっぱくなっている。

向こう側でうつむき左右の指をこすりあわせていた九鬼梗子は、いきなりハアッ！　と短いためいきのような声を漏らしたかと思うと、「やっぱりこっちじゃイヤ」と立ち上がって隣に移動してきた。身の危険を察知したわたしは咄嗟にからだを斜めに向けその急激すぎる再接近に備えたけれど、備えているばあいではなくこの瞬間こそ逃げ出す最後のチャンスだったのかもしれない。ところがわたしをその場に留めて立ち上がらせなかったのは、九鬼梗子の無言の圧迫でも軟禁への恐怖でもない、恥ずかしいほど無節操なわたし自身の好奇心――この異様な状況に魅せられ、煽り立てられ、めらめら燃えさかる好奇心なのだった。

九鬼梗子は先ほど確かにわたしを「お姉ちゃん」と呼んだ。しかも二回。九鬼梗子は明らかにわたしより年上なのに、これはいったいどういうことか。実際わたしにも妹が一人いるけれど、彼女はわたしを「お姉ちゃん」とは呼ばない。「お姉ちゃん」ではなく「リッチー」と呼ぶ。リッチー何やってるの、この女のひとはなんかおかしいよ、早く逃げなよ！　小さいころ、いつもわたしの傍にいていつもわたしを安全で正しい方向に導いてくれた妹の声が聞こえる。いまは遠く離れた場所にいる妹、彼女がここにいてくれたらどれだけ心強く、わくわくすることか。できることならもう一度七歳児くらいの大きさに縮まって、また妹と一緒に遊びまわりたい……カブトエビがいる六月の田んぼで、シロツメクサで冠を作った五月の空き地で、霜を踏んづけてシャリシャリ音を鳴らした十二月の通学路で。

「お話しさせてください」と言ったわりには隣の九鬼梗子がなかなかお話を始めないので、わたしは黙ってすっぱい紅茶を飲みつづけた。

隣の相手は直視するには近すぎた。それでしかたなしに二つ並んだ膝を覆うワンピースのなめらかな布地ばかり見つめているわたしから、九鬼梗子は目が離せないらしい。うつむいて見られるがままのわたしは透明な石膏を顔じゅうにペタペタ塗りつけられているような、うっとうしい視線の圧を感じている。時間が経つにつれ、顔だけではなく胸元までもったり重たくなってくる。紅茶のカップは空になってしまった。とととと、とティーポットからお代わりが注がれ、手元もまた重たくなる。わたしたちはこのまま延々からくり人形のように、お茶を飲みつづけ、注ぎつづけることになるのだろうか。

九鬼梗子がふいに立ち上がった。視線から解放されて顔を上げると、首の筋がぴきんと音を立てた。九鬼梗子はポットを手に持っていた。

「お茶を……」

「もうけっこうです。わたし……」

言い終えないうちに、「行かないで」九鬼梗子は顔色を変えてわたしの腕を摑んだ。

「お願い、行かないで」

九鬼梗子はポットをテーブルに置き、両側から肩を押さえつけてわたしを再びソファに沈めこもうとする。

「お願い、もう少しここにいてください」

「ええと、でもちょっと、何がなんだか……」

「あとほんの少しでいい」

言うなり九鬼梗子は再びぎゅっと腕を摑み、壁際の家族写真のコーナーにわたしを連れていった。横に立った彼女はわたしの肩を後ろから抱きかかえるようにしてその場に固定し、たくさん並べられている写真のうち、つや消しの銀のフレームにふちどられた一葉を指差す。

「これを見てください」

黙っていると、彼女はその写真を手に取ってわたしの目の前に近づけた。

「よく見てください」

よく見るまでもなかった。いまより十歳ほどは若く見える、おそらくは二十代前半の、両袖がボンボンのように大きく膨らんだ白いウェディングドレスの九鬼梗子。その隣に立って微笑んでいる、うぐいす色の振り袖姿の女性……。

「おわかりでしょ？」

部屋に入ってきて一瞥したときには、ほかの家族写真に紛れて気づかなかった。よく研いだナイフでまぶたをザクッと切りあげた感じの、大きな一重まぶたの目。細くてほとんど左右の膨らみがない鼻。横に広い唇。高い頬骨。左の頬の下のほうにできるひまわりの種のかたちのえくぼ。わたしだった。

うぐいす色の着物を着たわたしが写真のなかで微笑んでいる。

「姉なんです」

九鬼梗子は耳元でささやいた。

「はじめてテレビであなたを見たとき……」

一気に総毛立ったその瞬間、「ただいま！」玄関から女の子の高い声が聞こえてきた。間髪を容れず九鬼梗子の背後でドアが開き、紺色のジャンパースカートに同じ素材の丸帽子をかぶった少女がリビングに駆け込んでくる。貝殻でデコレーションされたビーチの写真で、ブルーのワンピースを着ていた女の子だった。実物は写真よりも二回りくらい成長しているように見える。九鬼梗子の娘であるらしい彼女は、わたしと目が合うとドアノブを摑んだまままその場に固まった。小さな愛らしい顔がみるみる青ざめ、こわばっていった。隣の母親が息を吞むのがわかった。

「百合《ゆり》ちゃん?」

十秒ほどの沈黙ののち、少女は震える声で言った。

「……戻ってきたの?」

「戻ってきたんじゃないのよ」

九鬼梗子は写真を棚に置き、わたしの肩を後ろから抱き直す。

「娘の沙羅《さら》です」

九鬼梗子はわたしに微笑んでみせたけれど、紹介された娘は顔をこわばらせたままでいる。背丈からいって小学校四、五年生くらいだろうか、帽子のふちぎりぎりにのぞく目がぱっちりとして首が長く、希少種の鳥類を思わせる美少女だった。

「沙羅どうしたの、帰りが早いじゃない」

「なんで百合ちゃんがいるの?」昨日はじめてわたしを前にした母親がそうだったように、少女はわたしに釘付けだった。

「百合ちゃんじゃないの」九鬼梗子は首を横に振る。

「じゃあ百合ちゃんの幽霊？」

「幽霊でもない。沙羅、このかたはあそこにあるウリ坊の本を書いたひとよ」

ピアノの上に置かれたウリ坊の絵本には目もくれず、沙羅はますますわたしだけを凝視している。穴が開くほど、というより、見るものを直接思考のボードに載せて輪郭線に一つ一つピンを打っていくような、慎重かつ大胆な視線だった。

「嘘でしょ。百合ちゃんでしょ」

声の震えが激しくなった。大きな目にみるみる涙が浮かんでくる。わたしは後ずさって、長くじっとりとした抱擁の始まりに備えた。

「違うのよ沙羅……」

母親が手を広げて近づくと、少女は背を向け脱兎のごとく二階に続く階段を駆け上がっていった。

「沙羅、待ちなさい」

九鬼梗子はその背中を追いかけ、結果わたしは一人でリビングに残された。

棚に置かれた結婚式の写真を手に取り、もう一度まじまじと見つめてみる。うぐいす色の着物姿で微笑んでいる、わたしに瓜二つの九鬼梗子の姉だという人物。

さっきは反射的にこれは自分だと思ってしまったけれど、わたしはわたしであって、こんなおべべを着た記憶もないしましてや九鬼梗子の姉だったことなど一度もない。二人は完全に別人だ。

とはいっても、とわたしはその場で腕を組んだ。Aという人物がBという人物ではない、と自信を持って断言するとき、ひとは何をもってそう断言できるのか。やはりまずは見た目、ということになるのではないか。一人ひとりの見た目の違いは、ひとを見分けるときたいそう役に立つ。それで思い出したけれども、南極のコロニーで暮らす皇帝ペンギンは、見た目がそっくりな大群のなかから、鳴き声だけで自分のパートナーをその他大勢の個体から判別するという。わたしたち人間はそれほど耳が働かないから、やっぱり目で見てわかるくらいの違いがないと、あのひととこのひとを判別できない。美しくても醜くてもとにかく違うということが肝心なのだ。だから見た目がそっくり同じ人間が二人存在しているのなら、そこにはどうしたって皇帝ペンギンの聴覚が必要だ……それも見分けるだけの価値がある二人組のばあいに限るけれども。逆にいえば、見分けるだけの価値がある二人組、三人組、四人組がめったに存在しないからこそ、他人のそら似という現象が世に頻発するのではないだろうか。

生物多様性の保全が叫ばれて久しい、とはいえ同一種のなかでのバラエティに関しては実はさほど重要視されないものなのかもしれない……わたしとこの人物のように、地球上に瓜二つの人間が何人存在していたところで、世界が滅びるほどの不都合が生じるとは考えづらいし。

どんなに驚くべきことでも、起こってしまえば驚いて、のちに受け入れる。わたしの驚くべきそっくりさんである九鬼梗子の姉の存在に、わたしは早くも慣れてしまっている。こんなことは神とか遺伝子とか大掛かりなものを引っぱりだして語るほどの神秘ではなく、単にこの世に何かが生まれる際のエネルギー省略に由来するものだという気がしている。いわば千枚の手書きサインの山に、ちょっとだけ手を休めるために四、五枚コピーしたサインを紛れこませるようなこと……わたしとこの九鬼梗子の姉は見分けがつかないほど似てしまっているわけだけれど、皇帝ペンギンの耳を借りてくるほどの見分け価値がないからこそ、九鬼梗子のように混乱してしまうひとがいるのだろう。

互いに見分け甲斐がない凡庸な個性の持ち主、ペンギンいらずの存在であるところのわたしたち。そう思い至ってわたしははじめて、写真のなかの人物に強い共感を抱いた。

写真をもとの位置に戻し、棚に置かれたほかの写真群を改めて見回してみる。九鬼梗子の姉だというこの人物は、合計三枚の写真に写っていた。一枚は最初に見せられた結婚式の写真。もう一枚はさっきの沙羅とロッジ風の喫茶店のようなところで向かいあわせに座り、マグカップを握るおそろいのポーズで破顔している写真。もう一枚は姉妹の母親なのだろうか、赤いセーターを着た年配の女性を梗子と両脇から挟んで、彼女はカメラに向かって微笑んでいる。このくらいの笑顔を作るときに必要な口元の動き、頬の吊り上げかたをわたしは確かに知っている。無意識のうちに、写真を見つめながらその動きを自分の口元で実行している。そしてそうしながら、写真の人物はもう二度とこの動きを実行することはできないのだと、なんとなく感じとっている……。

「失礼しました」

九鬼梗子が開いたままのドアからリビングに入ってきた。

「ご覧のとおり、娘は少し混乱してしまって……お茶を淹れ直しますね」

九鬼梗子はわたしの横を通り過ぎ、キッチンに行って電気ケトルのスイッチを入れた。いったんは萎えかけていた好奇心が、ここに放置されていたこの数分のうちにすっかり元気を取り戻していた。不吉な予感に煽られながらもわたしはほとんど嬉々としてソファに座り、お茶が出てくるのを待った。

紅茶のセットを載せたトレーとテーブルに戻ってきた九鬼梗子は、新たに運んできたピンク色の薔薇模様のカップに紅茶を注ぐ。ここでようやく出てきた薔薇！　わたしは前のめりになって、待ち望んでいた幸運の符牒にすがるようにカップの取っ手に指をからめた。

「あの子は姉が大好きだったんです。だからあなたを見て……」

そこまで言うと、九鬼梗子の声はうわずった。わたしは熱い紅茶を一口すすり、あえて何も質問せずに話の続きを待った。

「姉の百合は、去年亡くなったんです。山の事故でした。突然のことで、わたしもあの子も本当にひどく落ち込んで……」

九鬼梗子は唇を噛んでしばし沈黙した。

予感したとおりだった。いまはもうこの世にいない彼女の姉の一生に、わたしは短い祈りを捧げた。わたしたちは同時に、同じ場所に生きて存在することはなかった。しかしまったくの他人とはいえ、顔かたちがそっくりの誰かが自分になんの虫の知らせを与えることもなくあっさりこの世を去っていたのだと思うと、それはなんだか水臭いじゃないかと思うし、素直に寂しくもある。

「とても現実とは思えなかったんです。本当に思いがけない、突然のことで……相談したいことがまだたくさんあった。一緒に行きたいところがたくさんあった。わたしは子どものころから姉の後ろを追いかけまわしてばかりで……両親がずっと昔に亡くなってから、いつも二人で助けあって生きてきたんです。その姉が……姉が」

九鬼梗子はあふれる涙をティッシュペーパーでぬぐった。昨日からこのひとが向けてくる異様な感動、賛美、過剰な眼差しはすべてこの悲しみからやってきたのだと察し、わたしは素直に同情し、反省した。

ボーンと壁のハト時計が一時を告げた。文字盤の上から出てきた水色のハトが、台座の上でくるくる回転している。九鬼梗子は軽く鼻をかんで、大きく深呼吸をした。

「でも、受け入れなくてはいけないことですから。姉はわたしの外側からいなくなっただけで、内側では永遠に生きつづける。心のなかで声をかければいつでもお喋りできる。そう思い込もうとしても……やっぱり辛くて。そんなときテレビであなたを見て、本当に驚きました。姉が、姉がいると思ったんです！　心臓が止まりそうになりました。そうしたら、もういてもたってもいられなくなって、なんとかして会いたい、話がしたい、と思ってしまってい……ごめんなさい、なんだかめちゃくちゃですよね。おかしな行動をしているとはわかっているんです。でも、たとえなんのゆかりもない別人であっても、わたしはあなたに姉を感じるんです。こんな気持ちになるのが、自分でも不思議で……あなたを通して、姉が近くにいるということを感じられるんです。こうして一緒にいるだけで、じんわり心が慰められる」

「……そんなに似てるんでしょうか、お姉さんとわたし」

「似ているも何も！」九鬼梗子はようやく微笑みを見せた。「あの子の反応を見たでしょう？　ほとんど生き写しです。ご自分でもそう思いませんでしたか？」

「ええ、そっくりだと思いました。わたしかと思いました」

「ほら、ご本人から見たってそうなんですから！　本当に不思議。妙なものですよね。お礼を言ったり、甘えたり、謝ったり、姉にはたくさん言いたいことがあったのに、いざあなたを前にすると、言葉はぜんぶひっこんでしまって、ただ黙って近くにいられればいいと思ってしまう」

「い、いいえ……光栄です」

「それに」九鬼梗子はためらいながら紅茶を一口含んだ。「姉は中学校で国語を教えていたんですが、小さいころからずっと絵本作家になることを夢見ていたんです。だからあなたが絵本作家としてテレビで紹介されたとき、わたしは、わたしは……姉が生まれ変わって、夢を叶えたんだと思ってしまって、そう思うと本当にたまらなくなって……ちなみに、あのご本はいつ執筆されたものなんでしょう」

「ええと……確か去年の秋から年末にかけてだったと思いますけど」

「ほら、やっぱり！　姉が亡くなったのは九月の連休だったんです」

「やっぱり！」などと言われる筋合いはないはずだけれど、去年あの話を書いていたとき、わたしはそれこそ憑かれたようにウリ坊に夢中だった。これは「やっぱり！」九鬼梗子のお姉さんの霊がわたしに乗り移って、わたしにウリ坊の話を書かせた、ということなのだろうか？

「とにかく、どうしてもあなたに会いたくてしかたがなくて。主人のつてを頼って、少し強引な方法を使ってしまって心苦しかったのですが……昨日はじめてお目にかかったとき、ああ、お姉ちゃんがいると思いました。実際にお会いしたあなたは、テレビで見る以上に姉だった。本物以上に姉らしかった。だからひどく取り乱してしまって、失礼しました。でもまたこうして、家のなかで会えるなんて……姉はいつもそこに座っていました。ああ、そうして黙ってニコニコしていると、本当に姉と一緒にいるみたい。あ、そうだ、先生は酉年生まれではないですか？」

「え？　はあ、そうですけど……」

「やっぱり！　姉も酉年なんです」

返す言葉が見当たらず、わたしは判断保留の薄ら笑いを保ちつづけた。

九鬼梗子の話を要約してみれば、わたしはウリ坊の物語をものした作家としてではなく、亡くなった姉の代用品としてこの家に招かれたというわけだ。なんという勝手な話だ。これらのすべては要は見た目の問題で、わたしの才能や人格とはまったく関係のないところから派生した事態であることを思うと、正直、ほんのちょっぴり傷つく。傷つくどころか憤慨すべきだろうか？

　とはいえ同時に、自分がそこにいるだけで慰められるというのなら、いくらでも慰められてくれと思う。わたしは本当に近しいひとを亡くした経験がまだない。たとえばいま、親友の繭子や妹が急に死んだということになれば自分がどうなってしまうかわからないし、そんなことは想像だってしたくないのだが、目の前で悲しんでいるひとがいるならできるだけその悲しみを想像したい、しなければと思う。でもやっぱりその悲しみは本当には理解できないだろうから、そのわからない空白の部分を悲しみに沈む相手が求めてくる行為で埋めたい。

　九鬼梗子は空になったカップにお茶を注ぎながら言った。

「そこでメールに書いた、お願いの話なのですが……」

「おやつは？」

突然の声に振り向くと、戻ってきた娘が開いたドアの向こうに立っていた。九鬼梗子が「あ」と小さく声を上げた拍子に、揺れたポットの注ぎ口から赤く輝く液体がこぼれ、ソーサーを汚した。

「沙羅、大丈夫なの？　おやつはあとで持っていくから、もう少し上にいなさい」

「ここで食べる」

沙羅はまっすぐわたしを見つめて言った。

さっきの感情的な反応が嘘のように、落ち着きはらった口ぶりだった。途切れがちでアップダウンの激しい九鬼梗子の口調とは似ても似つかず、子どもながらにしっかりとチューニングされた明晰な声のトーンがあった。なんの根拠もないながら、これはきっと亡くなった伯母の影響であろうという直感に打たれた。子どもたちの前ではいつでもしっかり明晰に喋る、ひそかに絵本作家を夢見ていた酉年生まれの国語教師。いまは亡き、見分けのつかないもう一人のわたし……。

沙羅は写真の棚に近づき、狭い眉間にぐっと皺を寄せた。さっきは帽子に隠れて見えなかったけれど、つるりと秀でた額は母親によく似ている。背中には長い三つ編みが一本垂れていて、水色のサテンのリボンが結んであった。わたしがもとに戻したつもりでいた結婚式の写真の位置は誤っていたらしく、沙羅は両手を使って位置を直した。

「じゃあ沙羅、ひとまずここに座りなさい」

母親に呼ばれると沙羅は素直にこちらに来て、並んで座るわたしと母親の向かいのソファに座った。そして目を細めてじっくりとわたしを観察してから、

「百合ちゃんじゃなくて、べつのひとですよね？」

と言った。

「そうです。すみません」

「ですよね」

沙羅は立ち上がると、今度はピアノの前に行った。蓋を開けたので何か弾くのかと思いきや、鍵盤がちゃんとそこにあることを確認するかのように上に敷いてある臙脂色の布をそっとめくりあげただけで、また蓋を閉じた。そして譜面台のウリ坊を手に取り、ぱらぱらと眺めて、ちらっとわたしのほうを見た。ここにいる客がどういう人間で、なぜいるのかは、すでに二階で母親から説明されているらしかった。

わたしがごくんと唾を飲むと、絵本を手にしたまま少女はソファに戻ってきた。

「そうよ、その本を書いたひとなのよ」

母親に小さくうなずいてみせてから、「わたしウリ坊が好きです」沙羅は機械的に著者の名前を読み上げる。「鈴木嘉子さん」

返事をする前に、わたしはこの少女には本名を名乗るべきだと思った。

「本当は園州律というんです」

沙羅は無表情のまま黙っていた。母親が聞いた。

「ご本名ではないんですか？」

「ええ、そうなんです。ペンネームなんです」

「ご本名も素敵なのに」

「わたしではなく祖母が作家になりたがっていたので、祖母の名前を勝手にもらったんです」

「沙羅、聞いた？」九鬼梗子は娘を見て言った。「鈴木嘉子さんというのは、先生の本当のお名前ではないの。ペンネームといって、本を書くときに使うお名前なのよ」

「知ってる」沙羅はこちらに振り返った。「鈴木さんのおばあさんが本を書くひとになりたかったんですか？」

「そうです」

するとと沙羅はわたしから目をそらし、今度は母親をじっと見つめた。きっと伯母のことを考えているのだろうと思った。絵本作家になりたかった、わたしとそっくりの伯母さんのことを。

「百合ちゃんもお話を作るひとだったのよね？」

九鬼梗子はにっこり娘に笑いかける。

「そうだよ」娘の返事には、ほんの少し刺々しい響きがある。「ねえ、ジュース飲んでいい？」

母親の承諾をもらうと、沙羅はキッチンに行き、高級そうなオレンジジュースの紙パックとグラスを手に戻ってきた。

「一杯だけにしてね」

「わかってるよ」

沙羅はグラスのふちぎりぎりまでジュースを注ぐと、直接床にぺしゃんと座り、グラスを傾けず長い首を曲げて一センチほどすすり飲んだ。小さな鶴が森の泉のほとりで憩っているかのようなその清らかな飲み姿に、わたしはほうっと見とれた。

「沙羅、お行儀が悪いでしょ」

沙羅はグラスのふちに口をつけたまま上目遣いになり、母親ではなく客の反応を窺う。わたしは精いっぱい知的な大人に見えるよう、目だけで微笑んでみた。ところが相手がなんの反応も見せないので、きりきりと口角の角度を巻き上げ、微笑みの強度を上げていった。照れ、戸惑い、喜び、警戒、沙羅はどんな表情も浮かべない。この意志の固さもまた、母親ではなく伯母からの影響なのだろうか？

口角を最大限まで引き上げたところで沙羅はふいにグラスから口を離し、ぼすんと音を立てて後ろのソファに身を投げ出した。

「鈴木さん」すさまじい微笑みを浮かべたわたしに沙羅は聞く。

「鈴木さんは、本を書くのがお仕事なんですか？」

「そうです」

「ウリ坊のお話を？」

「ウリ坊の話はそれだけで、ふだんは字だけのお話を書いてます」

「字だけのお話って、小説のことですか？」

ここでようやく、沙羅ははっきり読みとれるくらいの表情を浮かべた。鼻孔が膨らみ、目が細められ、口元がほんの少しすぼむ、不愉快そうな顔。子ども扱いされることが不服らしい。わたしも口元の緊張を解き、真顔に戻って答えた。

「まあ、そうです」

「それ、どういう小説なんですか？」

「えーっと、まあ、うーんと、本当を言うと、小説を書きたいと思っているだけで、そんなに書いてはいないんです。完成したのは、自分を人間の姿で生まれた古代魚だと思い込んでいる女の子が、ふるさとの太古の海を目指す話だけで……」

「じゃあ、普通の人間の話は書いたことないんですか？」

「普通っていうのが、何を指しているかによりますけど……」

「普通っていうのは、生きて死ぬひとの話です」

絶句していると、沙羅は突然顔からはみ出しそうなほどの笑みを浮かべて言った。

「わたし、百合ちゃんのお話が読みたい」

「こら、沙羅、何を言ってるの」隣の母親が急にうわずった声を上げる。

「鈴木さんはお話を書くひとなんでしょ？　だったら百合ちゃんの話を書いてもらおうよ。お母さん、そういうの読みたくない？」

「それは読みたいけど……先生はうちのお抱え作家じゃないのよ。先生は沙羅から命令されて書くのじゃなくて、なんでも自分の好きなことを書く自由があるのよ」

お抱え作家！　たちまち頭のなかに、このお金持ち一家に抱えられ来る日も来る日も麗しの家族の肖像を書き記して暮らす日々の像が思い浮かんだ。記した文字と引き換えに金を与えられ（ほんのちょっぴりでいい）、部屋を与えられ（狭くて暗い部屋でもいい）、食べものを与えられ（ご飯だけはおいしくて栄養あるものを食べたい）、たまには遠出の旅行などに連れていってもらえるかもしれない生活……衣食住の心配は皆無、すべての時間を書くことだけに捧げられる生活……その書くものが、飼い主のお気に召すものである限りは。

「でもお金を出せば書いてもらえるんでしょ？」

あどけない笑みを浮かべながら、沙羅はわたしの妄想を裏側から補強するようなことを言う。

「失礼なこと言うんじゃありません」

たしなめる母親を無視して、「そうですよね？」沙羅はわたしに同意を求めた。

「まあ、仕事としてやってますので、それはそうですけど……」

「ほらね。お母さん、鈴木さんにお金を払って百合ちゃんの本を作ろうよ。みんなが百合ちゃんのことを忘れないように。百合ちゃんのことをぜんぶ書いてもらって、忘れそうになったときにはそれを見れば大丈夫なようにしておこうよ」

「そんなことする必要ないわよ。百合ちゃんのことは、みんながそれぞれの心のなかに大事にしまっておけばいいの。百合ちゃんがしてくれたいろんなお話は、まだたくさん沙羅のなかに残ってるでしょう。そういうものを大事にすれば……」

「でもわたしは、百合ちゃんがしてくれたお話じゃなくて、百合ちゃんのことが書いてあるお話が読みたいの。百合ちゃんがわたしくらいの年のときに何をして遊んでたとか、何色が好きだったとか、もう百合ちゃんは教えてくれないもん」

　話しているうちに感情が昂ぶってきたのか、笑顔が消えて沙羅の目に再び涙が浮かんだ。口ぶりには大人びたところがあるけれども、やはりまだ毎日ランドセルを背負って登校し、朝八時台から四角形の面積を求めたりピアニカを吹いていなくてはならない年頃の子どもなのだ。横を見ると、母親の目にも同じように涙が浮かんでいる。

「先生すみません、この子がめちゃくちゃなことを言って……」

「言ってないよ」沙羅は涙を浮かべた目で母親を睨みつける。「そうじゃないよ、お母さん。

わたしはお願いしてるだけだよ」

「もういい加減にしなさい」

「ゴーストライターっているでしょ」沙羅はわたしに向かって言った。「国語の時間に習いました。幽霊の作家っていう意味だって。誰かのふりをして、誰かの代わりに本を書くひとだって。鈴木さんは百合ちゃんの幽霊みたいなんだから、ゴーストライターになって、百合ちゃんの本を書けばいいのに」

喋っているあいだに沙羅の目からはみるみる涙が引いていき、激流に長らく研磨された小石のように、いまやその黒目は平静ですべらかな輝きを蓄えていた。加えて目だけではなく彼女の顔ぜんたいに、どこか子どもらしからぬ、あるいはとても子どもらしい、他人への容赦ない厳しさが滲みでている。その厳しさに自ら耐え切れなくなったように沙羅は唇を嚙みしめると、再びリビングを出て階段を駆け上がっていった。

「沙羅！　ああすみません、本当に失礼なことを言って」

隣の九鬼梗子は娘を追いかけず、また泣き出しそうな顔をしてこちらに頭を下げる。

見ず知らずの子どもにいきなり幽霊呼ばわりされ、まともな感覚の持ち主であれば気分を害するところなのだろうが、やはり興奮を覚えずにはいられない。そうだ、この家のなかではわたしはまるきり死んだ女の幽霊のようではないか。いるだけでひとびとの感情を乱し、驚かせ、慰め、怯えさせ、カッとさせる存在。その幽霊が紙とペン、パソコンを与えられたら、いったいどんな文章を書くのだろう。わたしはいますぐ一人きりになって、この希有《けう》なシチュエーションを一から分析、再構成してみたいという熱望に駆られた。

立ち上がって「ではそろそろ」と口にしても、九鬼梗子はうつむいたまま答えなかった。しばらく待っても顔を上げなかったので、改めて「失礼します」と頭を下げてリビングを出た。玄関まで行っても、九鬼梗子は追いかけてこない。なんとなく癪《しゃく》な気がして、二階の沙羅にも聞こえるよう大声で「おじゃましました」と叫んで外に出た。

後ろ手でドアを閉めた瞬間、定家葛の甘くさわやかな香りが鼻をくすぐる。ああ、なんという示唆に富んだひとときだ！　意気揚々と門に続くアプローチを進みはじめたところで、「待ってください！」玄関のドアが開いて、サンダル履きの九鬼梗子が足をもつれさせるように追いすがってきた。

「お金を出せば、書いていただけるんでしょうか」

「え？」

カーディガン越しに摑まれた腕に、むっと熱を感じた。

「さっきの話です。お金を出せば、姉の話を書いていただけるんでしょうか」

まさかとは思ったけれど、九鬼梗子の目は真剣だった。

「あの子に先走られて、ついたしなめてしまいましたが……実はわたしも同じことを……つまりお願いしようと思っていたのは、そのことなんです。先生に、わたしの姉の話を書いていただきたいんです。我が家と関係のない者にはいっさい読ませません。相場がどれくらいなのかはわかりませんが、先生のおっしゃるだけの額はお支払いします」

当惑して、その場に立ちすくんだ。おっしゃるだけの額とはいったいどれくらいの額なのだろう。わたしのおっしゃるだけの額……というのをわたしは誰かに教えてもらいたかった。さっきはついつい雇われ小説家の妄想にうっとりしてしまったけれど、この二十一世紀に金を積まれて創作の自由を手放すとは、そんなことは作家の職業倫理に悖《もと》るのではないだろうか？

「つ、つまり、お姉さんの伝記のようなものをお望みなんでしょうか」

「ええ、そうです。姉の生涯……そりゃあ、姉は偉人でもなんでもない、一介の国語教師に過ぎませんでしたけれども……わたしたちにとっては唯一無二の存在なんです。その姉が生きた生涯を、いつまでもわたしたちの傍に置いて、いつでも触れられるようにしておきたいんです」

「でしたら、それ専門の業者のようなものがあるのではないでしょうか。わたしはまだ作家ともいえない、へなちょこの新人ですし、そういうものがお望みのかたちできちんと書けるかどうか……」

「いいえ、先生にお願いさせてください。こうして今日、家まで来ていただいたことだって、姉が先生を送り届けてくれたように感じるんです。先生はわたしと沙羅へ贈られた、天国の姉からのプレゼントなんです」

視界の隅に動きを感じて目を上げると、二階のカーテンの隙間から九鬼沙羅がこちらを見下ろしていた。なんだか頭がくらくらしてきた。子どもは一度贈られたプレゼントは意地でも手放さない。やっぱりわたしは逃げ出すタイミングを完全に逸してしまったのだろうか。

脱力しかけたとき、エコバッグのなかから着信音が鳴り出した。九鬼梗子はそれで我に返ったらしく、黙ってわたしの腕から手を放す。スマートフォンを取り出すと、画面には出張でカイロに行っているはずの雪生《ゆきお》の名前が映っていた。

「どこにいるんだよ」

通話ボタンを押すなり、せっぱつまった声ががなりたてる。わたしは九鬼梗子に背を向け、通話口を手で覆った。

「雪生、帰ってきたの？　いまどこ？」

「道。路上」

「路上？　どこの？」

「おまえの家の前の路上」

「なんでいるの？」

「おまえこそなんでいないんだよ！」

「わたしはいないよ、いろいろ行くところがあるんだから」

振り返ってみると、九鬼梗子は拝むようにワンピースの胸元で手を組みあわせ、何かぶつぶつ言っている。

「あと何分で帰る？　なかで待っててていい？」

「いいけど……」

「あと何分？」

「分じゃ帰れない」

わめく雪生の言いぶんを最後まで聞かずに電話を切ると、前の通りを大きな紺色のベンツが通り過ぎ、金木犀裏の隣家の一階部分にあるガレージに入っていった。

「あっ主人です」九鬼梗子が今日いちばん晴れやかな声を出す。

隣家だと思っていたその建物は、どうやら隣の家のものではなくこの家の二階建てガレージらしかった。さすがお金持ちだとほれぼれしていると、金木犀の裏から背の高い、ベンツと同じ紺色のスーツをぱりっと着こなした凜々しい男が現れる。ビーチの写真に写っていたあの夫と同一人物のようだけど、実物は写真の十倍いきいきと光り輝くハンサムだった。立派な体格に比して顔つきはほんの少しあどけなく、これはロバート・レッドフォードが演じたギャッツビーではなくレオ・ディカプリオが演じたほうのギャッツビーに似ている、いや、『太陽と月に背いて』でランボーを演じたころのレオを二十歳くらい年取らせた感じ……と思ったところで男は妻に向かって微笑み、その微笑みにわたしは心ならずも激しくときめいた。そして予期したとおり、この家の主人もまた、わたしの顔を見て驚愕の表情を浮かべて硬直した。

「驚いたでしょ？」九鬼梗子は夫に向かって、勝ち誇ったような口調で言う。「百合ちゃんに似てるでしょ。わたしが見つけてきたの」

九鬼梗子の夫はこわばった笑みを浮かべたけれど、喉から下は固まったまま、何も言葉が出てこないようだった。

「園州律さん。といってもわからないわね。ペンネームは鈴木嘉子さん、ほら、ピアノの上にあるあのウリ坊の絵本を書いたかたよ。今日はご親切に遊びにきてくださったの。先生、うちの主人の青磁《せいじ》です」

「はじめまして」

出会って数秒で完全に九鬼青磁に魅了されたわたしは、魅了される者の当然の権利としてその整った顔を無遠慮に凝視した。表情は硬いとはいえ、目尻の皺、鼻下のくぼみ、すみずみまで調和とハンサム成分が行き届いた、稀に見る快い、美しい、素晴らしい顔！　その顔と胴体を介してつながっている手が近づいてきたので、わたしは舞い上がって求められるがまま握手した。

「ああ驚いた。百合さんが戻ってきたのかと思った」

ダンディーな見た目に反して九鬼青磁の声は思ったより高かった。握手を解くと、彼は一歩後ずさって再びわたしをときめかせるあの親しげな笑みを浮かべる。

「先生、さっきのお話、ご検討いただけますか？」

「え？」

美しい九鬼青磁に釘付けになっていたわたしは、隣にいる妻の存在を一瞬忘れていた。

「さっきのお話。姉の本の話です」

「あ、はあ……」

「また近々、ご連絡差し上げても宜しいでしょうか」

「連絡……ええ、まあ……」

「宜しくお願いしますね」

九鬼梗子はまだ彼女の夫の体温の残るわたしの手をぎゅっと握ると、もう一方の手で背中をさすり、さりげなく門のほうへ誘導した。

道に出たあと定家葛を這わせた塀越しに振り向くと、九鬼夫妻は庭でぴったり寄り添い、こちらに手を振っていた。その立ち姿はまるでモネの風景画から抜け出してきたみたいに繊細で優美で、二人は文句のつけようのない美男美女のカップルだった。

二階の窓には、夫妻の娘が長い三つ編みをマフラーのように首元にぐるぐる巻きつけながら立っていた。九鬼沙羅は去っていくわたしではなく、もっと遠いどこかの一点を見つめていた。

と、ここまでの話をベッドのなかで雪生にした。

「長い話だな」

雪生は寝返りを打って言う。

「ほとんどのことがおれにはどうでもいい話だけど、その旦那が、ディカプリオ似っていうのはほんとなのかよ」

「ほんとだよ。うっかりときめいた」

「おれ、ディカプリオのことよく知らない」

「若いころのレオは、神さまからのプレゼントみたいに光り輝いていたんだよ。わたし、レオの出てくる映画はぜんぶ観た」

「その旦那も光り輝いてるのかよ」

「角度によっては」

すると雪生はがばっと身を起こし、わたしの顔を両側から挟んで、四方八方からじろじろと観察した。

「おまえは輝いてない」

黙っていると雪生は両側の手の圧力を少しずつ強めていき、わたしはふだんは圧迫されないところをそうして圧迫されている感じにだんだん興奮してきた。そのことに雪生も気づき、ついさっきまでしていたのよりもっと大袈裟に猛々しく、わたしたちは取っ組みあい、齧《かじ》りあい、舐めあい、いろんなところからさまざまの音を立てて若さの限りまじわった。そうやって夢中になっていると、わたしは自分がスーパーボールのように弾む物体になってあちこちにぶつけられているように感じ、それがたまらなくおもしろくて気持ちいい。さんざん好き放題したあと、すっかりくたびれたわたしたちは狭いベッドの上で手足を広げ、どっちが冷蔵庫から水を取ってくるか言い争い、じゃんけんをしてわたしがチョキで負けた。

雪生とは学生時代からの腐れ縁だ。昔から相手の私生活にはほとんど関心がなく、互いの都合の良いときにだけ楽しみあう仲なので、面倒がなくていい。雪生は映像制作会社の仕事でしょっちゅう海外に行っていて、一、二ヶ月帰ってこないときもある。先月はタンザニアにある老人介護施設のドキュメンタリーを撮りにいったと言っていて、小さなキリンの像がついたコルクの栓をくれた。今回のエジプト出張は、雪生をのぞく撮影クルーが全員重度の食中毒にかかって仕事にならなかったため、また来月に出直すことになったのだという。その来月、雪生ははじめての結婚をする。わたしは結婚式に呼ばれていないし、相手のひととなりも、郊外の街で不動産屋を営む一家の一人娘であるということと、学生時代はクロスカントリーの選手だったことしか知らない。

二リットルのペットボトルから水を直接がぶ飲みすると、開けた冷蔵庫の前にしゃがみこんでしばらく冷気に当たった。今日のあの一家との邂逅を、いったいどう考えればいいものやら。もともとあてにはしていないけれど、雪生はわたしの性生活以外の生活に関しては無関心なので、九鬼家の奇妙な依頼をどう考えるか、実のあるアドバイスは望めない。今後の身の振りかたはわたし自身が考えなくてはならない。

少し時間を置いたことで思い出されるのは、十九世紀帝政ロシアのサンクトペテルブルクで、自分のそっくりさんが食い逃げしたピロシキ十個の代金を支払うはめになる哀れな役人の物語だった。あれは確か、そう、若き日のフョードルによる『二重人格』。古くから他人のそら似譚、人間の影の物語は多くの文学者を魅了してきた。フョードルもまたこの作品に異常な執着を示し、発表から二十年近く経っても改作の意志を棄てなかったという。突然現れたドッペルゲンガーに裏切られ、蹴落とされ、嘲笑される気の毒なゴリャートキン氏の悲しい末路、しかしわたしはこれを神経衰弱に陥った男の被害妄想話ではなく、現実にまったくありえる話として読んだ。いきなりのそっくりさん出現に周囲はたいして驚きもせず、拘泥したり動揺したりするのは本人だけだったことを考えると、新旧ゴリャートキン氏も見分け価値のないペンギンいらずの二人組であったのかもしれない。そこでわたしが懸念するのは、もしこのまま九鬼家と関わった場合、わたしが食ったピロシキの代金をすでにこの世にいない死者に支払わせるような事態にならないか、ということだった。つまりわたしは、二人のゴリャートキン氏のうち、新しいほうのゴリャートキン氏の立場を九鬼家で占めることになるのだ。罪のない死者を家庭内で旧ゴリャートキン氏のように気の毒な境遇に追いこむことは気が引ける。でもわたしのドッペルゲンガーはすでにこの世のひとではないのだから、そんなことは考えても詮ないことなのだろうか……。

こんがらがってきた頭にパッと浮かんだのは、金木犀の裏から現れた九鬼青磁の美しい顔だった。強い印象の余韻をつたって覚えている限りの細部を詳しく思い浮かべてみたけれど、あの激しいときめきまでは甦らない。雪生相手に、さんざん性欲を発散したからだろうか。ということは、あの佇まいや微笑みに強く胸を打たれる感じは、紛れもないわたしの性欲の顕《あらわ》れだったのだろうか。ああ繭子と話したい。わたしは他人の母娘の喪失感を癒やすために新ゴリャートキン氏の苦悩を味わうべきなのか、金木犀の裏から出てきた美男子に劣情を抱くことは恥ずべきことなのか……どうせわたしの判断力はロバ並みに鈍なのだから、どっちでもいいことはすべて繭子に決めてもらいたい。

「早く水持ってきてよ」

ベッドから雪生が怒鳴るので、わたしはウントコショと立ち上がって飲みかけのペットボトルをベッドに持っていった。

「雪生、もしわたしのそっくりさんが現れたらどうする？」

「は？　何？」

「たとえばさ、そのへんの道端でわたしのそっくりさんに会ったらどうする？」

「それは、律とは別人ということなの？」

雪生はごくごく音を立てて水を飲み、空にしたペットボトルを立っているわたしの太もものあいだにねじこんだ。そのペットボトルを床に放り、隣に寝転がる。

「そう、別人。でも見た目は同じ。中身もほとんど同じかも」

「そいつと仲良くなるにあたって、おれは特に不都合は感じないよ。おまえの新シリーズがあるなら、おれは制覇したいよ」

「その新しいわたしが、古いほうのわたしを破滅させようとしてたら、どっちを選ぶ？」

「ありがちな話だな。同じ人間が二人いちゃ駄目なのかよ」

「フョードルの『二重人格』だと……」

「フョードルって誰だよ」

「フョードル・ミハイロヴィチ・ドストエフスキー」

「奴か」

「フョードルの『二重人格』だと、新しいほうのそっくりさんが、古いほうのそっくりさんにピロシキ十個をおごらせたりするんだよ。それだけじゃなく古いほうは新しいほうのせいで仕事をクビになったりどんどんかわいそうなことになっていって、もうごちゃごちゃの混乱状態でわけがわかんないんだけど、結局最後は病院に入れられちゃうっぽいんだよ」

「おれだったら、そんなことさせない。古い律と新しい律が仲良くできるように調整する」

「雪生は得するね。でもわたしはそのもう一人と雪生を分けあうことになるから、損だよ」

「じゃあおまえもおれのそっくりさんを見つけたらいいじゃん。この世には自分のドッペルゲンガーが三人いるって話あるだろ。まじめに探せば意外と近場で見つかるかもしれないし」

「今日わたし、そのドッペルゲンガーの一人に会ったかも。もう死んでるひとなんだけど」

「死んでるんじゃドッペルゲンガーって言わないよ。死人まで含めたら、そっくりさんなんて三人どころの話じゃないよ」

「そうかなあ……」

「そもそもこの世に同じ人間が何人かいたところで、たかだか七十五億分の二とか三の話だろ。双子や三つ子だってごまんといるんだし、実生活じゃまったく問題ない。それより核兵器とか温暖化で南極の氷が解けるとかさ、地球上にはもっとでかくて急を要するまずい話がいろいろあるじゃん。それに比べたらそっくりさんなんてただのハートウォーミングな話だよ」

「でもその温まった心の熱で南極の氷が解けたら、そこに住んでる皇帝ペンギンが……」

「腹減った。ピロシキ食いたくない？」

「食いたい」

「ドミノ・ピザに売ってないかな」

雪生は腕を伸ばして床の iPhone を手に取り、画面をスワイプしてドミノ・ピザのアプリケーションを起動した。

　それからわたしたちはベッドの上でうつぶせになって頬を寄せ、暗闇で光り輝く数々のピザを見つめた。

3. ファンシーなサファリパーク

忘れもしない。門の外にあの方が立っているのを見た瞬間、わたしの心は驚きと喜びでいっぱいになった。ついにとうとう、待ちわびた瞬間がやってきたのだと。

朝目覚め、カーテンを開けるたび、わたしは窓の外、我が家の見事な定家葛の茂みの向こうにあの方の顔を夢想していた。夢想のなかで、わたしを見出したあの方は少し首を傾げ、恥ずかしそうに微笑む——かつて教室や図書館の外にわたしを見つけたときとまったく同じように。

ところが、あの方がわたしを見つけ、長らく恋い焦がれていた微笑みがその顔に広がるなり、さんさんと降り注ぐ朝の光がほんのわずかに雲に遮られ、あの方のお姿に淡い影を落とした。その微妙な光の変化が、わたしに思いもよらぬ発見と驚きをもたらした。

あの方は、コバルトブルーのカーディガンをお召しになっていた。そのお顔立ちに少しも似合わない、うるさくてけばけばしい、下品な色のカーディガンを。あの方が好んだのは、たくさんの白にたったの一滴だけ色の滴を垂らしたような、ごく淡い桃色、水色、抹茶色、灰色だった。そこに至ってようやくわたしは、定家葛の向こうに立つその女が、待ちわびたあの方とはまったくの別人だということに気づいたのだった。

わたしは混乱した。門の外に立っている女は、突如それまでにはなかった肉々しい立体感を持って、こちらに迫ってきた。この女が現れたせいで、見慣れた風景の何もかもが、それまでの親しさを失って、体からちぎれていくようだった。叫び出しそうになるのをどうにかこらえ、それからの数秒間、わたしは意を決して、あの方ではないならいったいあの女は誰なのかと、千々に想いを巡らせた。

そのあいだ、訪問者は少しも動じず、驚くほどの図々しさで、わたしに微笑みを送りつづけた。雲が動き、再び女の顔に、遮られることのない、劔《つるぎ》のような鋭い陽の光が注がれた。すると女は一瞬表情をゆるめ、そののちすぐに、より自信たっぷりに、より大胆に、なんでもわかっているというふうに、再び微笑みを浮かべた。そしてようやく――遅すぎたというべきか――わたしはこの女の正体を悟った。

わたしが愛してやまない、あの方に扮した女は、それが当然の権利だとでもいうように、わたしたちの家に上がり込んできた。わたしは遅まきながら前日の感情的な行動を恥じ、後悔の念に苦しんだ。思い出してみればそのときだって、女はこの毒虫めいた青色のカーディガンを着ていたのだ。なぜ定家葛の向こうにこの色が見えたとき、すぐにそう気づかなかったのか、わたしは自らの感覚の変調にかすかな危惧を覚えた。加えてあの方は、二日連続で同じものをお召しになることなど、一度としてなかった。常に清潔を好み、秩序を重んじた。目の前に悠々と腰かけ、お茶を飲んでいる相手を眺めていると、この女はあの方の粗雑な贋作だという想いばかりが募っていき、わたしは今にも床に崩れ落ちそうであったが、同時に不可思議な興奮に包まれてもいて、女から目を離すことができなかった。

何をするにものんびりと優雅な仕草を見せたあの方とは違って、女の動きはそそっかしく、せっかちで、表情を組み立てる唇や目の造りも、どことなく野蛮で雑な感じがした。どうしてこれほど不出来で邪悪な顔を、あの方の美しい顔と見誤ってしまったのであろうか。ただ、黙っているときの目の伏せかたや、何か言いかけてそのまま言葉を呑み込んでしまうときの唇の開きかたには、ほんのわずかに、あの方の面影が重なる。うぐいす色の着物をお召しになったあの方の写真を目にして、女はたいそう驚いていた。その圧倒的な佇まいを前にして、自らのあらゆる魅力の欠損が途方もなく感じられたのだろう。

わたしの小さな、可愛いサラは、この女に特別強い関心は示さなかった。サラはわたしの知る限り、このうえなく優しく賢く、生まれながらにしてあらゆる堕落の罠から守られた類い稀な子どもであるから、この女があの方の贋作だということは、当然理解しているはずだった。ところが、カップに紅茶を注ごうとほんのわずかに二人から目を離した際、わたしは彼女たちのあいだで、いまこの瞬間にも、何か恐ろしい取引が行われつつあるという寒々しい直感に打たれて、戦慄した。顔を上げると、女は何喰わぬ顔で自分の手元に視線を落としていたが、サラはわたしに向かって野山に咲く花のような可憐な微笑みを浮かべ、菓子について何か意味のない、可愛い文句を言った。わたしはその無邪気な声に、捨て置けない、巧妙に隠蔽された嘲笑の調べを聞き取り、愕然とした。しかしそれからも、サラはおもてむきは女に笑顔も優しい言葉の一つもかけず、女が辞去する段になってもまったく執着を見せないので、わたしもようやく落ち着きを取り戻し、先ほどの嘲笑は自分の思いこみなのだと信じられるようになった。

ところが、それからほどなく、新たな不吉な予感がわたしを襲った。庭先でサラの父親の顔を見た瞬間、女の目にそれまでにはない、いきいきとした光が現れたのをわたしは見逃さなかった。そのような光を目に持つ女を、これまで嫌というほど見てきたけれど、この女の目にいま灯ったものは、そのなかでももっとも節操のない、いやらしい光だった。そのときわたしは、自分が思っているよりも、早く、深く、すでに女がこの家のなかに侵入していることに気づいた。この厚かましい、邪悪な侵入者に対抗するために、我々二人は徹頭徹尾、力を合わせていかねばならぬというのに、我が朋輩は動揺し、善意あふれる顔つきで女に握手まで求め、わたしを落胆させた。

しかし、事実はわたしを並外れて困惑させるのだが、実際のところ、この邪悪な侵入者を我が家に招き寄せたのは、ほかでもない、このわたし自身なのだ。わたしはどうしても、このいやらしい女を信用することができないのに、その顔、時にあの方以上にあの方らしい眼差しでわたしを見つめるその顔のために、この女を家から追い出すことができない。それどころか、この女をきつく抱擁し、すがりつき、「お願いだから、わたしたちを救って」と懇願する、そんな衝動を抑えるのがやっとなのだ……

昨日の深夜、ノートに書き散らした文章はここで終わっている。

あの家が醸し出す妙に不穏な空気に引っぱられ、『ねじの回転』みたいなゴシック調でいこうと書き出したはいいものの、これ以上は続かない。それにこんなモノマネ駄文は、どうやったって売り物にならない。こんなことをしているばあいではない。いまやわたしは創造の自由を放棄した雇われ作家であり、雇い主の満足のために全力を尽くさねばならないのだ。

先週、九鬼梗子に依頼を引き受ける旨をメールで伝えたところ、すぐに返信が来て水曜の午後の訪問が決まった。

水曜におそるおそる九鬼家に参上すると、初回と同じようにまずは紅茶と菓子でもてなされ、そののち九鬼梗子が前夜に徹夜で考えたという「五つのお約束」と題されたA4用紙が差し出された。

一、毎週水曜の午後に九鬼家を訪問し、如月《きさらぎ》百合について話を聞くこと
二、一年以内に如月百合の伝記を書き上げること
三、著述の進行を逐一報告し、事実誤認がないよう定期的に家人の原稿チェックを受けること
四、伝記は九鬼家の家人のためだけに書かれるものであり、原稿を他人の手に渡したり勝手に出版したりしないこと
五、完成した伝記には著述料二百万円が支払われる

著述料二百万円の妥当性については一瞬躊躇したけれども、結局わたしは署名欄に自分の名を書き入れ、「五つのお約束」は成立となった。つくづく奇妙な依頼ではあるけれども、好奇心には抗えない。向こうがわたしを利用する気なら、わたしもさんざんこの家のひとたちを利用し、おもしろがってやろうという腹づもりだった。それにしてもまったく無名の新人作家に二百万円も支払うとは、九鬼家にはよほどの金銭的余裕があるのだろう。

「何、これ」

ハッと我に返ったときには、後ろから繭子がノートをのぞきこんでいた。

ここは丸の内のオフィスビル街で、わたしは例のごとく広場のベンチに腰かけて仕事帰り

の繭子を待ち伏せしていたのだった。

「繭子、今日は早いね」

「今日はこれからデートだから」

「デート？　誰と？」

「教えない。それよりそれ、何？　新作？」

ノートを差し出すと、繭子は歩きながら中身を読みはじめた。

「あのね、それ、お金持ちの家の奥さんに頼まれた仕事なの。ていっても、そこにあるのは本文じゃなくてね、まあプロローグみたいなものかな……」

繭子は集中しているのか、あとを追うわたしには答えない。

「ほら、こないだ会ったときに話したでしょ？　わたしのファンだっていう女のひと。そのひとの亡くなったお姉さんがわたしそっくりでね、わたしに会ったときに泣いちゃったのもそのせいなんだって。それでその、亡くなったお姉さんの伝記みたいなものをわたしが書くことになって……」

「このいやらしい女って、律のこと？」

繭子がノートから顔を上げて振り返る。

「そうだよ。こんなこと書いちゃうわたしって、いやらしいでしょ」

「すごくいやらしい」

続きを読む繭子の隣に並び、わたしはまくしたてる。

「お姉さんのことを知るために、これから毎週水曜、そのひとの家に行って、いろいろ話を聞くことになったの。それで、一年以内にお姉さんの伝記を完成させないといけないんだ」

「でもこれ、ぜんぜん伝記じゃないじゃん。まったくもって意味不明。あの方って誰？　あと、わたしたちを救って、ってどういうこと？」

突き返されたノートを、わたしはぎゅっと胸に抱きしめた。

「えーっと、だからこれは本文じゃなくてね、まあ、準備体操みたいなものかな。つまり依頼主とわたしの出会いから先週の訪問までの話」

「この〝わたし〟ってひと、あんたのことほとんど悪魔扱いしてるじゃん。これは本当なの？」

「本当じゃないよ。作ったの。それから、お姉さんが薄い色が好きだとか清潔好きだとか言ってるところも創作」

「なんだ、じゃあほとんど作り話ってこと？　こんなのでお金もらうの？」

「そうじゃなくて、これはほんとに準備体操、っていうかただのいたずら書きでね、仕事はべつ。このひとの亡くなったお姉さんの伝記を書いてお金をもらうの」

「いくら？」

「えー、それは、内緒……」

「亡くなったひとの伝記ってことは、本人の話は聞けないわけでしょ？　つまり全編あんたの作り話になるってこと？」

「ううん、想像でぜんぶは書けないから、まあ、家族の話を聞いたり、そのひとの昔の写真とか、卒業文集とかに残ってる文章を見せてもらうことになるんだろうけど……」

「どのみちおおかた律の作り話になるわけね。うわあ、ぞっとする。わたしが死んだあとにそんなことしようもんなら、わたし、黄泉の国からあんたを呪い殺す」

「このひとはわたしを呪い殺さないよ。だってわたし、このお姉さんにそっくりだから。自分で見てもそっくりだった。今度写真見せようか？」

「いい」

「伝記、書けるかな？」

「わたしに聞かないで」

「応援してくれる？」

「いくらくれる？」

「繭子。わたしは友だちがほしい！」

このまま強引にいつものスパゲッティ屋に連れこむつもりだったのに、繭子はわたしの叫びを無視して駅のほうに歩いていってしまった。タイトスカートのお尻がぷりぷりしていてまぶしい。どうやら今日は本当にデートだったようだ。繭子のデート相手はしょっちゅう変わるので、名前を聞いても覚えられない。繭子だって名前を覚えているのか、怪しいものだ。

仕方がないので、一人で海の幸スパゲッティを食べにいった。

一人で食べても海の幸スパゲッティのおいしさはまるで変わらない。いつもどおり、命の力が湧いてくる。生きていようが死んでいようが目に入るものはいくらでも作ってやる、書いてやる、そういう気持ちで胃の底がかっと熱くなって、頭がさえわたってくる。ものすごい勢いでスパゲッティをフォークに巻きつけながら、改めてさっきのノートを開いてみた。するとなんだか急に、気持ちが萎えた。

繭子の言うとおり、こんなのただの作り話だ。


「姉は水曜日が好きでしたから」

「五つのお約束」で訪問日が水曜に指定されているのは、それだけの理由だった。如月百合がなぜ水曜日を好んだのか、その理由は今後の訪問のなかでゆくゆく明かされるのかもしれないが、少なくともわたしにとって水曜日は一週間のうちでもっとも気が滅入る日だ。

水曜の午前十一時、わたしは区民集会所の北側にある「憩いの部屋」で十四人の中高年女性たちを前に途方に暮れる。ラウンジのようなこの部屋には大きなソファセットが三つ置かれ、グループもきれいに三つに分かれている。あるグループは持参したスーパーのちらしを比べあい、あるグループは編みものを楽しみ、あるグループは魔法瓶の茶をお供にせんべいの品評会をしている。十四の口が、同時に声を発している。その口がまったく別々のことを喋っているのではなく、ときどき、まったく同じ単語を発している。一ヶ所で笑い声が起こると、連鎖するようにほか二ヶ所でも笑い声が爆発する。

お喋りのダイナミクスを観察するにはもってこいのこの部屋で、わたしはエコバッグからレジュメを取り出し、可動式ホワイトボードの前で深呼吸した。

「今日は、ストーリーと語りの関係について、考えていきましょう」

レジュメの最初の一文を読み上げるなり、

「あっ、先生っ」

編みものをしていたグループの田丸さんの手が挙がる。

「これ、赤ペンしてくれない？　なんだかしっくりこなくて」

近づいて田丸さんから押しつけられた二つ折りの便箋を開くと、「お宅の騒音に迷惑しています」で始まる手書きの文章がつらつらと続いていた。

「なんですか、これは」

「うちの家の前のマンションのひとがうるさいの。すごい電話魔でね、ものすごいキンキン声で四六時中電話してるのよ。窓開けて話すから、着信音も話の内容もうちには丸聞こえ。しかもその着信音がユーミンの『ルージュの伝言』でね、あのメロディーを聞くたびもう頭痛がするのよ。マンションの管理会社に言ってもぜんぜん静かにならないから、あたしが直接警告を与えてやろうと思って」

田丸さんはフン！　と大きく鼻を鳴らすと、また編みものクラブの輪に戻って、口と編み棒を同時に動かしはじめた。

わたしは講師用の机に戻り、田丸さんの支離滅裂でエモーショナルな手紙をよく読み、彼女の言わんとすることを摑もうと努める。こんなことには、もう慣れ切ってしまった。先週は、『高慢と偏見』を使って会話文の工夫について話そうとしたところ、ちらしクラブの遠藤さんがインターネットの相談掲示板に載せる相談文の添削をしてほしいと言い出して（内容は、家族旅行に一人だけ不参加を表明した嫁の処遇について）、九十分まるまるその添削に費やした。孫が師事するピアノ教師へのお礼状を添削したこともあるし、ユングフラウ鉄道の頂上駅から出すエアメールの予行練習に付きあわされたこともある。

ウリ坊の絵本が出版されてからまもなく、誰の思いつきなのか区の若い職員が突然電話をかけて訪ねてきて、市民のための創作ワークショップの講師を依頼された。開講があと二週間後に迫っているところ、担当するはずだった中年の男性作家が突然蒸発して行方不明になり、代替の講師を急募しているのだという。提示された講師料はパン屋の高校生アルバイト並みの薄給だったけれど、職員の巧妙な困り声に負けてうっかり引き受けてしまったのが間違いだった。たいした実績もないままそんな仕事を軽々しく引き受けてしまった思い上がりもいけないのだが、教え子たちは遥かにわたしの予想を超えていた。ここに集っているのは小説のことなどみじんも興味がなく、集会所のなかでもっとも居心地の良い「憩いの部屋」で、ちらしを比べたり編みものをしたりいちばんおいしいせんべいを決めることに情熱をかけているひとびとなのだ。聞けばこの講座の前に開講していた「ストップ！　地球温暖化講座」も「一緒に歌えるシャンソン講座」も、まったく同じメンバーが、まったく同じ様相で受講していたという。

ジェイン・オースティンならこのお喋りダイナミクスを解析し十四の人物の世帯年収や家族構成まで聞き分ける耳を持っていたかもしれないが、わたしの耳はやすやすと声の洪水に呑まれ、声の大海に沈みこんだまま九十分間帰ってこない。耳の帰りを待つわたしは一人机の前に座って、孤独にレジュメを読み上げるだけなのだ。

もとの手紙を参考にしつつ持参したノートパソコンで騒音の定義を調べ、田丸さんに家と問題のマンションの位置関係を確認し、わたしは手紙の草稿を練った。そして三十分ほど辞書を片手に推敲したのち、完成した手紙文をホワイトボードに書いていった。

突然のお便りお許しくださいませ。数ヶ月前から、貴宅のお話し声につきましてマンション管理会社を通して何度かご配慮いただくようお願いいたしましたが、変化がありませんのでお手紙差し上げる次第です。

現状、朝八時台から夜二十二時台まで、たびたび貴宅にお住まいの女性が窓を開けたまま大きな声でお話しされています。狭い住宅街ですので、拙宅までお話の内容はすべて筒抜けに聞こえており、騒音計で測るとおよそ六十五デシベル、外の路上からでも聞こえるほどのお声です。通話が始まるたびに、頭痛持ちの家人は窓を閉めるなり耳栓を使うなりして対応しておりますが、このままでは神経が参ってしまいます。お手数ですが、お電話の際には声のトーンを落としていただくか、窓をお閉めくださいますよう、切にお願い申し上げます。


「田丸さん、あんな感じでいかがですか」

編みものクラブのところまで行って声をかけると、田丸さんは老眼鏡を外してホワイトボードの文面を読み、「いいじゃない」と顔をほころばせた。すると「ちょっと、デシベルって何？」品評会クラブから声が上がる。「もしかして、放射線関係？」

「違います。音の単位です。調べたら、騒音として認められるのはだいたい六十デシベル前後みたいだったので」

「へえ、あなた、いま測りにいってたの？」

田丸さんが目を見開く。

「いえいえ、測ってません、説得力を持たせるために、具体的な数字を入れてみただけです」

「八時から二十二時って、ほとんど一日中じゃないの」今度はちらしクラブから声が上がる。

「そんなにお喋りしてたら九官鳥でも喉がつぶれちゃうわよ」

「それもまあ、ちょっと誇張して書きました。この時間、ずっと話してるわけではないみたいですけど……」

「でもそうなの、ほんと、感覚的にはずーっと電話を聞かされているような気持ちになるのよ」

田丸さんがちらしクラブに向かって言うと、そうよねえ、そうよねえ、と編みものクラブのコーラスが始まる。

「先生、じゃあこれでいいから、この便箋に同じ文章を書いておいてくれる？」田丸さんは便箋帳から一枚をびりっと破った。「それで最後に、田丸博子ってあたしの名前を入れておいてね」

「え、お名前入れるんですか？　うーん、こういう場合、ご自分のお名前は入れないほうがいいと思うんですけど……」

「そう？　なんで？」

「先方のかたが逆上して襲撃に来るかもしれないじゃないですか。それに、田丸さんという個人の存在を主張するというより、仄《ほの》めかす、くらいにしておいたほうが効果的だと思うんです。匿名だとなんとなく個人の要素が薄れて、近隣の誰もがこの手紙の差出人であるかもしれないっていう、薄まった個の集団としてのちょっとした恐怖が生まれますし……」

「そうよ、いまの時代、おかしな考えを起こすひともいるんだからね」品評会クラブからも声が上がり、やめときな、やめときな、のコーラスが始まる。

「あらそう？　じゃあ、名前は書かないでいいわ……」

それから各クラブはそれぞれの活動を再開し、わたしは机に戻って新しい便箋にホワイトボードの文面を書き写した。完成した手紙を田丸さんに手渡したところで、講座の終了時間である十二時半になった。終了時間になっても、この「憩いの部屋」は十三時まで使用できることになっているので、生徒たちはまったく帰る気配を見せない。

「では、また来週」

荷物をバッグに入れて挨拶すると、何人かから「またねー」と声が上がった。

このどうしようもない創作ワークショップで得られる収入と、祖父が両親に内緒で口座に振り込んでおいてくれるいくらかの金が、いまのわたしの生活費のすべてだ。九鬼梗子の姉の伝記を書き終え二百万円を手に入れたあとでも、わたしは正気でこの仕事を続けていられるだろうか。

それにしても、説得力を持たせるために具体的な数字を、だとか、薄まった個の集団、だとか、なんだか物騒なことを口にしてしまった気がしないでもない……ここでもわたしは、手紙を書いたのではなく、手紙を作ってしまったのだろうか？


公園でじっくり一時間かけてたまご蒸しパンを食べ、三度目の訪問となる九鬼家に到着したのは午後二時過ぎだった。

今日の九鬼梗子はローズピンク色の、胸元がVの字に開いたノースリーブのワンピースを着ている。生地が肌にぴったり張りつき、からだの線がくっきり浮き上がって見える。肉付きは良いけれど、ぜんたいとしては決して太っているという印象にはならない、そういうからだつきの女性にだけ似合うかたちのワンピースだった。九鬼梗子はそれに加えてほんの少しだけ下腹に膨らみが見てとれるのがエロチックだ。

九鬼梗子はいつものとおり高級な紅茶をテーブルに用意し、水玉模様の布で覆われた大きな包みをキッチンから抱きかかえてきた。

「さっそくですが……」向かいに座った九鬼梗子は、布地の表面を撫でながら言った。「今日は、姉がどんな子どもだったか先生に知っていただきたくて。昔に姉が描いた絵をご覧に入れたいんです」

包みのなかには緑色のスケッチブックが重なっていた。九鬼梗子はそのうちの一冊を手に取り、わたしの前に開いてみせる。ページを埋め尽くしているのは、ピンク色や水色、淡い色の単純な線で描かれるカバ、ゾウ、パンダ、キツネ、ウサギ、トラ、キリン……写実的というより、キャラクターとしてそのままキルティングバッグの布に転写できそうな素朴さで描かれたあらゆる哺乳類と、ときどき鳥類、爬虫類。ファンシーなサファリパークの世界に目がぽやぽやしてくる。

「どうですか？　子どもらしい、フレッシュな感性があふれていますよね」

九鬼梗子はわたしの代わりに次々ページを繰りながら、目を細める。

「可愛いですね」と返事をしながら、わたしは横目でちらりと包みのなかのスケッチブックの冊数を数えた。八冊あった。八冊が八冊ぜんぶこの調子の絵なら、そのうち目からパステルカラーの泡がぶくぶくぶく噴き出てきてしまいそうだ。

「あ、もらいもののクッキーがあるんでした。先生、お持ちしますからこのまま見ていてくださいね」

九鬼梗子が小走りにキッチンへ消えていくなり、わたしは手にしていたスケッチブックを閉じ、新たな一冊を開いてみた。二、三ページめくって、また閉じた。紙を綴じる無機質な黒いリングが、不吉な檻のように見えてくる。とはいえこれも仕事のうちだ、今日は八冊分のサファリパークをせいぜい楽しもうではないか。そう腹をくくって包みの中身をテーブルに空けると、一冊だけ小ぶりのスケッチブックが紛れ込んでいるのに気がついた。手に取ってみると、表紙の緑もほかと比べて青っぽく、厚みも若干少ない。何気なくなかを広げて仰天した。というのもページいっぱいに、動物ではなく若い女の裸の胸が実に写実的なタッチで描かれていたからだ。

「あっ、先生それは」

タイミング悪く九鬼梗子が戻ってきて、動揺のあまりスケッチブックを床に取り落としてしまった。

「いやだ、すみません、おかしなものお見せして……」

「いえ、あの、これは……」

慌ててスケッチブックを拾おうとすると、九鬼梗子がさっと先に手を伸ばした。

「これは、姉が高校生のときの……」

「これもお姉さんの作品なんですか？　またずいぶん作風が……」

「違いますでしょう。ご覧になったのはこの胸ですね？」

九鬼梗子は例の胸のページを、自分の胸の高さに掲げて開いてみせた。わたしはそのコケティッシュな動作に一瞬激しく興奮したけれど、なんとか気持ちを抑えて「そうです」と答えた。

「きれいでしょう」

誇らしげに彼女が言うとおり、如月百合の乳房は美しいお椀形で、わたしのそれよりひとまわりくらい大きいように見える。少なくとも乳輪は絶対に大きい。高校卒業前にすでにこんなに立派だった乳房は、時の流れとともにどのように成熟していくものなのか。そして十代後半の多感な時期に、自分の肉体をこれほど詳細に描きとっていた如月百合の頭にはどんな衝動があったのだろう。

「どうぞ、ご覧になってください」

九鬼梗子はスケッチブックを閉じ、こちらに差し出した。一ページ目を開いてみると、そこには真正面を向く少女――もちろん高校時代のわたしとそっくりの、高校時代の如月百合の顔が描かれている。

「これは、お姉さんの自画像ですか？」

「ええ、そうです。ここに描かれているのはぜんぶそう」

ページを繰っていくと、真正面だけではなく、少し斜めを向いた百合、うつむいて上目遣いになった百合、肩越しに振り返っている百合が次々現れる。上半身だけではなく、眉毛や目や唇だけを抜き出したデッサンも多い。どれもほとんど偏執狂的に精密な線で描かれていて、さっきの動物の絵と比べると画才の飛躍がすさまじい。

そしてなんとなく予期していたとおり、如月百合のデッサン対象は下へ下へと進んでいった。ウエストのくびれと横長のへそを経て、ふさふさとした毛が生い茂る地帯へ達する。ここもわたしより茂りかたが激しい。如月百合、どこへ行く、なんとなく感心しながら次のページをめくると、果たせるかな、今度は性器そのものが描かれていた。わたしはページを閉じた。

「こういうの、見ていいんでしょうか」

「ええ、どんどん見ちゃってください」

「あの、でも、こういうプライベートな領域のものは……」

そう言うそばから、再度スケッチブックを開けて細部を確認したいという下世話な欲求で手がむずむずしてくる。順番からして反射的に性器だと思ってしまったけれど、ぱっと見、保健の教科書に載せてあった図解の絵とはぜんぜん違っていた気がする。もしかしたら何かの果物の断面図だったかもしれないし、猫の口のなかを無理やり開けてみたところの絵だったかもしれない……。九鬼梗子は向かいで小首を傾げて、微笑んでいる。

「ただいま！」

玄関から沙羅の元気な声が聞こえて、劣情がたちまち霧散した。九鬼梗子は驚くほど乱暴にわたしの手からスケッチブックを奪いとり、ソファのクッションの下に突っ込んだ。伯母のプライベートな領域に直面するには、沙羅の目はまだ時期尚早ということなのだろうか？

「お帰り、沙羅。先生がいらっしゃってるわよ」

リビングに入ってきた制服姿の沙羅は、わたしを一瞥して「こんにちは」と言った。そしてこちらの返事を待たずに、「おやつは？」と母親に聞いた。

「はいはい。その前に手を洗っていらっしゃいね」

手を洗って戻ってきた沙羅はまっすぐソファに向かってきて、ちょうど例のスケッチブックが突っ込まれたクッションの真上に座った。そしてテーブルのスケッチブックの山から一冊を手に取ると、ページを開いて一言「へったくそ」と呟いた。オレンジジュースのグラスと菓子皿を運んできた母親はその姿に「まっ」と顔をしかめる。

「この絵、なんなの？」

「それは、百合ちゃんが小さいころに描いた絵よ」

「これが？　ほんとに？　百合ちゃん、絵下手すぎじゃない？　お母さん、こんなのどこに隠してたの？」

「これはね、百合ちゃんのおうちで見つけて運んできたの。お母さんも、ずっと辛くて見られなかったんだけど……」

「百合ちゃん、絵の才能なかったんだね」

「沙羅、先生に百合ちゃんが書いた詩を見せてあげない？　百合ちゃんがくれたのが、沙羅のお部屋にあるでしょう。持っておいで」

うん、わかった、と沙羅は走って二階に上がり、すぐに薬箱くらいの大きさの木箱を抱えて戻ってきた。

「これは、百合ちゃんが生きてるときにわたしにくれた、詩のコレクションです。みんな中学生のときに書いた詩だそうです」

箱のなかには、メモ帳の切れ端から表紙が布製のノートまで、雑多な紙類がぎっしり詰まっていた。そこから沙羅が差し出したのは、手のひらサイズの青いメモ帳だった。「わたしがいちばん好きなのはこれです」

三月

空を見上げていたら
目と鼻がいたくなった
さようなら　目
さようなら　鼻
天にのぼった鼻から
さらさらの鼻水が
落ちてくる
滝のように

「鼻水の詩」

うつむく沙羅は、若干口元をゆがめていた。笑いたいのを我慢しているのだろうか。美少女ではあるけれどもいつもどこか冷めた顔つきの沙羅が、こんな表情を浮かべるのは珍しい。

わたしは三月、一人で空を見上げる十二、三歳の如月百合を想った。彼女は花粉症だったのだろうか。鼻水をずるずるすすりながら、見上げた空の先には雲が見えたのか、星が見えたのか。如月百合はセーラー服を着ている。長い髪をおさげに結っている。期末テスト、その先の受験、就職、将来のことを思うと気が重い、動物の絵ばかり描いている自分がひと並みに生きていけるのか、自信がない……。

沙羅が次々繰っていくメモ帳を目で追うと、如月百合は鼻水のほか、猫でもタンバリンでも理科教師の指の毛でもなんでもこの調子で詩にしていた。かと思うと突然びっくりマークが頻出する感傷的な恋の詩が始まったり、危なっかしい死への憧憬を感じさせるような詩が続いたりする。そしてまた唐突に理科教師の指毛の詩が始まる。如月百合に詩のセンスがあったかどうかはかなり怪しい。

「わたしには、こんなのとても書けません」九鬼梗子が言った。

「百合ちゃんの詩、おかしいよね」沙羅はプッと噴き出した。「ほら、先生も笑ってる」

「笑ってません」わたしは顔を引きしめる。「お姉さんは、多感なかただったんですね……」

「ええ。姉は子どものころから芸術家気質でした。わたしも真似して、絵も文章もいろいろ書いてみましたが、姉にはかなわなくて……」

「でもお母さん、作文コンクールで入賞したことあるんでしょう？」沙羅が口を挟むと、九鬼梗子は一瞬沈黙したあと、「ううん」と首を横に振った。

「ううんじゃないよ、あったよ。何度も百合ちゃんがその話してたでしょ」

「そうなんですか？　梗子さんも作文がお得意で？」

「ええ、まあ……」九鬼梗子は頬に手をやり、小刻みに指を動かして小鼻のあたりを掻きはじめた。「まあ……そんなこともあったような……」

「そうですか。その作文、何を書いたんですか？」

「小宮のおばちゃんのことでしょ」また横から沙羅が口を挟む。

「え、ああ、そう。小宮のおばちゃんのことね。姉とわたしは早くに両親を事故で亡くしたものですから、母の姉の、伯母の手で育てられたんです。その伯母への気持ちを書いた作文で、入賞しました」

「そうでしたか……」

「伯母には本当に世話になったんです」九鬼梗子は小鼻を掻く指を止めて言った。「わたしたちの父親は商社に勤めておりまして、たまたまオーストリアに母を伴って出張したとき、現地で車の事故に遭って……思い出作りに、インスブルックの舞踏会に行く途中だったんです。姉とわたしは日本で留守番で、伯母の家に預けられていました。幸い、会社と保険会社から莫大なお金が支払われたようですから、伯母に経済的な面倒はかけずにすみましたが、突然幼い子ども二人の母親を務めなければいけないことになって、伯母は本当にたいへんだったと思います」

「じゃあもしかして、その伯母さまというのが、あの写真の……」

視線で壁際の写真コーナーを示すと、九鬼梗子は「ええ、あの、赤いセーターを着ているのが伯母です」と微笑んだ。最初にこの家に足を踏み入れたとき、目にした写真だ。

「あの伯母も、姉が亡くなる少し前に他界してしまって……」

うつむく九鬼梗子の声が震えてきたので、わたしはまずいと思い話題を変えた。

「梗子さんは、お姉さんのように作家を志したことはなかったんですか」

「なんですって？」

九鬼梗子は顔を上げた。

「ええと、その、文章がお上手で、作文コンクールで入賞するくらいだったら、梗子さんも……」

「わたしが？」九鬼梗子は目を見開いた。「……この、わたしが？」

九鬼梗子の唇が、半開きのまま震え出す。掻いていた小鼻は真っ赤になっている。美しい弧を描く眉毛の先のこめかみに、細い血管が浮き上がってくる。首から胸に斑点が浮かぶ。まばたかない目がどんどん大きくなっていく。

「お母さんが作家になるわけないです」

沙羅が沈黙を破り、わたしはようやく息を深く吸いこむことができた。吸いこみすぎて咳きこんでいると、「大丈夫ですか？」九鬼梗子が笑顔でお茶のソーサーを差し出してくれる。赤らんだ小鼻をのぞけば、先ほどの異様な表情はすっかり消え去っていた。

「お母さんにはそんな才能ぜんぜんなかったんだから。作文コンクールもまぐれだったんだよね」

「そうなんです。姉は梗子なら書けると言って、励ましてくれたんですけど……なかなか姉のようにはいかなくて。でもそれでも、いつか姉の絵本作りの手助けができたらいいな、と憧れてはいました」

九鬼梗子は再び恥ずかしげに微笑むと、「お茶が冷めてしまいましたね」と立ち上がった。

「あ、けっこうです。わたし、そろそろ失礼しますので……」

「もう？　このあいだはもっと長くいらしてくださったのに」

「すみません。なんだか今日は頭痛がして……」

向かいの沙羅は冷ややかな眼差しでわたしを見つめながら、残りのスケッチブックをぱらぱらめくる。隙間からのぞく水色とピンクの動物たちが、床屋のサインポールのように上へ上へと立ちのぼっていくようにも見える。

「大丈夫ですか？　ロキソニンならうちにありますけど」

「いえ、大丈夫です。また来週、いろいろ見せてください」

「お願いしておきながらなんですけど……こんなものでちゃんとお役に立てそうかしら。肝心の姉のお話には、そろそろ取りかかっていただけるのでしょうか」

ぎくりとしながらわたしは極力平静な表情を保ち、「大丈夫です」と言い切った。

「いま、構想を練っているところなんです。いつ、どんな場面から書きだすかが問題だと思っていて……」

「わたし、早く百合ちゃんのお話が読みたいです」

「こら、沙羅」九鬼梗子は娘に向かって眉をひそめる。「先生を急かさないの」

「急かしたのはお母さんでしょ？」沙羅は負けじと母親を睨みつける。

「すみません、来週までには、構想をお聞かせできるよう準備してきますので」

「まあ、本当ですか？　それでは、楽しみにしています」

「構想って何？」

沙羅は大きな目を細め、まっすぐわたしを見据えた。

「構想というのは……何を、どんなふうに書いていくか決めること、というところかな……」

「じゃあ考えるだけで、書くのとは違うってことですか」

「まあ、そうですね……」

美少女の無言の圧迫に耐えられず、わたしは「それでは」と立ち上がった。

太陽は西の空にあるけれども、まだ夕焼けには早い。九鬼家の定家葛はすでに花を落としていたけれど、どこからかハニーサックルの甘い香りが漂ってくる。

玄関で九鬼梗子に無理やり持たされた菓子折り入りの紙袋をぶらさげ、駅までの道のりを歩いた。なんだか頭がクラクラする。自画像集に描かれた如月百合の断片と、ピンクと水色の哺乳類が、次から次へと目の裏に去来する。それからあの微妙なセンスの詩の数々……。

今日目にしたものを統合してみれば、あふれる表現欲求をもてあまし、やや空回りぎみの少女期の如月百合像が浮かび上がってくる。でもそれだけだ。具体的に如月百合がいったいどんな少女だったのか、どんなふうに歯を磨き、どんなふうに鉛筆を握り、どんなふうに歩いたり走ったりしていたのか、何を見ても何を聞いてもわたしは実際の彼女を知り得ない。だからそこは書くしかないのだ。書くことで、如月百合の少女時代を勝手に作り上げる。ひと一人の一生を捏造する。まったく不徳のいたすところだ、ある意味繭子の言っていたとおりだ、もう手も口も出せない人間の過去をほじくってかきまぜ、有無を言わせず言葉の檻に囲い込み、ミイラにしてしまう、わたしがやろうとしているのはつまり、そういうこと……。

ビッ、と後ろからクラクションを鳴らされ、道の真ん中を歩いていることに気づいた。慌てて端に寄ると、紺色の車がわたしをゆっくりと追い抜き、停車する。

「乗っていきませんか」

開いた運転席の窓の向こうには、世にもエレガントな九鬼青磁の微笑みがのぞいていた。

4. 歌わないマリア先生

紺色のベンツは人気のない住宅街を川面の笹舟のようにするする走り抜けていった。

ちょっとからだをずらすたび、お尻の下で革張りのシートがキュッと鳴る。背中を押しつけると、革の表面のひんやりした冷たさと奥のみっしり中身が詰まった感じがシャツ越しに伝わってくる。隣でハンドルを握る美丈夫の左手首には、重たげな銀の腕時計が巻かれていた。それがときどき西日を反射して、車内にチラチラ魚の鱗のような光を放った。

「家内がなんだか……」九鬼青磁はふううとためいきをつく。「おかしなお願いをしたそうで、申し訳ありません。前に庭でお目にかかったとき、本がどうとか、そんなことを口にしていた記憶はあったのですが、まさかプロの作家の先生に執筆をお願いするなんて……しかも亡くなった姉のことを書いていただくとか……ご迷惑ではないでしょうか？」

「いえいえ」ドギマギしながら九鬼青磁の横顔を見つめた。その視線に気づいているのかいないのか、相手は進行方向に視線を定めたまま微笑む。その目元に生まれたみずみずしい葉脈のような薄い皺に反応して、唇が勝手にすぼまった。

「作家のかたとお話しするのは、僕、はじめてです」

「…………」

「作家のかたをこの車に乗せるのも、はじめてだ。光栄です」

光栄です？　九鬼青磁の隆々とした幹のようなからだがごく近く、実際の距離よりもさらに近くに感じられて、「こちらこそ」と返すのが精いっぱいだった。

「だからあの……質問してもいいですか？」

「ええ、もちろん。どうぞ、どうぞ」

「作家のかたは、ふだんどんな生活をされているんでしょう。原稿用紙の前でペンを握れば、頭のなかで勝手に話が湧き出てくるものなのでしょうか？　登場人物が喋りだすのを書きとめるだけなんていう作家さんもいるらしいですね。それはすごく愉快だろうな。あるいは原稿用紙を破ったりくしゃくしゃに丸めて放り出したり、頭を掻きむしるなんてこともあるのでしょうか？」

「頭はまあ、ときどき掻きます」

「ときどき？」

これはまずい。「というか、頭痛があったりして……」

「ああ、そうですか。うちの家内も、ときどき頭痛にやられるんです。休みの日に、寝すぎたときなんか。一度痛み出すと、横になって、ためいきを漏らす以外はもう何もできない」

横になりためいきを漏らす「家内」……想像すると、喉に小骨が刺さるような嫌な感じがした。九鬼梗子に持たされ、膝の上でエコバッグと一緒に抱えている菓子入り紙袋がカサカサ鳴った。わたしはすうっと息を吐いて、冷静に助言した。

「そういうときは、カフェインが効きますよ。寝すぎの頭痛にはコーヒーをたくさん飲んだらいいんです。カフェインは膨張して脳を圧迫する血管を縮めてくれるんです」

「外でコーヒーを飲みながら、書いたりもするんですか」

「いいえ」

「編集者が家に来て、居間で原稿を待つなんてことは？」

「いいえ」

「ではいつも、一人でご自宅で執筆されているのですか？」

「一人で家にはいますけど、執筆はあんまりしてないんです」

「ではいつ書くのですか？」

「……そうですよね。おかしいですね」

「いいえ、こちらこそ、根掘り葉掘り聞いてしまってすみません。でも僕のような平々凡々な人間からすると、作家さんの生活なんてものは、とても神秘的なもので」

わたしは改めて、助手席から九鬼青磁の横顔を眺めた。やや丸みを帯びた額からつながる、眉間から鼻にかけての完璧な力強い線、切れ長の大きなアーモンド形の目、除菌ティッシュでぬぐった直後のようにしっとりして清潔そうな唇、微笑むたびにかすかに顔に物憂げな影を落とす高い頬骨。もしわたしにもっと深い芸術教養があれば、この美男子を古代ギリシャやルネサンス時代の彫像や絵画に刻まれた人物に重ね、二重にうっとりすることができたのに！　それら芸術の肉体は九鬼青磁の性的魅力を裏付け、なんでもない眼差しや仕草にさえ運命的な象徴を与えて、わたしにすっかり魔法をかけてしまうだろう。それだけの力を持つ芸術の肉体、たとえばなんだろう、アルテミシオンのポセイドン像とか、ミケランジェロのダビデ像とか……？

見入っていると、ふいにこちらを向いた九鬼青磁と二秒ほど目が合った。

「実は僕」再び前方に視線を戻し、九鬼青磁は言った。「あなたの小説を読んだんです。少女が古代魚であることに気づくあの話……」

その瞬間、三々五々に集まってきたポセイドン像とダビデ像は一気に雲散霧消した。

「僕はもう長いこと、文学的なものから遠ざかっていたものだから……どう言ったらいいのかわからないけれど、でも、あなたの小説に優しく肩を抱かれたような、そんな気がしました。自分が古代魚であることを知っているのに肺で呼吸しなければならないなんて……きっとすごく屈辱だったでしょうね。僕はあの彼女に、心から共感した」

そしてまた九鬼青磁は意味ありげにわたしを見つめた、さっきの二秒間よりほんのちょっぴり長く。

誰と話していてもそうだけれど、わたしは恋愛の予感やむずむずする肉体の欲求を否定できない場面で唐突に自分が書いた小説の話をされると（なおかつその相手が、小説内の人物に共感を示すとなると）、高揚する心がたちまちしぼんでいくのを感じる。そしてそのことに安心したり、立腹したりする。今回は後者のほうだった。

なんと無粋な男、九鬼青磁！　小説の話が始まるとわたしは頬を打たれたように、ぼわぼわとした夢の境地から一気に現実世界に引き戻されてしまう。つまりわたしにとっては、淡い性的冒険の予感より自分のものしたフィクションのほうが、絶対にいやおうなく、より現実的なのだった。現実は餌を求めるロマンスの雛を蛇のように丸呑みする。九鬼青磁の外貌の魅力は決して揺らがないものの、ほんの数十秒前と違って、いまはその揺らがなさにさえ幻滅のようなものを覚える。

「ごめんなさい」九鬼青磁が心配そうにこちらに目を向けた。「素人が生意気な意見を言って……ご気分を害されましたか？」

「いいえ、とんでもない！　すみません、こちらこそ、読者のかたとお話しするのに、あんまり慣れていないもので……」

「とにかく、僕はすごく好きなんです、あの小説」

「そうですか、それは……ありがとうございます。嬉しいです」

「次の作品も、必ず読みます。僕、律さんのファンです」

律さん、といきなり呼ばれてぎょっとした。それでもいちおう、「ありがとうございます」と頭を下げておく。

「こちらこそ、素敵な作品を読ませていただき、ありがとうございます」

九鬼青磁も頭を下げた。さっきまで心地良く背中を支えてくれていたシートが、急に張りを失ってじくじく湿ったスポンジのようになってしまった。

九鬼青磁の美貌、丁寧な物腰、慇懃すぎない柔らかな口調は、なんの非の打ちどころもない完璧なものだ。小説を褒められて、もちろん嫌な気持ちにはならない。でもいまは状況が状況だ。よりによって自分自身の手による小説にめくるめくロマンスの幕開けを阻害されるなんて、これでは飼い犬に手を噛まれるというか、赤ちゃん時代から世話をして野に放った狼に一生命を狙われつづけるようなものではないか。

目的地としてカーナビにセットされた墓地の前のおんぼろアパートは、もう目と鼻の先だった。熱い気持ちはすでに冷めているものの、あのみすぼらしい住まいを見られるのは恥ずかしい、という気持ちまでは捨て切れない。

「あの、このあたりでいいです。そこのスーパーで買い物しますから」

「え、そうですか？　車酔いでも？」

「いいえ、大丈夫です」

「でも、もしお買い物の荷物が重くなるようでしたら、ここで待ってます。それからおうちまで送りますよ」

「いいえ、ちょっとしたものを買うだけですから……本当にここで、大丈夫なんです」

本当に？　本当にこのあたりで？　本当にですか？　何度も念を押されているうちに車はスーパーを通り過ぎ、コンクリートの塀に囲まれた墓地の前でようやく停まった。墓地の向こうには見慣れた木造二階建てのアパートが夕焼けに照らされている。わたしはそれが自分の住まいだと悟られないよう、目をそらして膝の上のエコバッグと紙袋を抱え直した。

「西日がきれいですね」

横を向くと九鬼青磁の視線にぶつかった。すると次の瞬間、彼はシートベルトを外し片手を助手席のシートの裏に当て、ぐっとわたしに顔を近づけた。頭の後ろで、じゃりんと銀の腕時計の音がした。

「ああ」

九鬼青磁はミントの香りの吐息を漏らした。

「本当に、あなたは百合さんにそっくりだ」

わたしは慌ててシートベルトを外し、礼を言うのもそこそこに車の外に転がり出た。

「また会えますね」

助手席の窓を開けて、九鬼青磁が微笑む。腋の下にじんわりと汗が滲んだ。西日を受けた彼の顔はつくづくハンサムでセクシーで優しさにあふれていて、うっかりその場に跪《ひざまず》いてさっきの続きを懇願したいような気に駆られてしまう。

竜巻のように巻き上がる恐怖と欲望に耐え切れず、わたしはほとんど涙ながらに墓地の横の細道に身を滑らせた。

ところがその一週間後、わたしはまたもや九鬼家のベンツの助手席にシートベルトで縛りつけられていた。

「急でごめんなさいね」

横にいるのは九鬼青磁ではなく、その妻だ。

「急だけど、今朝いきなり思いついちゃったの。わたしの下手な話より、実際に先生の目で見てもらったほうが手っ取り早いんじゃないかって」

「お母さん、確かに話すの下手だよね」後部座席には学校帰りの沙羅も乗っている。「わたしときどき、お母さんの言ってることがちっともわからない」

「いやあね、でもほんとそうよね」九鬼梗子は笑う。「先生、車酔い、してませんか?」

「いえ、大丈夫です」

先週夫のほうにも同じことを聞かれたのを思い出し、なんとなくうっとうしいような気持

ちになったのだが、

「百合ちゃんって、車に乗るとすぐ酔ったよね」

沙羅のその一言ですぐさま納得がいった。生前の如月百合は、おそらく車酔いしやすい体質だったのだろう。

今日は九鬼梗子の突然の提案で、百合と梗子の姉妹が子ども時代を過ごした伯母の家を見にいくことになったのだった。大人になって家を出たのは結婚した梗子だけで、姉の百合は国語教師として経済的に独立してからも伯母と一緒にその家に住んでいたのだという。伯母の死後も百合はそこに一人で留まった。そしてその彼女も、去年亡くなった。

「亡くなったばかりのころは、気持ちが乱れてなかなか荷物の整理ができなかったんですけど……折を見て少しずつ片付けはじめています。ゆくゆくは売ってしまうつもりなんです。子ども時代を過ごした思い出の家ですから、なくなってしまうのは寂しいんですけど……でも、先生が姉のお話のなかに書いてくだされば、そこにわたしたちの家はずっと残りますから」

ハンドルを握りながら、九鬼梗子は寂しげに微笑んだ。

一時間近くかかって到着したのは、郊外の巨大なマンション群だった。ざっと十棟以上ある建物の隙間には、羽を広げた巨大なクジャクの群れのように欅《けやき》やいちょうが青々と茂っている。

車を降りた沙羅は、目の前にあるハム色の建物のエントランスに駆けていった。そしてスロープの手すりに寄りかかり、母親とわたしに向かって「早く！」と怒鳴った。なかに入ってみると、正面には少なく見積もっても百以下ではない郵便受けが下駄箱のようにずらりと並んでいた。脇にある管理人室の小窓のカーテンは閉まっている。窓ガラスには「本日十五時から十七時までのあいだ、内視鏡検査のため留守にします。御用の方は下記携帯番号までご連絡ください　管理内山」と書かれた紙がテープで留めてある。

沙羅は郵便受けに近づき、六一一号室のダイヤルを回した。蓋が開くと、一気にちらしがあふれて床に落ちる。慣れたようすで郵便受けの中身を確認すると、沙羅はいくつかの封書を母親に手渡し、残りのちらし類をすべてそこにあったごみ箱に突っ込んだ。

「こちらです。ちょっと変わった造りのマンションなんですけど……」

管理人室の奥にあるエレベーターに乗ってみると、扉の隣にはなぜだか奇数階のボタンだけが備え付けられていた。沙羅は無言で5のボタンを押した。五階に着くと、二人は足早に、やはり無言でエレベーターの隣に外づけされている螺旋階段を上っていく。どうやら偶数階の住民は、毎日こうして一階分、階段を上るか下りるかしなくてはいけないらしい。ということは、その昇降の手間のぶん偶数階の部屋の価格は割引されているのだろうか？　仮に一回の昇降につき一円ぶんの労力が発生するとなると、一日一回の往復で一年365×2、家族四人だとするとさらに×4、それが二十年続くとして×20……計算しながらあとをついていくと、二人は長い外廊下の真ん中あたり、六一一号室の前で足を止めた。

「ここです」

玄関を入り、廊下の奥へと進む。ドアの向こうのリビングルームはがらんとしていた。タオルやティッシュボックスやカーディガンなど、そこに暮らしていたひとびとの手触りが残るものは一つもなく、ソファやテーブルなどの大型家具のみが壁沿いに鎮座している。カーテンを外された南向きの大きな窓からは、初夏の午後の光が平行四辺形のかたちに差し込んでいた。光を受け止めるクリーム色の壁には、壁の色より薄い長方形の跡があちこちに残っている。

「この跡……もしかして、壁にたくさん、お姉さんの絵を飾っていたんですか？」

振り返って梗子に聞くと、ええ、と嬉しそうに微笑んだ。

「そうなんです。子どものころから、わたしたち、家じゅうにたくさん絵を飾ってました。伯母はわたしたちの好きなようにさせてくれたんです」

「ここにあった絵、どこに行ったの？」窓を開けた沙羅が言う。「このあいだのスケッチブックとはべつのところにあるの？」

「あ、そうね、どこにしまったのだっけ……あとで探してみようね。たくさんあったから、先生にも見てもらわなくっちゃ」

「ここで見るものなんて、もうないよ」

沙羅は壁際のソファに身を投げ出すと、頭の後ろで手を組み片足を立てた。ギンガムチェックのスカートがせりあがり、細い太ももの半分が露わになる。なんだか見覚えのあるポーズだと思った瞬間、そのソファの上で同じようなポーズをとる無数の少女たちのイメージが、沙羅を中心に万華鏡の方式でぼわっと四方に広がった。その少女の一人は九鬼梗子であるかもしれないし、如月百合だったかもしれない、それに生涯誰とも結婚しなかったという彼女たちの伯母だったかもしれないし、少女時代のわたし自身であったかもしれない。

「ここに来たのは、わたしが四歳、姉が九歳のころでした。あの事故のあと、伯母が三人で新しい生活を始めようと両親の保険金でこの部屋を買ってくれたんです」

九鬼梗子がしみじみと話しはじめる。

「姉はいつも、わたしを守ってくれました。わたしったら、からだも弱くて、何かとめそめそしがちな子どもで……特に両親を亡くしてからは……姉自身だって辛かったでしょうが、いつも明るくて、面倒見の良い姉でした。九歳だなんて、ほんの子どもなのに、わたしからすればもう大人みたいで……」

「お母さん、九歳が子どもだって、勝手に決めないでよ」沙羅が言った。「九歳の人間が全員子どもだなんて、いつ、どこで誰が決めたの？」

「でもね、九歳の人間は、この国の法律では全員子どもなのよ」

「じゃあ法律ができる前はどうだったの。一年ごとに年をとる決まりができる前は、どうだったの」沙羅は首をもたげ、眉間に皺を寄せた。

「こういうところは姉の影響なんです」九鬼梗子は遠い目をして微笑む。「姉はときどき、常識からはみ出してしまうようなところがあって。この世の仕組みに慣れては駄目だとか、いろんなことを疑いなさいとか、わけのわからないことをこの子に言い聞かせたりもして……」

「お母さん。百合ちゃんの悪口言うの、やめて」

「言ってないでしょ。お母さんは先生に説明してるだけ」

「あのー」

同時に振り向いた母娘の顔はとてもよく似ていた。

「お、お姉さんは、国語の先生だったんですよね？」

「ええ、そうです。大学で教員免許を取って、中学校の国語の先生になりました。姉は子どもが好きでした。たぶん、小さいころからぐずるわたしの面倒を見させられていたので、甲斐性があったのでしょうね」

「でも、先日見せていただいたとおり、小さなころからたくさん絵を描いていたのに……美術の先生にはならなかったんですか？」

「そうですね。絵は好きでしたけど、あんな程度の絵ですから……美大に行ったり、美術の先生になろうとしていたことは……なかったと思います。あくまで、自分の趣味にしておきたかったんじゃないでしょうか。絵だけではなく、姉は本を読むのも好きでしたし、とにかく、明るくてお喋りなひとでした。国語の先生は天職だったと思います。ほら、『サウンド・オブ・ミュージック』のマリア先生みたいな感じです。でも姉は歌は下手でしたから、イメージとしては、歌わないマリア先生です。わたしたち、子どものころはいつも、お話を作って遊んでいたんです」

「それ、どういうお話だったの？」ソファの沙羅が、足を組み替えて言った。「お母さん、そのお話、覚えてる？」

「それは内緒。沙羅は百合ちゃんに、どんなお話をしてもらったの？」

「たくさんあるよ、恐竜の舞踏会の話とか、豆腐屋のおばあさんが蚯蚓《みみず》になって地球の裏側まで地面を掘り進むお話とか。百合ちゃんの話は、いつもおもしろかった」

「お姉さんは、お話作りの才能に恵まれたかただったんですね」

「ええ、それは本当に。うらやましいくらいに」

「でも作文コンクールで入賞したのはお母さんでしょ？」

沙羅の横やりにひやっとした。作文コンクール……先週もこの作文コンクールに端を発する話題の最中、九鬼梗子の顔に異変が起こったのだ。

「お母さんと喧嘩するとき、よく百合ちゃんは作文コンクールのこと言ってたよね」沙羅はかまわず追い打ちをかける。「何度も何度も同じことばっかり。どうしてわたしにばっかり書かせるの、梗子ちゃんのほうがわたしよりずっと上手なのにって。でもそれ、本当のことじゃないでしょ？」

わたしの焦りとはうらはらに、九鬼梗子は穏やかな表情を崩さず、「そんなことはどうでもいいの」と微笑んだ。

「沙羅、意地悪なこと言わないで。百合ちゃんはただ、本当とは逆のことを言ってふざけてただけなの。沙羅も、本当はそうじゃないと思ってるのにわざと嘘のことを言って、誰かからそうじゃないよ、って言ってもらうと安心することがあるでしょ。それと同じ」

九鬼梗子はわたしにも笑顔を向けて言った。

「先生、からかいが過ぎることもありましたが、姉は本当に優しいひとだったんです」

九鬼梗子は恥ずかしそうに首を傾げた。その素朴な仕草にわたしは胸を撫でおろした。やはり前回の異変は作文コンクールの話題がきっかけではなく、ただの突発的な体調不良だったのかもしれない。

「あ、それより先生、これ見てください。姉とわたしの、成長の記録です」

九鬼梗子はわたしの肩を横から抱き、リビングとキッチンのあいだにある木の柱のほうに押していった。柱には下から何十本と、緑のペンと青いペンで線が引いてある。緑の線の横には緑の文字で「ゆり」、青の線の横には青い文字で「きょうこ」とあり、加えておそらく、それぞれ当時の年齢が書いてある。

「伯母がときどき、わたしたちの背を測ってここに記してくれたんです。沙羅、おいで」

沙羅はぶわっとスカートを翻してソファを下り、姿勢よく柱にぴったり背をつけた。母親は娘の頭の上にひとさし指を載せた。

「あら、わたしたちが九歳のときよりも大きいわね」

「そう？」

沙羅は得意そうだった。

「百合ちゃんが十歳のときと、わたしが十二歳のときの、真ん中くらいかな」

沙羅は振り返って、母親の指が指し示す位置を確認した。指は確かにゆり10歳ときょうこ12歳のあいだにある。

「じゃあお母さん、十二歳になってもわたしよりちっちゃかったの？」

「そうね、そういうことね」

「ならわたし、きっとそのうちお母さんの身長を追い越しちゃうね」

「お父さんは背が高いから、きっとね」

いちばん上にある最後の横線は、きょうこ18歳だった。その次がきょうこ17歳、次いできょうこ16歳、そのあとにようやくゆり23歳が来た。柱の横線の前で、またさっきのソファの上の少女のイメージと同様、ここで背筋を伸ばす何人ものゆりときょうこが重なる。わたしの実家の柱にも、こんな横線が引かれているはずだ。

「ここに次に住むひとは、この柱をどうにかしちゃうでしょうね。わたしたちの成長をずっと刻みつづけてくれた、柱……この柱以外に、わたしたちのことを覚えていてくれるひとは誰もいない気がします」

「真木の柱はわれを忘るなってやつですね」

「はい？」

「源氏物語です。光源氏が養女にした玉鬘って女のひとがいるんですけど、この玉鬘を無理やり奥さんにしちゃった髭黒の大将ってひとがいて……」

「先生、姉の伝記にこの柱のことも書いていただけますか？」

「あ、はい……わかりました」

それから九鬼梗子はわたしの腕を取り、洗面所、風呂場、伯母の寝室だった和室、それからもとは姉妹二人の部屋で、九鬼梗子が結婚してからは百合が一人で使っていた部屋を案内してくれた。

伯母さんの部屋の障子紙は張り直したばかりかと見まごうくらい真っ白だった。家具は一つも残っていなくて、がらんとしていた。一方百合の部屋には、思わずあっと声を上げてしまいそうになるほど、立派な彫り細工が施された巨大な二段ベッドが置いてあった。こんな豪華な二段ベッドは見たことがない。無言で驚いていると、九鬼梗子は笑って言った。

「おかしいでしょう。姉は大人になっても、この二段ベッドの上で寝てたんです。そうじゃないと、落ち着いて眠れないからって。これは両親が亡くなる前、わたしたちのためにドイツで注文して、船で運ばせたものなんです」

「そうですか。わたしも小さいころは、妹と二段ベッドに寝てたんです。こんな立派なものじゃありませんでしたけど。懐かしい……」

わたしはベッドに近づいて、繊細な鳥や花の模様が彫られている木の枠組みに触れた。下の段には剝き出しのきれいなマットレスが敷いてあった。伯母さんの部屋の障子紙のように、真っ白だった。爪先立ちをして上の段をのぞいてみると、こちらのマットレスは剝き出しではなく、生成り色のリネンのシーツが敷かれ、その上にあか抜けない緑色の毛布が畳んで置いてある。

「よかったら、上ってみませんか？」

「えっ」

振り向くと、九鬼梗子は涼やかに微笑んでいる。沙羅は腕を組みドアに寄りかかって、胡乱な表情でこちらを見ている。

「どうぞ、ご遠慮なさらず」

「えーと、上るというと、この上にですか？」

「ええもちろん。どうぞどうぞ。上ってください。姉も喜びます」

「なんで百合ちゃんが喜ぶの」

沙羅は不満そうだった。確かに、わたしがこのベッドに上ることでなぜ百合が喜ぶのかは不明だ。とはいえわたしは強烈な懐かしさとうらやましさに駆られていた。小さいころ、憧れの二段ベッドを親に買ってもらうために妹と来る日も来る日も家具屋のちらしを並べて吟味し、あの手この手で作戦を練ったことを思い出す。いま目前にあるこのベッドは、まさしく幼い妹とわたしが夢に見た理想のベッドだった。白状すれば、わたしは部屋に足を踏み入れこのベッドを一目見たときから、柱を摑み、その感触を心ゆくまで味わい、一歩一歩梯子に体重をかけて上り、上の段に寝転がって部屋を見下ろしてみたくてたまらなかった。

「では、失礼します」

一歩一歩踏みしめながら上るつもりだったのに、手をかけた瞬間にからだが軽くなって、猿のようにするする小さな梯子を上りきってしまう。上りきったところで足を折って座り、こちらを見ている母娘の顔を見下ろしてみた。期待したわりには特になんの感慨も湧かなかったけれど、せっかく来たからにはと思い、しばしそこに留まった。ベッドの横の壁にも何か貼ってあったらしく、四角い跡がいくつも残っている。

「どうぞ、よかったら横になってみてください」

下で九鬼梗子がにこにこ笑いながら言う。お言葉に甘え、わたしはマットレスの上に横たわってみた。視界から母娘が消え、天井だけが目に入った。目立つでこぼこも跡もない、伯母さんの部屋の障子や下のマットレスのように、真っ白で平たい天井。如月百合は二十数年毎晩、この天井を眺めながら眠りに落ちていたはずだった。おそらく長い時間、一人きりで。そう思うと、孤独な寝返りを打ったび百合のからだから跳ね返った夢の滴がこの天井にも染み付いているように感じられ、シーツに触れる背中の全面がひんやり冷たくなった。

「先生」

九鬼梗子の声に身を起こすと、手を後ろに組んでドアに寄りかかっている沙羅だけが見えた。沙羅は眉間に皺を寄せたまま、顎を少し前にしゃくってみせる。上から身を乗り出してみると、九鬼梗子はベッドの下の段に仰向けになっていた。

「あ、なんだ、びっくりした」

驚いたわたしの倍近く、ベッドの九鬼梗子は目を見開き、驚いているようすだった。ひょっとして本当に、姉が顔を出したように見えたのだろうか？

「お母さん、もういいでしょ。この部屋、なんか暑い。あとお腹すいた」

沙羅はそう言い捨ててリビングに戻った。それでわたしは、九鬼梗子と寝室で二人きりになってしまった。からだを後ろにひねって梯子を下りようとすると、九鬼梗子が「待ってください」と悲痛な声で叫ぶ。

「え、なんですか？」

もう一度身を乗り出し、下の段をのぞきこんでみる。

「もう少し、そのままでいてもらえますか？」

九鬼梗子は白いマットレスに身を横たえたまま、上から斜めにのぞくわたしの顔をじっと見つめる。その目がなんだか、このあいだの別れ際の九鬼青磁の目とそっくりだった。それでわたしはまたしても相反する欲求に引き裂かれることになった。すなわち、わたしはいますぐ部屋を出て長い階段を駆け下り一人で帰ってしまいたかった、同時に、九鬼梗子の隣の狭いスペースに身を滑らせからだをくねらせ、心ゆくまで彼女の優しい愛撫を求めたかった。

「ごめんなさい。もういいです」

混乱しているわたしをよそに、九鬼梗子はあっさり起き上がって部屋を出ていく。それからすぐに戻ってきて、促すように部屋のドアに手を添えた。わたしは慌てて梯子を下り、リビングに戻る九鬼梗子のあとを追った。

「さあ、じゃあ、もうそろそろ帰りましょうか」

母親に声をかけられると、窓際に立っている沙羅はゆっくりと振り向いた。

「お母さん。帰りにロイヤルホスト寄りたい」

「え、ロイヤルホスト？」

「お腹すいたから」

「えー、そうねえ、先生、お時間ありますか？」

「え？　はあ、まあ……」

「じゃあ、お付きあいいただいてもいいかしら。でも沙羅、ほんのちょっとよ。ちょっとお茶を飲むだけ」

「オムライスも食べていい？」

「ご飯にはまだ早いでしょ。先生、先生はいかがですか？」

「わたしはご飯なら、いつでも食べられます」

「そうですか。ではもし宜しければ、食事をしながら、もう少し詳しく、姉の子ども時代の話を聞いていただければと思うのですが……」

「あ、それじゃあ、この機会にぜひ」

「よかった。じゃあ沙羅、今日は早いけど、食べちゃおうか」

窓際の沙羅はうん、とうなずき、再び外に向き直った。

窓の向こうでは、遠い木立が西日を浴びて輝いていた。それを見つめる小さな後ろ姿に、けばだった金色のふちどりが浮き上がった。ブラウス越しに浮き上がる華奢な肩甲骨が、広がろうとする翼を押し込めてぴくぴく動いているように見えた。

5. 水色を塗る少女

第一章　サウンド・オブ・シスターフッド

誰かがわたしの肩をどついた。畳に寝転がり手のひらのしわを数えていたわたしが振り向くと、年老いた父の顔がそこにあった。垂れさがった目尻から、喜びがしたたり落ちている。

「元気な女の子だそうだ」

父はささやくように言った。

十四時間の長いお産だった。一九八一年六月末日の朝、丘の上にある産院から電話が入り、父が初孫誕生の報を受けた。喜びに打たれた父は、しばらく居間をうろうろしていたが、急に「それ、いまだ」と障子を開けた。庭には、りっぱなオニユリが咲いていた。父が三十年間丹精をこめて世話をしていたというのに、毎年つぼみを開かず地面に散るばかりだったこのユリが、いったいどういうわけだろう、その朝、ようやく咲いたのだ！

「お父さん、ユリが咲いたね」わたしが言うと、父のしわだらけの頬にひとすじ涙が流れた。妹夫婦は、生まれた子どもを百合と名づけた。百合はとてもきれいな赤んぼうだった。伯母のわたしにもよくなついた。百合が五歳になったとき、母親のお腹がまたふくれ、二人目の娘梗子が生まれた。ときどき実家に送られてくる写真を、わたしは目を細めて眺め、これほどかわいい娘たちを妹に授けてくれた天に感謝した。

あるうららかな春の日の午後、縁側でへそのごまをとっていると、「姉さん、ごきげんいかがですか」妹から電話があった。

「来てほしいんです。今度の土曜の午後に、うちに来てくれませんか？」

いったいなにごとだろう？

わたしは考えをめぐらせながら、乞われるがまま、土曜の午後に妹の家へ向かった。

「うちの百合が、梗子のことが心配だと言って、幼稚園に行かないんです。離れているあいだに、誰かに連れ去られてしまうのではないかと怖がって。今日はこれからカウンセラーが来ます。うちのひとが出張で留守なものですから、姉さんに立ちあってほしいんです」

やってきたのは、区の児童センターから派遣されてきた、臨床心理カウンセラーだった。白髪交じりの毛髪をシニヨンにまとめた中年の女性で、首には長い瑪瑙《めのう》のネックレスをぶらさげ、鉋《かんな》で削り出されたばかりのような、威厳のある、美しい横顔をしていた。

お茶を出して説明を始めようとする妹を制し、カウンセラーはまずは百合と並び、ベビーベッドの赤んぼうの顔をのぞきこんだ。

「かわいい赤ちゃんですね」

振り向いてそう言うと、カウンセラーは身をかがめて、隣の百合に何かささやき、帰っていった。姉妹の母親もまた、満足そうだった。それから百合は、もう二度と登園しなかったということだ。

小さなときからからだが弱く、外遊びに長く付きあってやれないわたしの妹は、娘たちに絵や歌を教えた。一家の父親は大きな商社に勤めていて、出張であちこち飛び回っていたけれど、家にいられる時間はすべて娘たちのために費やしていた。カタログから念入りに選んだ、子どものためになる本を読んで聞かせ、ときには田舎で過ごした自身の子ども時代の話をしてやっているのを、遊びにいったわたしも何度か見かけた。教えあうこと、語りあうこと、歌いあうことの好きな、仲の良い家族だった。

ところがこの一家に突然、予期せぬ不幸が訪れた。

「妹さんに、事故がありました」

半月が美しいある秋の晩、思いもよらぬ一報を受けて、わたしはしばし言葉を失った。

それは百合が九歳、梗子が四歳の年のことだった。姉妹の両親は、出張先のオーストリアで、天に召された。乗っていたタクシーが、トラックに激突されたのだ。当時、父親には、ウィーン支社転勤の話が決まりかけていたという。その出張では、父親が支社との条件調整をしているあいだ、母親は現地の駐在員妻に伴われ、住居と子どもたちの教育施設を見てまわることになっていた。タクシーから引きずりだされた父親は燕尾服、母親は白いロングドレス姿だったという。久々の夫婦水入らずの旅行の思い出に、インスブルックの舞踏会見物に行く途中だったのだ。

わたしは天に問うた。なぜ、まだ頑是無い子どもに、このようなむごすぎる試練を与えるのか。そして、ここ数年で立て続けに両親を失い、唯一の肉親として妹を心のよすがとしていたわたしのような弱い人間に、なぜこのような大きな悲しみと責任とを背負わせるのか。

とはいえ、天のなすことに理由などない。わたしはこれも生まれもっての定めと腹をくくり、孤児となった姪たちを引き取った。妹夫婦の保険金で郊外のマンションを一括購入し、そこで三人、新たに出直すことに決めた。長く勤めていた不動産会社は一時休職し、わたしは自分が持てるすべての時間を哀れな姪たちに捧げることを天に誓った。

この誓いを誠実に守るべく、わたしは日々けんめいに努力した。だがその実、わたしの努力は、子どもたちの努力に比すればどう見ても劣った。姉の百合は、自身の悲しみもまだ癒えていないというのに、幼い妹の悲しみを癒やそうと、いつも明るくひょうきんにふるまい、妹を笑わせることにその小さなからだの全エネルギーを費やしているようだった。一方、妹はけんめいに姉の話に耳を傾け、いつも影のように姉に寄り添っていた。わたしは姉妹を部屋の柱の前に立たせ、毎年ここで、二人の成長を記録しようと提案した。姉妹の頭の高さに引かれる柱の線が、わたしの目線を超すまでは、絶対にこの二人を守り抜いてみせる。そう自分に言い聞かせ、日々気持ちを奮い立たせた。

そしてこの新しい三人家族が、ようやく生活にリズムを見出し、家のなかの空気が安定してきたころ、わたしは休職した不動産会社に急な助けを乞われ、姉妹を残して三時間ほど家を留守にした。ほかの社員が何十回も失敗しつづけたというログインパスワードを一発で突破し、簡単なマニュアルを作成し、急いで帰宅してみると、部屋のなかには何枚もの画用紙が散乱していた。それらの紙の中心にかがみこんでいた二人の姪は、ハッと顔を上げた。

二人は絵を描いていた。わたしは足元にあった一枚を拾いあげた。それは水色のトラの絵だった。姉妹はくすくす笑った。ゾウやキリンやパンダの絵もあった。明るい色彩の、輪郭線のはっきりした、余白の多い絵……とはいえその明るさ、もの言えぬ動物たちの単純さは、かえって子どもたちのあまりに深すぎる悲しみを表しているように見えた。くっと胸がつまり、わたしは何も言えなかった。

「いまは何を描いているの？」やっとのことで聞いてみると、姉のほうは黙って画用紙の向きを変えた。のぞきこんでみると、そこには黒い服を着た人物と白いドレスを着た人物が手をつないで描かれている。わたしはすぐさま、それが誰を描いたものか察した。

黙っていると、百合は向きをもとに戻し、続きを描きはじめた。二人の足元にピンク色のチューリップが咲き、三匹の猫が寝そべった。頭には黄色い王冠が載せられた。傍の梗子は、二人の背景を水色に塗っていた。

わたしはすっかり感極まってしまい、完成したその絵を、画鋲を使ってテレビの横の壁に貼りつけた。すると姉妹も真似をして、ほかの動物たちの絵を、同じように部屋じゅうに貼りつけはじめた。

「この家の壁ぜんぶ、百合ちゃんと梗子ちゃんの絵で埋め尽くしましょう。そして歌いましょう」

姉妹ははにかみながらも賛成した。わたしは押し入れのなかから古いギターを持ち出してきて、知っているコードを奏でた。

それから二人は、毎日夢中で絵を描くようになった。やがて家じゅうの壁は二人の絵で埋め尽くされ、わたしたちの美しい音楽の調べは窓からあふれ、風に乗って、海を越え、はるかオーストリアの、緑の山々まで響いていった……。

「悪くないでしょ？」

A4用紙にプリントアウトした原稿を畳に放り出した雪生は、わたしの質問に答えず

iPhoneをいじりはじめた。

「これはね、『サウンド・オブ・ミュージック』の、マリア先生の自伝を参考にしたの。知ってる？　あれ、ほんとにいたひとなんだよ」

お腹を揺すると雪生は「あああ！」とうざったそうに身をよじる。

「ねえ、どう思った？」

「べつに。でも強いて言うなら、文ばっかりで飽きる」

「は？　写真とか絵も入れろってこと？」

「もっとせりふを入れて、バンバン改行してほしい」

「はあ……」

「それにここに出てくるやつ、子どもの世話するには不適任だろ」

「なんで？　どこが？」

「子どもが絵描いてるだけで胸つまらせたり感極まったり、情緒不安定」

「あ、そこはね、わたしが作ったの。伯母さんが本当に胸つまらせたり感極まったりしてたかは、わかんない」

「わかんないのに勝手に書くのかよ。それになんだよ、瑪瑙のネックレスのカウンセラーって。呪術師か？」

「違うってば、でもカウンセラーはほんとに来てたんだって。ていうかさ、伯母さんの情緒とかカウンセラーのネックレスとかそんな細かいこと言い出したら、ここに書いてあることの九割以上はわたしの創作だよ。そもそも、百合さんの伝記を書けって言われてるのに、これは伯母さん目線の伯母さんの伝記になっちゃってるじゃん」

「わかってやってんのかよ。職務不履行で訴えられるぞ」

「いいのいいの、駄目だったら書き直せばいいだけだから。それに、あのひとたちはあのひとたちが読みたいお話を作ってほしいんだから！」

ふーん、雪生は寝返りを打ち、わたしの太ももに手を伸ばしてきた。その手を振り払って流しに水を飲みにいくと、はめごろしの窓に薄ピンク色の赤ちゃんヤモリが腹を見せてくっついている。これも運気好転の兆候だろうか？　書き出すまでは難儀したけれど、いざ始めてみるとなかなかなめらかに筆が進んでいる気がする。時計を見ると、執筆開始からまだ二時間も経っていない。図書館で『サウンド・オブ・ミュージック』を読んだ時間も含めれば、だいたい四時間弱というところか。どのみち、なんと驚異的な生産速度。にわかに自分が誇らしくなって、わたしは雪生の傍にしゃがみこんだ。

「ね、書き終わって大金が手に入ったら、雪生に結婚のご祝儀あげるね。結婚式、いつだっけ？」

「来週の土曜」

「どこで？」

「青山の式場」

「へー、奥さんのドレスはどんなの？」聞いた瞬間、何かがパチンと頭に弾ける音がした。

「そうだ！」

わたしはまた興奮して、雪生の腹を揺さぶった。

「ねえ、百合と梗子が描いたあの絵って、死んだときのお父さんお母さんの絵じゃなくて、ひょっとして結婚式のときのお父さんとお母さんの絵だったんじゃないかな。うん、そんな気がする。あの妄想姉妹なら、昔の写真を見てあれこれ話を作ったり、そういう遊びは大好きなはず」

「なんだよ、その思いこみ」

「うるさい。ああ、明日までにもうちょっと書いておきたいから、もう邪魔しないで。ていうか、雪生ってうちにいつまでいるの？　来週結婚式なんでしょ？　下見とか引き出ものとか選びにいかなくていいの？」

「そんなのもう、ぜんぶ完璧にすませてあるんだよ」

「雪生、ほんとに結婚するならもううちには来ないほうがいいんじゃない？　わたし、奥さんに刺されたくないし、これからもらえる原稿料は、老後に備えてたいせつに貯金したいんだ。つまり不徳の罪で訴訟されても、慰謝料とか、払えないってこと」

「結局金かよ。おまえ、最低だな」

「雪生も最低。屑屋も持ってかない人間の屑。でも屑同士、たまにはお茶しようね」

ぶつぶつ言っている雪生を無視し、パソコンに向かい、書いた文章を改めて読み直してみた。

これはあくまでも百合の伝記のプロローグ的なものであり、もしわたしの直感が正しければ、伯母の目線はページを進むごとに語りから自然に剝がれて落ち、中立の第三者の目線に引き継がれるはずだ。とはいえこの方向性が九鬼梗子の意に染まないようだったら、また書き直せばいい。時間はたっぷり一年ある。焦らずのんびりいこうではないか、何しろ現実に生きた人間の一生を書き記す仕事なのだ、本来なら一年どころではなく書く人間の一生を捧げて取り組むような大仕事であるはずなんだから。

発光する画面をじっと見つめていたら目がショボショボしてきて、ベッドに転がり布団を頭までかぶった。なんだか喉が渇いている。「雪生、水持ってきて！」布団越しに叫んだけれど、返事はない。

布団を目まで下げてみると、雪生はいつ出ていったのか、もう部屋にはいなかった。

「なるほど」

原稿に目を落としたまま、九鬼梗子の第一声。

「なるほど」

第二声も同じだった。

「駄目でしたか?」

おそるおそる聞いてみると、ようやく彼女は目を上げて「とんでもない」と微笑んだ。

「さすが、プロの作家さんってすごいんですね。わたしのつたない話をこんなふうに書いてくださるなんて、本当に感服します」

褒めてくれているらしいけれど、油断はできない。わたしは口角をほんの少しだけ持ちあげ、あらたまった謙虚な表情をできるだけ崩さずにいた。

「あっ、いただいたクッキーがあるんだった」

九鬼梗子が立ち上がるとかすかな風が起こって、テーブルに置かれた原稿の一枚がフワリと床に落ちた。彼女は気づかずキッチンに行ってしまったけれど、原稿は文字が印刷されていない裏面を上にして落ちている。文字がわたしから身を隠した。これは凶兆だ。

キッチンから戻ってきた九鬼梗子は「あら落ちちゃってる」と原稿を拾い上げると、テーブルにクッキーの皿を差し出し、自分は一口紅茶を飲んだ。クッキーはマーガレットの花のようなかたちをしていて、表面に白いアイシングでふちどりがしてある。さあ何を言われるのだろう。身構えながらぼんやり眺めているうち、あの姉妹はきっとこんなクッキーだって作っていたに違いないという思いつきが、不吉な予感を退散させた。絵も描いたなら、二人はお菓子作りにだって興味があったはずだ。ひょっとして姉妹を引き取った尚子《なおこ》伯母さんの趣味が、お菓子作りだったりして？

　顔を上げると向かいの九鬼梗子は再び原稿を手に取り、眉を上げ目をやや見開き、鼻の下を伸ばして唇を嚙んでいる。言いたいことがあるのだけれどうまい言いかたが思いつかず、言葉抜きでどうにか相手にそれを悟らせようとしているひとが見せる表情だ。道ですれ違った大家さんが家賃滞納中のわたしに向ける顔、実家に帰ったときにスーパーでばったり会った中学校時代の恩師がスウェット姿のわたしに向ける顔……そういう顔に、よくこの表情が浮かんでいる。

「あの、もしお気に召さないところがあれば、すぐに書き直しますのでおっしゃってくださいね。そもそも、ちょっと説明が必要ですよね。まずこの文体は、お姉さんが似ていらっしゃったというマリア・フォン・トラップさん、つまりトラップ一家のマリア先生ですね、その先生の自伝の書きかたに寄せたものでして、なおかつ百合さんの伝記であるのに、目下伯母さんの伝記であるように見えるのはつまり、一人の人間のありかたを語るにはどうしても複眼的な……」

「いいんです」九鬼梗子はわたしの説明を遮った。「先生のお好きになさってください。感嘆していたんです。先生はわたしたちの生活を、どうしてこんなにも知ってらっしゃるんだろうって。ここまで詳しくお話ししていないのに、どうして魔法のように、ここまで書けるのかしらって」

「あ、ええと、そのう、つまりこれはあまりにも……」

「プロの作家のかたが書かれる文章って、やっぱりすごいものなのですね。読んでいると、確かにこんなことがあった気がするんです。伯母はきっと、こんなふうにわたしたちのことを見ていたと思うんです。特にこのお絵描きのくだりなんか、真に迫ってます。伯母がお仕事に行っていて、そのあいだわたしと姉は絵を描いていて、その日をきっかけに家の壁が絵だらけになって、伯母さんが美しい調べでわたしたちを導いてくれて……」

「ということは、やっぱり、こんなことってなかったですよね？」

「いえ、あったんだと思います。読んでいてなんだか覚えがあるように感じるということは、実際このとおりだったと思うんです」

九鬼梗子の熱っぽい口調が強い酒のように頭に効いてきて、わたしは紅茶をひと舐めした。どうやらこの伝記の第一の読者は、わたしが勝手にかつ真摯にでっちあげて書いたことを、実際に起こった現実の出来事だと思い込みつつあるらしい。創作者としてはこれは個人の想像力の産物ですと正直に告白するべきだろうか、それともこのまま話を合わせ、起きなかった過去の世界へ続く魅惑の花道を粛々と作りつづけてやるべきなのだろうか？

「でもね、わたしが背景を水色に塗っていたってところだけは違います」

「え？」

梗子は原稿をこちらに向け、該当箇所を指差してみせた。

「ほら。ここです。傍の梗子は、二人の背景を水色に塗っていた。っていうところ」

「あ、はあ……」

「わたしが水色を塗ってただけなんてことはありません。どちらかというと、色を塗るのは姉のほうが得意で、わたしは輪郭線を引くのが得意だったんです。前にお見せしましたけど、子どものころの姉の絵って楽しいけれどすごく単純でしょう。まっすぐな線と丸の組みあわせだけでできていて。わたしはもっと、複雑に、見たままの線を写しとって描いたんです。でもそんなのはヘンテコだって、いつも姉に塗りつぶされちゃいましたけど。ネコはネコ、キリンはキリンのかたちをしてるんだから、そんなかたちはしてないって」

一気に喋ると九鬼梗子はひと呼吸おいて、「そこだけです」と言った。「そこだけ、少し直していただけますか？」

わたしは慌ててバッグからノートを取り出し走り書きした。**ネコはネコ、キリンはキリン**。

「そこだけで大丈夫ですか？　ほかには……」

「ええ、あとは完璧です。このまま続けてください。順調ですね、楽しみです。今日はどうしましょう、もう少し大きくなってからのことを何かお話ししますか？」

「あ、その前に、さっきこのクッキーを見て思いついたんです。お二人は小さいころ、一緒にこんなクッキーを作ったことはありませんでしたか？」

「そうね」九鬼梗子はパッと顔を輝かせた。「ええ、そんなこともあったかもしれない。亡くなった伯母はお菓子作りが得意でしたから」

「やっぱり！　そうですよね、わたしもそうじゃないかと思ったんです」

「クリスマスには伯母は毎年チョコレートケーキを作ってくれたんですよ。クリームで小さな薔薇のかたちを作って、上にずらっと並べるんです。姉もわたしも大好きだった」

わたしはふかぶかとうなずき、ノートに「バラのケーキ」と書きこんだ。続きを聞こうとしたところで玄関のドアが開き、「ただいま！」沙羅の声がした。

「ああ沙羅！　手を洗ってすぐこっちに来なさい！　先生が百合ちゃんのお話を書いてきてくれたのよ」

リビングに入ってきた沙羅は「こんにちは」と挨拶すると、ランドセルも下ろさず母親の手から原稿を奪いとり、目を近づけて貪るように読みはじめた。

「どう、沙羅、すごいでしょう。お母さんのお話が、こんなふうになるのよ」

すると沙羅は顔を上げて言う。

「お母さんのお話じゃなくて、百合ちゃんのお話でしょ？　しかもこれ、百合ちゃんのお話じゃなくて、小宮のおばちゃんの話じゃないの？」

「それはそうだけど、そうじゃなくて、お母さんが先生にお話ししたことがこんなふうに本当のお話みたいになるって、すごいことじゃない？」

「本当のお話って何？」

振り返った沙羅の目は、鋭くわたしを見据えていた。

本当のお話とは？　如月百合の人生の一節を綴りはじめてしまったわたしは、すでに起きなかった過去の世界に片足を突っ込み、もう片方の足はまだ宙に浮かせた状態にある。この不安定な状態に置かれなければ見えないもの、聞こえないものがあるはずだし、浮いた足を頼りなく宙に踊らせる動きそのものが書くということでもある。つまりわたしは片足立ちの巨人のようなもので、自分の片足がいったい何を踏みつぶしているのか知らないまま、もう片方の足にその感触を反映させねばならない。わたしの身体は公平な真偽の判定機関などではなく、そこにはただ、生身の反応があるだけなのだ。

黙っていると、「本当のお話っていうのはね」九鬼梗子が口を開いた。「ここにあるクッキーと同じくらい、そのお話が本当だってこと」

沙羅は母親の顔をじっと見つめながら、手渡されたクッキーをバキッと奥歯で齧った。

「それでどう思う？　沙羅。百合ちゃんとお母さん、沙羅くらいのころにはこんなふうに遊んでたのよ」

「この、最後のほうでお母さんたちが絵に描いてた男のひとと女のひとって、死んじゃったおじいちゃんとおばあちゃんのこと？」

「そうよ、そうなの。おじいちゃんとおばあちゃんは、外国で黒い服と白いドレスを着て亡くなったんだから」

「そうなのかな。わたしはそうじゃなくて、おじいちゃんとおばあちゃんの結婚式の絵なんじゃないかと思った」

ぎょっとして、思わず沙羅の顔を凝視した。昨晩のわたしの思いつきとほとんど同じことを言うではないか。「どうしたの先生、ヘンな顔」驚くわたしに、沙羅は勝ち誇ったように畳みかけてくる。

「だってお母さんたちは死んじゃったおじいちゃんたちの格好を自分の目で見たわけじゃないでしょ。でも結婚式の写真なら、見たことがあったんじゃない？　だってわたしも、お父さんとお母さんの結婚式の写真、大好きだもん」

「まあ、そうだね……」

「お母さん、結婚式の写真、先生に見せていい？」

母親の許可を得るとすぐに沙羅はリビングの戸棚を開け、布張りの白くて薄いアルバムを持ってきた。差し出されたアルバムには、藤棚の下で寄り添う美しい新郎新婦の姿があった。九鬼梗子は両袖が大きく膨らんだ白いドレスを、九鬼青磁は黒い蝶ネクタイに細身の黒いタキシードを着ている。ウェディングドレスの九鬼梗子なら、この家にはじめて足を踏み入れたとき棚の上の写真コーナーで目にしていた。わたしはアルバムを手にしたまま振り返って戸棚の上のその一葉を見つめた。ウェディングドレスの新婦の横には、新郎ではなくうぐいす色の振り袖を着た彼女の姉、わたしにそっくりの如月百合が立っている。

「お父さんとお母さん、すごくお似合いだし、どっちも美人だね」

沙羅がアルバムをのぞきこんで言った。問答無用に、確かに実に美しい夫婦だ。しかしこんなにも美しい写真があるのなら、新婦と姉の写真ではなく、こちらを目に見えるところに飾るべきではないだろうか……。

「このころはお母さんもお魚みたいにぴちぴちしてたんだから。先生、お目汚し失礼しました。沙羅、ほら、もういいからしまってきなさい」

沙羅がアルバムを閉じる前に、わたしはもう一度九鬼青磁のタキシード姿を強く目に焼きつけようとした。

十年ほど前の写真らしい、藤棚の下の九鬼青磁はいまより細身でやや繊細そうに見えるものの、竹のように姿勢が良く、隣の新婦に負けないほど若々しい白い肌がしっとり光を放っている。沙羅の言うとおり、美男というより美人といったほうがしっくりくるような美しさだ。どのみちあとで必要になるだろうからこの印象もついでにノートに書いておこう、そのつもりでペンを握り直したのに何も言葉は浮かんでこない。九鬼青磁のこととなるとどうも頭がぼんやり熱くなって、執筆意欲が萎えてしまう。

アルバムをしまって戻ってきた沙羅はようやくランドセルを下ろし、母親の隣に座って二枚目のクッキーを齧った。

「あ、そうだお母さん。明日の授業参観の服、先生に決めてもらうんじゃなかったの？」

「え？　ああ、そうだったわね」

九鬼梗子はつまんでいたクッキーを皿に戻し、爪がパール色に輝く指先を念入りにティッシュでぬぐった。

「忘れるところだった。そうなんです、先生。お洋服をちょっと見ていただいてもいいかしら」

「えっ、服？　服をですか？」

「そうなの、わたしと沙羅ではどうしても決められなくて……いま持ってきますから、見てください」

九鬼梗子は二階に続く階段を上がっていき、わたしは沙羅と二人でリビングに取り残された。沙羅はクッキーを齧りながらテーブルの原稿をじっと見ていたが、ふと顔を上げてわたしを見据えると、やぶからぼうに「お母さんは決められません」と言った。

「でもわたしはまだ子どもで、お母さんのことを決めてあげられないから。だから先生がはっきりこれって決めてください」

「ええと……つまり、これからわたしが服を決めるの？」

「今日は服のこと。でももしかしたらちょっとずつ、ほかのいろんなことも……だってお母さんは」

言い切らぬうちに階段からまたせわしい足音が聞こえて、沙羅は口を閉じた。

「これなんです、先生、どちらがいいと思います？」

戻ってきた九鬼梗子は右手に紺色のツイードのツーピースを、左手に同じ素材で同じ色のワンピースを持ち、両方を顔の高さに掲げてみせる。

「ええっと……」わたしは一歩近づいて、二枚をよくよく見比べてみた。「つまり、お腹のところが離れてるほうがいいか、くっついてるほうがいいか、ってことですか？」

「あらやだ先生、それだけじゃありませんよ。こちらのほうが、こちらより少し襟のくりが深いでしょう？」九鬼梗子がからだに当てたのはツーピースのほうだった。「それに丈も、ほんのちょっぴり長いんです。それにこの裾、見てください。短いフリンジがついてるでしょう？　こちらのほうが、少し活動的なイメージではないかしら。どうですか？」

「どちらもお似合いです」

「これに比べるとこちらはもう少し、無難でしょう。でもちょっと、おとなしすぎるんじゃないかと思って」

九鬼梗子はワンピースを当て、またわたしの言葉を待った。期待されるがままどんなにじっくり見てみても、やはりお腹のところで離れているか、くっついているかの違いしかわからない。

「まあ先生もお困りですね。どうしましょう」

九鬼梗子はピアノの横にある背の高い戸棚の前に立ち、ガラス戸を姿見代わりに二着をあてがいながら、また一人でぶつぶつやりだした。どうしたものか途方に暮れていると、腰のあたりがツンと押される。振り向くと、齧りかけのクッキーを持った沙羅が目を見開いている。その唇が、ゆっくり「き・め・て」と動いた。

「せっかくの授業参観ですから」わたしは思いきって言った。「活動的なお洋服のほうがいいんじゃないでしょうか」

九鬼梗子は振り返り、「こちらですか?」ツーピースをからだに当てた。

「はい、そうです。すごくお似合いですし、顔色も明るく見えますし、ぜんたいにいきいきした雰囲気が生まれてます」

「あらそう?」九鬼梗子は再びガラスに向き直り、一歩遠ざかって目を細めた。「確かに。そうですよね、実はわたしも、第一印象ではこちらではないかと思ったの」

「はい。絶対にこっちだと思います」

「はい!」沙羅がパチンと大きく手を鳴らした。「じゃあ、それで決まり!」

ああ良かった、呟いて九鬼梗子はフーとためいきをつくと、ツーピースをカーテンレールに吊るし、選ばれなかったワンピースは無造作に食卓の椅子にかけた。

「ああ先生、ありがとうございました。これで一安心。では来週も、楽しみにお待ちしていますね」

次週に備えてもう少し如月百合の話を聞こうと思っていたのに、雇われ作家の今日の仕事はこれにて終了ということらしい。母娘に見送られ、わたしは九鬼家をあとにした。

はじめて来たときに咲いていた塀の定家葛の花はすっかり落ちて、いまは鋳造されたばかりの緑の硬貨のような、輝かしい小さな葉が塀沿いにふっさり茂っている。

その一枚の葉を指で挟んでこすりながら、わたしはこれからも長く続くであろう自分の仕事に想いを馳せた。次にこの花が咲くときには、如月百合の人生はどこまで書き上がっているものやら……。葉を放して歩きはじめると、「先生！」後ろから沙羅の声がした。振り返ると、バトンパス直前のリレー選手のように、小さな箱を片手で前方に突き出した沙羅がこちらに駆けてくる。

「お母さんが、これを先生のお土産にって。さっき食べたのと同じクッキーです」

「あ、ありがとう……」

箱を受け取ると、沙羅は肩で息をしながら、わたしをじっと見つめた。

九鬼梗子の介入なしで交わされる我々の視線には、ここしばらく、なんとも名状しがたい親密さが育まれつつあるように感じる。この親密さは、かつてこの子と伯母を結んでいた親密さと同じものだろうか？　さすがにもう涙ぐむようなことはないけれど、大好きな伯母に瓜二つのわたしを前にして、この子は内心、何を想っているのだろう。生前の伯母に提供されていた何かを、このわたしのうちに探したり、求めたりすることもあるのだろうか？　いまから気晴らしにパフェでも食べにいこうか、そう誘ってみたら、この子は喜んでついてくるだろうか？

「ねえ沙羅ちゃん、もしよかったら……」

「先生」沙羅はわたしの腕を引っぱり、そっと耳打ちした。「お母さんが、水色を塗ってただけじゃないってこと、忘れないようにお願いします、だって」


それからまもなく関東地方は梅雨入りし、わたしは久々に長引くひどい風邪をひいた。じめじめした湿気と体調不良のせいで、如月百合の伝記はすっかり滞った。からだがだるくて気も滅入るので、繭子と雪生に電話をして差し入れでも持ってきてもらおうとしたけれど、あいにく繭子はシンガポールに出張中で、雪生に関しては何度かけてもつながらない。というより着信拒否されているのかもしれない。考えてみれば、ちょうどこの週末に結婚式を挙げる予定なのだから、先方はこれを機にいよいよ本格的にわたしと縁を切るフェーズに入ったつもりでいるのか。それはそれで目下のところはまったくかまわないけれど、いつかきっと彼の肌が恋しくなるだろうという予感だけはすでに強くあるのが問題だ。この何年か何度も裸で抱きあい、他人にはめったに触らせないところを心ゆくまで触らせあった仲なのだから、にわかには取り消しがたい愛着が生まれるのは当然だろう。これから二十年後、三十年後の眠れない孤独な夜、わたしがベッドのなかで身がよじれるほど切望するのは雪生の熱い肌と肩を掴まれたり耳を噛まれたりしたときの甘い痛みだろう。が、それはさておき、病床のわたしが切実に恋しいのはわたし自身の健康な肉体だった。

市民のための創作ワークショップも九鬼家の訪問も電話を入れてキャンセルした。おかしな夢をいろいろ見た。夢を見ていないときはひたすらスマートフォンで知らないひとの園芸ブログを閲覧していた。元気なときでも洗髪は三日に一度でじゅうぶんじゃないかと気づきはじめた病床生活八日目、ようやく熱が引き食欲が戻ってきた。

衰弱していた一週間あまり、塩粥とポカリスエットとビタミンCのサプリメントだけで過ごした結果、鏡に映る病み上がりのわたしは以前よりひとまわり小さくなり、頬はこけ、外に出て仰向けば雨が溜まりそうなほどの深い隈までできてしまっている。久々に外の空気を吸いたくてムズムズしたけれど、あいにく外はまだ梅雨の雨模様だった。いやいやパソコンの前に座って仕事の遅れを取り戻そうとしたけれど、ずいぶんあいだが空いてしまったせいか、ファイルを開いてキーボードに指を置いてもちっとも続きが出てこない。せめて九鬼梗子に修正するよう命じられた色塗りのくだりを直そうとしてみても、一つの文章を直せばその前後の文章も必然的に影響を受けるので、結局ドミノ倒しのようにすべての文章を書き直さねばならなくなる。病み上がりの頭にはしんどい作業だった。一週間以上寝込んでいたあいだに、からだだけでなく言葉もヘチマたわしのようにスカスカになってしまったようだ。

こういうときにはやっぱり外に出て、良くも悪くも何かしらの刺激を受けてこなければ、からだも言葉も痩せ細る。雨のなか外に出るのは億劫だけれど、とり急ぎまずは何かうまいもの、うまいものといったら海の幸スパゲッティ以外にありえないのだけれど、それでお腹を膨らませたい。それから映画館に行くか、美術館に行くか、幸せ探しの旅に出るか……。

予定を画策しはじめたところで電話が鳴った。シメシメ雪生、早くもわたしが恋しいか、にやついて画面を見ると、かけてきたのは緑灯書房の東さんだった。

「あ、もしもし、鈴木さん？」

東さんの声はいつになく弾んでいる。もしやウリ坊増刷決定の報告かと思いきや、挨拶もそこそこに、相手は「今晩空いてますか？」と来た。

「え、今晩ですか？」

『『ヘアバンズ』のボーカルのヴィヴァンくん知ってます？　彼がうちから出した料理本がいまものすごく売れてるんですよ。今晩はホテルでその大ヒット御礼増刷祝賀パーティーがあって、読者を招いてヴィヴァンくんが生料理するんです。ご一緒しませんか？」

「ヴィヴァンくん？　が、生料理？」

「彼、これから小説を書くプランもあって、二次会ではベテラン作家はもちろん、新人作家とも話してみたいって言うんですよ。ですから鈴木さん、ぜひいらしてください。今朝になってからの急なリクエストで、皆さんなかなか都合がつかなくって」

「でもわたし、新人作家というか……ちゃんとした小説はもう二年も書いてませんし」

「いえいえ、何おっしゃってるんですか、新人賞も受賞したしうちではウリ坊の本も出したじゃないですか！　ね、それでどうでしょう、ホテルには豪華なビュッフェもありますから、ご飯だけでも食べにきていただけませんか？　それから二次会で、ちょっとお話ししてくださったら、ヴィヴァンくんすごく喜びますので」

それからも東さんがヴィヴァンくんの人気や才能を絶賛しつつ、こんな機会はめったにないと熱心に誘うので、とうとうわたしはじゃあ行きますと返事した。

ヴィヴァンくんがいかなる人物でいかなる料理を披露するのか、まったく知識も興味もない。けれども、ふだんまるで縁のない華やかな出版芸能の場に身を置いて、そこに集うひとびとを観察するのはきっとおもしろいことだろう。病み上がりの鈍った頭も、ほどよく活性化するだろう。はりきって身繕いを始めようとしたところで、すぐにパーティーに着ていく服がないことに気づいた。

こんなときには毎回違う服を着ている九鬼梗子の豊富なワードローブが心底うらやましい。わたしもひとに決めてもらわないとどうしようもないくらい、あんな衣装やこんな衣装のあいだで迷ってみたい。せめてあの着なかったワンピースを貸してもらえたらいいのに……みじめな気持ちで小さなクローゼットを開き、上の段に無理やり突っ込んだ衣装箱から、いちばんきれいでましな服を探した。わたしの一張羅といえば以前テレビの取材でも着たアニエスベーのブルーのカーディガンだけれど、いまはもう六月で、梅雨といってもウールの生地は厚すぎるし、お気に入りだからこれは雨に濡らしたくない。すると突然名案が浮かんだ。

数日前の電話で藺子が、シンガポールから帰ったら数日有休を取るつもりだと話していたのを思い出したのだ。

二十一世紀の資本主義国を生きるシンデレラには意地悪な継母も魔法使いもいないが、衣装持ちの女友だちだけはいる。カレンダーを見ると、帰国日は昨日だった。

わたしはすぐに電話をかけて一生のお願いがあると切り出し、三十分後には自宅でくつろぐ藺子を突撃していた。

疲れで朦朧としているらしい藺子が好きにしろと言うので、彼女のグラマラスなクローゼットを漁り、何点かを入念に試着して吟味し、最終的に黒いミニ丈のクロエのワンピースと小さなサテン地の紫色のバッグ、それからルブタンの黒いヒールサンダルを拝借することに決めた。エコバッグの中身をサテン地のバッグに入れ替え、靴擦れ防止の絆創膏を両足の踵に貼ったわたしは鏡の前に立ち、久々の盛装姿に思わず息を呑んだ。一週間の病人生活で衰弱したのもあって、肩の線は鋭く尖りお腹はぺったんこで、しゃばの刺激を求める双眸はランランと妖しく輝いている。

「クリーニングして返すから」

ベッドの藺子に呼びかけると、布団からつくしんぼうのように白い手が伸び、蝿などを追い払うときによく見られるあのアクションがなされた。

わたしは玄関のラックに吊り下げてあったハンターのレインコートを天の羽衣のごとく身

にまとい、陰気な雨など大気圏外まではねちらかすような勢いで、意気揚々とパーティー会場のホテルに向かった。

6. ライラック・エクスプロージョン

パーティー会場は色とりどりのヘアバンドを巻いたひとびとであふれかえっていた。

そういえば東さんが電話でヘアバンドがどうこう言っていたと思い出していると、「これをどうぞ」胸元に藤のコサージュを挿した女性がシャンパングラスとレモン色のヘアバンドを差し出してくれる。このひともまた、頭にコサージュと同じ藤色のヘアバンドを巻いている。

「あっ鈴木さん」

声がして振り向くと、ショッキングピンクのヘアバンドを巻いた東さんが手を振って近づいてきた。

「ほら、早く巻いて巻いて。このヘアバンドはご来場のお客さんへのプレゼントですから、巻いたまま持って帰ってもらって大丈夫ですよ」

東さんは藤の女性からグラスとヘアバンドを受け取ると、さっそくわたしの頭にヘアバンドをとりつけにかかった。

「パーティーですから、おでこ出しちゃいましょ。あら、すごくお似合いじゃないですか」

「なんでヘアバンドなんですか？」

「ヤダ、わたし言いませんでした？　ヴィヴァンくんのバンド、ヘアバンズっていうんです。いま若い女の子たちに大人気なんですから」

渡されたグラスのシャンパンをちびちび舐めながら会場を見回してみると、確かに若い女性が多い。制服の高校生から会社員風の女性まで、皆が皆カラフルなヘアバンドを巻き、胸の前で同じ本をぎゅっと抱えている。あれがきっとヴィヴァンくんの料理本なのだろう。せっかく豪勢なビュッフェ料理が後ろの巨大なロの字形のテーブルに並んでいるというのに、彼女たちはそちらには見向きもせず、主役の登場をいまかいまかと待ちわびている。奥のステージには料理番組で見るようなぴかぴかのキッチン設備が揃っていて、周囲には岩石のように頑丈そうなカメラが何台も設置されていた。

「あの、東さん。今日はこれからどういう流れなんですか？　皆さん本を持ってるみたいですけど、あとでサイン会もするんですか？」

「サイン会は今日はなしです。今日のメインイベントは、なんていったってヴィヴァンくんの生料理ですから」

ちょっと待っててくださいね、そう言い残して東さんはひとごみに消えていってしまった。このすきにビュッフェ料理を堪能しようとテーブルに近づき積まれた皿に手を伸ばしたところ、ひょいと横から本が差し込まれる。

「ほら、鈴木さんもどうぞ。『ヴィヴァンくん、卵で作る』です」本を押しつけた東さんはニンマリ笑った。「もう七刷で、累計二十万部の大ヒットなんです」

表紙にはブルーグレイの瞳に季節外れのフワフワのニットを着たハンサムな青年が、山盛りの卵の籠を抱えて微笑んでいた。どうやらこれがヴィヴァンくんらしいが、頭にヘアバンドは巻いていていない。

「卵っていっても、卵焼きだけじゃありませんよ。いろいろ作ってるんです。こちらの本も差し上げますから、おうちでゆっくりご覧になってください。ちなみに今日生料理するのは、スペイン風オムレツです」

引っぱられるがまま前方の人だかりに戻っていくと、ふいに会場がざわめき、カメラのシャッター音が響いた。たちまちキャーッと歓声が上がる。奥のドアから出てきたヴィヴァンくんは、その歓声に応えて手を振る。あちこちに房飾りが垂れる鮮やかなエメラルドグリーンのナポレオンジャケットの首元にペイズリー柄のたっぷりとしたスカーフを巻いていて、幾何学模様のパンツの裾からはヘビ革のショートブーツがのぞいていた。すごくゴージャスな感じだけれど、これから公衆の面前でスペイン風オムレツを作ろうとしているひとにはとても見えない。そしてやっぱり、実物もヘアバンドは巻いていない。

ヴィヴァンくんがステージのキッチン台に立つと、すかさずマイクを手にした白いスーツの女性が走り寄っていった。

「こんばんは」

差し出されたマイクへのこの一言で、またしても黄色い歓声。スーツの女性は満足そうに顔の前で拍手を送り、その後自らにマイクを向ける。

「皆さま、今日はお忙しいなか『ヴィヴァンくん、卵で作る』の大ヒット記念祝賀パーティーにお越しくださいましてありがとうございます。ヴィヴァンくんのはじめてのご著書となりますこちらのご本、皆さまの熱いご支持を賜り、おかげさまで早くも七刷、我が社の記録に残る嬉しい大ヒットとなりました。来月には第二弾、『ヴィヴァンくん、だしで作る』刊行の予定もございますので、こちらも宜しくご高覧くださいませ。さあ、本日はこれから皆さまお待ちかね、ヴィヴァンくんご本人が、人気レシピのスペイン風オムレツを皆さまの前でご調理くださいます。どうぞお楽しみくださいませ！」

観客たちの拍手にヴィヴァンくんはふっと微笑むと、おもむろに籠の卵を一つ手に取り、台のふちにコツンとぶつけてボウルに割った。「あっ、いま、卵を割りました」するとまた、黄色い歓声。それからも傍の女性はヴィヴァンくんの作業を細かに実況しつつ、あの手この手で感情豊かに本の宣伝を続ける。東さん含め、周りの女性は一心不乱にステージのヴィヴァンくんの一挙一動を見つめている。ヴィヴァンくんがトマトを切りはじめるとまた一段と熱い歓声が上がった。その歓声に紛れてわたしはひとごみをかきわけ、後ろの閑散としたビュッフェテーブルまでどうにか辿り着いた。

さっきは邪魔をされて届かなかった大きな白い皿を手に取り、何をどの順番で食べるべきか思案しつつ、ひとまずロの字形のテーブルをゆっくり一周する。

体調不良でこの一週間は塩粥ばかり食べていたから、テーブルに並ぶ豪勢な料理に目がチカチカした。こんな豪勢な料理が選び放題、食べ放題とは、なんと素敵に退廃的なパーティーなんだろう。カトラリー置き場に飾られた「L」「O」「V」「E」のかたちをした大きな氷の彫刻の前で、わたしは深呼吸をして興奮を落ち着けた。そしてまずは伊勢エビのテルミドールで始めようと心を決めたとき、

「律さん？」

本名を呼ばれてぎくっとする。振り返ってみて驚いた。そこに立っていたのは九鬼青磁、頭に蛍光オレンジのヘアバンドを巻いたあの麗しい九鬼青磁だった。

「律さん。やっぱりそうだ」

相手の視線がさっとわたしの全身を走る。その目に賛美の色が浮かぶのをうっかり見逃すわけにはいかない。どうせレモン色ヘアバンドで台なしになっているだろうけど、わたしは今日、成人式の晴れ着姿を超える最高にセクシーなアウトフィットでこの場に立っているの

だった。

「九鬼さん。どうしてこんなところに」

「律さんこそ、どうしてここに」

近よってきた九鬼青磁とわたしはＬＯＶＥの彫刻の前で見つめあった。九鬼青磁は相変わらずしみじみあわれに美しい。間抜けなヘアバンドを巻いていても、本人の魅力はほんのちょっぴりたりとも失われていない。凜々しくも繊細な顔立ち、たくましい肩幅、すっと伸びた背筋、着ているスーツの生地だって天井のシャンデリアの照明の下で控えめに輝いている。

この前ベンツで送られた日には気まずい感じで別れてしまったけれど、こうして再び本人を目の前にすると、はじめて会ったときのような新鮮な感動が胸にあふれて止まらなくなった。

「出版社のひとに呼ばれたんです。その、ヴィヴァンくんが生料理をするからって……」

「律さんもヴィヴァンくんのファンですか？」

「いいえ、わたしは特に……でも、あの、ちょっと社会見学にでもと思って」

「家内から、今週はうちにいらっしゃらなかったと聞きました。ご体調が悪かったとか」

「あ、ええ、実はそうなんです。ご迷惑おかけしましたけど、来週は伺います」

「家内は律さんがいらっしゃるのをとても楽しみにしてるんですよ。娘の沙羅もです。どんなお話を書いてくださるのか、僕もとても楽しみなんです。完成するまでは駄目だって、家内は律さんの原稿をまだ一枚も見せてくれなくて……。ところで律さん、ヘアバンドがお似合いですね。すごく素敵だ」

「え、あ、ありがとうございます。九鬼さんも……お似合いです」

「いやいや、これは恥ずかしい姿を見られてしまいました。失礼、僕のほうも仕事の関係でして。今回のイベントを請け負ったのがうちの会社なんです。空間プロデュース業といいますか、それでこの緑灯書房さんともいろいろお付きあいがありましてね」

そういえば九鬼梗子が以前、テレビで見たわたしと接触するために主人のつてを求めたとか、そんなことを話していた記憶がある。「律さん」九鬼青磁は急に一歩後ずさり、じっとわたしを見つめた。かと思うとふいにせつなげな表情を浮かべ、横を向いた。視線の先にはＬＯＶＥの彫刻がある。

なんだかまずいことになりそうだった。

「あのー、わたし、まだ何も食べていなくて……」

「律さん」

九鬼青磁はこちらに向き直り、「一緒にここを抜け出しませんか」と来た。

「こんな偶然も何かのご縁でしょうから。この前はずいぶん失礼なことをしてしまって……一度ゆっくり、お話ししたいと思っていたんです」

「えーと、あの、でも……」

ステージではヴィヴァンくんがとうとうフライパンをＩＨの調理台に置いたらしく、ひときわ大きな歓声が上がる。きっとここからが正念場なのだ。

「お腹がすいてるのなら、どこかべつのところで食べましょう。ここは落ち着きませんから」

九鬼青磁の目は、なんだか切迫した感じだった。いまにも自分を打ち捨てようとしている積年の恋人に向けるような、恨みがましいじっとりとした眼差し……ひょっとしたらひと違いをされているのかもしれない。でも若き日のレオ・ディカプリオのような美男子にこんな目で見つめられるのは、ぜんぜん悪い気がしない。伊勢エビのテルミドールだってもはや惜しくもなんともない。

わたしは手にした皿を氷のＬＯＶＥの前に置き、九鬼青磁とパーティー会場をあとにした。


連れていかれたのはホテルの最上階にある薄暗いカフェバーだった。

行きつけなのか、入り口に立っていた黒服のスタッフは九鬼青磁の顔を認めるなり感じ良く微笑み、窓際に並ぶ半円テーブルの一つにわたしたちを案内してくれる。テーブルはほど良い間隔を保って並んでいて、両隣ではいかにもいわくありげなカップルが寄り添って夜景を眺めていた。

「律さん、なんでも好きなものを食べてください。ここはフード類もけっこうおいしいんです」

半円の直線を壁に沿わせてあるから、九鬼青磁とわたしは並んでいるとも向きあっているとも言いがたい中途半端な角度でテーブルの曲線に腰を下ろした。照明が暗くて、まだ目が慣れない。黒服のスタッフが手元のキャンドルに火をつけると、九鬼青磁はなぜだかその灯りをさりげなくテーブルの奥に押しやった。

「アンチョビ風味のフレンチフライが僕のおすすめです。おいしいですよ。それからパスタなんかもあります」

注文した料理を待つあいだ、わたしたちは「ライラック・エクスプロージョン」という名のカクテルで乾杯した。何をどう調合しているのかさっぱり見当がつかないけれど、ブルーハワイのかき氷を炭酸水で溶かして、とびきり洗練させたような味がする。喉がひんやりして、気持ちがいい。そして窓の外には大都会東京のきらきらしい夜景。カクテルグラスの細い脚を指先でこすりながら隣の顔をちらっと見ると、九鬼青磁は恥ずかしそうに微笑んだ。なんだかいきなり自分がいい女になったような気がする。相手のすべらかな額には、エレベーターのなかで外したヘアバンドの痕がまだうっすら残っていた。

「なんだかドキドキしますね」九鬼青磁が言った。「いつもと感じが違う」

「そうでしょうか。いつも、っていっても、わたしたち、まだ二度しか会ったことがないような……」

「そうですね。これが三度目ですね。でも僕は、律さんのことをずっと前から知ってたみたいだ……ご執筆は順調ですか？」

「え？　あ、はあ、まあ、ぼちぼち……でも今週は、ちょっと臥せっていたもので」

「ああ、そうだった。病み上がりのひとをこんなところに連れてきてはいけなかったかな」

「いいえ、嬉しいです。ありがとうございます」

いまの返答はちょっと無難すぎたかも？　後悔を制するように、いい香りのアンチョビ風味のフレンチフライが運ばれてくる。空になったカクテルグラスは回収され、いつ頼んだのか、続けて銅のタンブラーにたっぷり注がれたビールが到着した。

「さあ、食べましょう。僕もお腹がすいた」

九鬼青磁は細い指でフレンチフライをつまみ、口元に持っていった。わたしはひんやりした銅のタンブラーで唇を冷やしながら、窓の外の夜景とフレンチフライを食べる九鬼青磁を交互に眺める。いや、夜景というより、窓にうっすら映る九鬼青磁と隣の本人を交互に眺めている。

「このあいだは、本当に失礼なことをして……」

「えっ」

「車でお送りしたときです。びっくりさせてしまいましたね」

「あー……」

あの日、西日が射すベンツのなかで急接近してきた九鬼青磁の顔がにわかに甦る。じゃりんと鳴った、銀の腕時計の音、ミントの香りの吐息……。

「大丈夫です。わたしこそ、なんだかヘンな感じになっちゃってすみません」

「もう家に来てくださらなくなるんじゃないかと、心配でした」

「いえいえ、奥さまは本当に親切にしてくださいますから。それに、自分のためです」

「自分のため？」

「ええ、実在した誰かの一生を書くなんて、わたしには難しすぎると思ったんですが、すごくおもしろい仕事なんです。きっとすごくいい経験になると思うんです」

するとそれまでじっとわたしを見つめていた九鬼青磁は、「ああ、なるほど……」とやや身を引いて目を伏せた。

いまのはちょっと、優等生すぎる発言だったかも？　「お恥ずかしいんですけど」というわけで、今度はちょっと弱気な声を作ってみる。「実はわたし、デビューしてから、あの絵本以外は何も書けていなくて……」

九鬼青磁は無言だった。先日車で喋ったときには、前のめりにわたしの小説に興味を持ってくれているようだったのに、この変わりようはなんだろう。とはいえあのとき、小説の話を持ち出されて不機嫌になったのはこのわたしのほうだった。九鬼青磁のほうでもうっすらそれを察して、学んだということなのかもしれない。

沈黙が気まずくなってきたところで、いい具合に魚介のパスタが運ばれてくる。

「ああ、おいしそうですね」

九鬼青磁は一皿のパスタを二つの小皿にきれいに取りわけ、わたしに差し出してくれた。

「ありがとうございます。パスタ大好きなんです。特にこういう、魚介のパスタが」

「僕も好きですよ」そう言って九鬼青磁はまた笑顔を見せてくれた。やっぱり会話に困ったときには天気か食べものの話をするに限る。フォークに小さく巻いて一口食べてみると、この魚介のパスタはわたしが熱愛する海の幸のトマトソーススパゲッティとはまったくの別物であることがわかった。まず塩味だし、エビは殻つきの立派なやつだし、ムール貝もたっぷり入っているし、パセリは生パセリだ。おいしいはおいしいけれど、上品すぎてものたりない。何よりわたしの大好きなあつあつのホタテが入っていない。

「この魚介のパスタはすごく上品な、洗練された感じですね。わたしがいつも食べてるのと、ぜんぜん違います」

「ああ、行きつけのお店があるんですか?」

「はい、友だちが働いているオフィスの近くに、いいお店があるんです。そこの店の海の幸のトマトソーススパゲッティが、大好きなんです」

「そうですか。それはぜひ、近々僕もご一緒したいな」

「じゃあぜひ、一緒に行きましょう。雑居ビルのなかの、本当に、ご案内するのに気が引けるような小汚いお店なんですけど……」

「いやいや、僕も本当は、こんなおしゃれな店よりそういうお店のほうが好きなんですよ。こういうところは、ちょっと気が張りますからね」

「こういうところ……奥さまや沙羅ちゃんとも来るんですか？」

すると九鬼青磁の熱い視線はみるみるしぼんでいき、きれいな弧を描く上下の唇がわずかにぶるっと震えた。

「ええ。沙羅は、日曜のランチにここに来るのが好きです」

九鬼青磁は目を伏せたまま、ごく薄い笑みを浮かべて言う。

「そうなんですか。こんなところで家族団欒できるなんて、素敵ですね」

「昔の話です。家族団欒というか……あなたに似ているひとも一緒でした」

言われてドキンと胸が波打つ。あなたに似ているひと……というのは、もちろん亡くなった如月百合のことだ。

「百合さんも一緒だったんですね。皆さん、本当に仲が良かったんですね」

「ええ。家内と百合さんの姉妹の絆は並大抵のものじゃありませんでした。ずっと二人で支えあって生きてきたんですからね」

「梗子さんからも聞きました。小さいころから、本当にお姉さんが可愛がってくれたって」

「……家内の百合さんにたいする気持ちは、相当に深いものなんです。去年彼女が突然亡くなってしまったときには、それこそ影のようになって、目を離せばすぐにでも消えてしまいそうだった。まだ傷は癒えていないでしょう。そのせいで、律さんにおすがりするようになってしまって……でも律さんが、本当に百合さんに似ているから、僕もそんな気になって」

「わたし、そんなに百合さんに似ていますか？」

「ええ、それはもう。律さんも写真を見たでしょう」

「見ました。自分でもよく似てると思いましたけど、でも、長い時間ずっと一緒にいたひとからすれば、本当に瓜二つには思えないんじゃないかと……」

「それは僕たちの願望のせいでしょう。あるひとを強く求めるあまり、似たところのある誰かをすっかりそのひとに仕立ててしまうんです。似ていないと思えるところは、目が勝手に消して見てしまうんです。もし僕たちとまったく関係のないひとが律さんと百合の写真を見たら、二人はまるで別人だと言うかもしれませんね」

「そうでしょうか……」

「律さん」九鬼青磁はテーブルに肘をつき、西日の射すベンツでしたように、ふいに顔を近寄せてきた。

「あなたをよく見ていいですか」

答えるまもなく、わたしは九鬼青磁の視線に一瞬でとらわれた。今度は逃げることができなかった。まっすぐで切実な視線の釘で貫かれて、まばたきも、身動き一つもできない。

「本当にきれいだ」

言われた瞬間、このひとは同じ言葉をわたしと似た誰かにもここで言ったはずだと直感した。

その誰か――如月百合は、溺愛する妹の夫にいったいどんな言葉を返したのか。すげない返事ではねつけたのか、あるいはこの男の美しさと弱さに屈服して、何もかも受け入れてしまったのか……目の前の男の黒い瞳に、ぎりぎりまで張りつめ、いまにも開こうとしている百合の蕾が見える気がする。

「……百合さんにも、ここで、同じことを?」

質問に答える代わりに、九鬼青磁は長い指でわたしの額を優しくなぞってささやいた。

「まだ痕がついています」

抗おうとした。でも無理だった。わたしは手を伸ばし、九鬼青磁の額に残るヘアバンドの痕をそっとなぞった。

九鬼青磁の顔がゆっくり近づいてきた。

きっと同じようなことが、ここであのひとにも起こったのだ。

わたしは息を呑み、かつて彼女が受け入れたに違いない、目の前の唇を受け入れた。

秘密を抱えてしまった。

水曜の創作ワークショップを終えたあと、わたしは九鬼家に行くか行くまいか、公園でたまご蒸しパンを食べながらひとしきりぐずぐず思い悩んだ。

土曜の朝の別れ際、九鬼青磁は「昨日のことは、僕と律さんの心だけに留めておきましょう」とささやいた。それはそうだろう。九鬼梗子がこのことを知ったらわたしは大事な目下の仕事を失うことになるし、九鬼家には相当にハードな日々が訪れることになる。当分知らんぷりをして訪問を続けるべきなのだろうが、さすがにまだ一夜の記憶が生々しいうちに何も知らない九鬼梗子と顔を合わせるのが気まずい。

週末、ベッドの上で九鬼青磁とわたしがすっかり罪深い人間になってしまったとき、九鬼梗子もまた、同じタイミングで世にも純粋な聖女としてわたしの心に生まれ変わった。

九鬼青磁のあの動揺と粘っこい眼差しを見る限り、生前の如月百合と九鬼青磁は関係を持っていたに違いない。となると愛する姉と夫に裏切られ、いままた同じような構図で裏切られている無垢な九鬼梗子の、なんと気の毒なことだろう。これまでに目にした彼女の一挙一動が、汚れを知らぬ清らかさに満ちているように思い返される。とはいえひとは何度でも、他人の心のなかで生まれ変われるものだ。つまりもし、九鬼梗子が純粋な聖女でありながら、姉と夫の裏切りを知っていたら？……もしそんなことがあったとしたら、これまでの九鬼梗子の話はなんだか信用ならなくなってくる。自分を裏切った姉にそっくりな人間を目にすることだって辛いだろうし、その人間に当の姉の伝記を書かせる目的だってさっぱりわからない。如月百合は山の事故で亡くなったそうだが、そもそもその山に、彼女は誰と登ったのだろう？　嫉妬に駆られたある一人の女の手が、斜面に立つもう一人の女の背中に伸びていく……そんな場面が映画の予告編のようにするする頭に流れ出したとき、バッグのなかで電話が鳴った。

「もしもし、先生？」

九鬼梗子の甘い声に、たちまち不穏な想像がかきちらされる。

「はい！　なんでしょう」

「今日は何時ごろにいらっしゃる？　先生がお越しになる時間に合わせて、パン・プディングを焼こうと思って」

「パン・プディング……」

何も知らずにわたしを喜ばせようとパン・プディングを焼く九鬼梗子、そしてすべてを知ってわたしを毒殺しようとパン・プディングを焼く九鬼梗子。二人の九鬼梗子がいま、電話の向こうで手招きをしている。まんまと殺されるのも辛いが、罪を隠蔽してパン・プディングにむさぼりつく自分の醜悪さにも耐えられそうにない。

「ご、ごめんなさい、実はまた風邪がちょっとぶりかえしてきちゃったみたいで。もうすぐ家を出ようと思っていたところなんですが、なんだか熱っぽい感じがあって……」

「あら、それはたいへん。先生、くれぐれもご無理はなさらないでね」

「すみません……では申し訳ないんですけど、今日もお休みさせていただいて宜しいですか？　二週続けてになってしまって、本当にすみません」

「いいえ、気になさらないで。無理は禁物です。今年の夏風邪はしつこいみたいですからね」

「その代わり、来週には必ず原稿を用意してお見せします」

「ええ、でも本当に無理はなさらないでね。では来週の水曜日、改めてお待ちしていますね。そのときパン・プディングを焼きますから、また当日お電話します」

電話が切れると、わたしはためいきをついて背後のクチナシの茂みに寄りかかった。なんだかどっと疲れた。このまま目を瞑って、生まれたときからの罪も忘れて、かぐわしいクチナシの香りを嗅ぎながら午後の時間をだらだら過ごしたい。でもからだのなかで、誰かに絶えず足踏みをされているような、そわそわ落ち着かない感じもする。

梅雨の中休みで、空はすかっと晴れわたっていた。ここでじっとしていたいけれど、やっぱりじっとしてなどいられない。

わたしは最寄り駅に向かって歩き出し、ちょうどホームに入ってきた下り電車に飛び乗った。

午後の強い日差しを浴びた郊外のマンション群は、古代の遺跡めいた威容を誇って高台にそびえたっていた。

広大な敷地のなか、先月の記憶を頼りに百合と梗子姉妹が暮らしていたハム色の一棟をなんとか探し当ててみたものの、さて、これからどうしたものか。

わたしは雇い主の九鬼梗子をより満足させるために、より良い伝記を書くために、またべつの角度から如月百合というひとのことを考えてみたかった。この緩やかな衝動は、瓜二つの死者への共感に端を発するものなのか、それとも作家の端くれとしての使命感なのか？　どちらにせよいまや、九鬼梗子の語りのみを唯一無二の真実と信じて如月百合の生涯を記すことに、わたしはだいぶ、気が引けている。何を書くにも、そもそも、もっとべつの足の踏み場があっていいはずなのだ。

こわごわエントランスの扉を開けると、管理人室の窓から白髪の老年男性がぬっと顔を出した。これが先日内視鏡検査で留守にしていた、管理人の内山氏に違いない。

「こんにちは」

目を合わせず、さも住人のように頭を下げて通り過ぎようとすると、「ちょっと」さっそく声をかけられる。

「ちょっとあなた！　こっちに来なさい」

老管理人の目つきは鋭く、額に深く刻まれた皺の一本一本に海千山千の威圧感が漂っている。しかたなく近づいていくと、相手は立ち上がって目を見開き、わたしの顔にまじまじと見入った。

「ああ、驚いた。すみませんね、以前ここに似た子がいたものだから」

これは間違いなく如月百合のことだった。手強そうな老人だけれど、うまくすれば何か情報を得られるかもしれない。

「それは……あの、如月百合さんのことでしょうか?」

「ああ、なんだ知ってるの。そうだ、百合ちゃんのことだよ。あなたお友だち?」

「ええ、そうです。去年、突然亡くなってしまって……」

「そう、まだ若かったのに気の毒にね。小さいころからここに住んでたけど、本当に感じのいい子だった」

「本当に……百合ちゃんはすごく感じが良くて、わたしの大好きなお友だちでした」

「それで今日は何しにきたの? あなた、ここに来るのははじめてでしょ? 俺はここに来るお客さんの顔は全員覚えてるんだけど」

「今日は二度目なんです。このあいだ来たときには、管理人さんはお留守でした。貼り紙がしてあって、確か、内視鏡検査か何かで……」

「ああ、あのときか。それは珍しいときに来た」

「検査、大丈夫でしたか」

「ああ、大丈夫でしたよ。それで今日はどうしたの」

ここが勝負どころだ。わたしは『タイタニック』のレオが冷たい海に沈んでいくシーンを思い出して、ぐっと目に涙を滲ませた。

「ごめんなさい、あまりに百合ちゃんのことが突然のことだったもので……忘れられなくて……百合ちゃんは、わたしのたった一人の友だちだったんです。いまでも毎日が辛くて、ちょっとでも百合ちゃんを感じられるところにいたくて、それでつい、ここまで……」

「ああ、そうなの。たった一人の友だちか……。あ、ほら、そこであんまり泣かないで。住民がびっくりするから、ちょっとこっちに入りなさい」

老管理人は脇のドアを開けて、わたしをなかに招き入れてくれた。これはチャンスだと思い、勧められた椅子に涙ながらに座りこむ。

「アイスココアでも飲みますか？　今日は暑いから」

老管理人は冷蔵庫からココアの紙パックを取り出し、グラスに注いでわたしの手元に差し出してくれた。

「そこにティッシュがあるから、涙を拭きなさい」

「ありがとうございます。すみません、まだちょっと……」

渇いた喉に、アイスココアがつくづくおいしい。ティッシュで軽く頬の涙をぬぐうと、できるだけしおらしく見えるよう、肩幅を狭めて小さくなった。

「はあ、なんだか、百合ちゃんがそこに座ってるみたいだな。あなた百合ちゃんとはどこで知りあったの？　妹さん以外、誰かがここに百合ちゃんを訪ねてくることなんてめったになかったけど」

「はい、百合ちゃんとは、あの……ヨガ教室で知りあいました。顔が似てるので、なんとなく親しみが持てて」

「そりゃそうだろうな。なんだかんだ、人間はやっぱり、自分と似た人間に惹かれるものだ」

「でもまだ、仲良くなって一年も経っていなかったんです。ようやく大親友を見つけたと思ったのに……もっと百合ちゃんのことを知りたかったのに、叶わなかった。百合ちゃん、子どものころはどんな子だったんですか」

「百合ちゃんはなあ、いつもにこにこ明るくて、挨拶もよくできる子だったよ。ここに来たばかりのころは、いつもおとなしい妹さんの手を引いて、あちこち歩き回ってたな。小宮さん……あ、これは二人の伯母さんだけどね、あなた、ご両親の事故のことは知ってるか？」

「はい、小さいころにご両親が海外で亡くなって、伯母さんに育ててもらったと、ちらっと聞いたことがあります」

「そうなんだよ、小宮さんもよく二人の面倒を見たよ。ご両親のことを聞くまでは、俺もほんとの親子だと思ってたくらいだからね。まだ小さいころに親を亡くして辛かっただろうけど……あっちょっと、轟《とどろき》さん！」

管理人が窓から呼びかけたのは、スーパーのビニール袋を提げてロビーを通り過ぎようとしていた老婦人だった。

「轟さん、ちょっとこっち来てくれ」

手招きされて近づいてきた轟さんは、窓からわたしの顔をのぞいて「あっ」と声を出す。

「ほらな、やっぱり似てると思うよな。轟さん、この子は百合ちゃんに似てるけど百合ちゃんじゃないよ」

「ああ、びっくりした。百合ちゃんが戻ってきたのかと思ったわ」

「だよな。ええと、ところであなた、名前は」

「あ、えーと、柏木《かしわぎ》です。柏木繭子」

咄嗟に口に上ったのは、偽りではない、わたしが真に愛する生きた大親友の名前だった。

「柏木さん、このひとはもうずっと長く百合ちゃんの部屋の隣に住んでる轟さん。轟さん、こちらは柏木さん。百合ちゃんの友だち。百合ちゃんが恋しくて、訪ねてきたそうだよ」

「まあそうなの。百合ちゃんのことは、本当に急なことでね……まだ若かったのにね」

「百合ちゃんのことが知りたいんだとさ。ちょっと時間あったら、知ってることを聞かせてやってよ」

管理人がドアを開けると、轟さんは身を斜めにして入ってきた。ビニール袋をテーブルに置き、パイプ椅子を開いてまじまじとわたしの顔に眺め入る。

「ふーん、まあ似てるけど、よく見たらそうでもないわよ。百合ちゃんはあなたよりもっと色気があったし、眉毛のかたちももっときれいだった」

内心ムッとしたけれど、『タイタニック』で海に沈むレオを想ってわたしはポロポロ涙を流す。

「百合ちゃんがいなくなってしまったのが、本当に寂しくて、やりきれなくて……。なんでもいいので、百合ちゃんのお話を聞かせてもらえないでしょうか」

「なんでもいいって言われてもねえ……大人になってからは、廊下で会えば挨拶するっていうくらいの仲だったからね。でも子どものころは、よくお喋りしたのよ。活発でお喋りな子でね、あたしを見かけると遠くからでもおばちゃん、おばちゃんって呼びかけてくれてね、いつもおもしろい話を聞かせてくれた。小さい妹の面倒もよく見てあげててね、すごくいい子だったわ」

「そうですか……確かに百合ちゃんはいつも明るくて、太陽みたいなひとでした」

「だね、ほんとにまさしく、太陽みたいな子だったね。勉強もよくできてね、テストで百点とるとわざわざうちまで見せにきてくれたんだから。作文も得意だったし絵を描くのも好きでね、大人になったら絵本を作る人になりたいって言ってた。でも結局は中学校の国語の先生になったんでしょ。お話作りも上手だし、子どもにも好かれるだろうし、百合ちゃんにはぴったりの職業じゃないの。妹の梗子ちゃんもお姉さんを追って一緒に先生になるのかしらと思ってたけど、確か大学も出ないうちに結婚しちゃったのよね」

「あ、ええと、妹さんのことは、わたしはあんまり……妹さんは、どんな感じだったんですか？」

「梗子ちゃんはねえ、お姉さんとは真逆。あなた知らない？　小さいころからおとなしくってね、こう言っちゃなんだけど、地味な子だったわ。いつも元気なお姉ちゃんのあとをくっついてまわる、お姉ちゃんの影みたいな子。ああ、それで思い出したけど、一度梗子ちゃんが、作文コンクールで県知事賞をとったことがあるのよ」

予期せぬ言葉が聞こえてわたしはハッと顔を上げた。作文コンクール。それは九鬼梗子の顔色を一瞬で変えてしまう、あの作文コンクールのことではないか？

「県知事賞ってすごい賞でしょ？　みんなびっくりしてた。そういうのが得意なのは百合ちゃんのほうだったからね、もしかしてお姉ちゃんの代筆だったんじゃないかって、このあたりでヘンな噂が立っちゃって。大きな賞だったのに、梗子ちゃんもかわいそうだったわね。でもね、ここだけの話、作文を書いたのはやっぱり百合ちゃんだったとあたしは思うの。だって前から何度も本人が言ってたんだもの、梗子は作文が下手だから、いつもわたしがこっそり書いてあげてるんだって」

以前「作文コンクール」の一言で顔色を変えた九鬼梗子の心境が、いま思わぬかたちでようやく察せられた。姉に書いてもらった作文がそんな立派な賞をとってしまい、さぞかし罪悪感に苛まれたことだろう。そして自分の名で賞をとりそこねた実作者百合の心境はどんなものだったんだろう。そして姉妹の異様に親密な関係に、この出来事はどんな意味を持ったのだろう……。

「びっくりしたからよく覚えてるんだけど、梗子ちゃんはそのことがあってから、また一段とおとなしい、地味な子になっちゃったわ。反対に百合ちゃんは成長するにつれてますます明るくにぎやかになっていってね、あの子は美人ってわけじゃないけど、なんだかこう、ひとをぱっと惹きつける華があるのよ。高校時代はよく男の子がそこの入り口まで送りにきてた。ね、内山さん？」

「ああ、いろんな男の子が来たなあ。いちばんすごい週には、日替わりで違う男の子が送りにきてたよ」

「でも華やかすぎるのも考えものよね。ほら、じゃなかったら小宮さんだって……」

「轟さん、それは言いっこなしだ」

「なんですか？」この秘密の気配は見過ごせない。「教えてください。百合ちゃんにかかわる話なら、わたしなんでも……」ここですかさず、目の水分を振りしぼってぽろりと落涙。

「まあねえ、もう過ぎた話だしねえ……」轟さんはテーブルに身を乗り出し、ふいに声をひそめた。

「実はね、小宮さんに同じ年くらいの恋人ができたことがあってね。内縁の夫同然に、一緒に住んでた時期もあったのよ。でもその男が百合ちゃんにヘンなちょっかいを出したみたいで……」

「いやいや轟さん。そりゃあなたの推測だろう」

「でもねえ、あの日、確かに悲鳴が聞こえたのよ。あれはもう、何かおかしなことがあったとしか思えない悲鳴。小宮さんはあのとき留守だったし、その夜はずっと穏やかでない話し声が聞こえたし、その翌日からぱったりあのひとの姿は見えなくなったし」

「そうですか……」わたしも身を乗り出し、声をひそめる。「それから百合ちゃん、何か変わりましたか?」

「ううん、それからもなんにも変わらない明るい百合ちゃんだったわ。その代わり小宮さんのほうは、しばらく元気がなかったけどね」

「気の毒なひとだよな。それ以来、ずっと一人だよ。ほんとは男がいたのかもしれないけど、ここには一度も連れてこなかった」

わたしは涙の演技も忘れ、必死で二人の話を頭のなかでまとめにかかった。明るく華がある姉と、その影のような妹。作文コンクール。伯母さんの情人の突然の出奔……。

「ああ、内山さん、こんな話もうやめましょ」

轟さんは首を振り、からだを引いて椅子の背にもたれた。

「なんだか年寄りがおかしな話ばっかり聞かせちゃったみたい。あなた、ごめんなさいね、もっとしんみりいい話ができたらよかったけど、あの子が大人になってからはもうあんまりお付きあいがなくなっちゃったものでね。お詫びにところてんでも開けましょうかね」

轟さんがスーパーの袋をガサガサやりはじめたので、わたしは慌てて立ち上がった。

「いえ、いいんです。ありがとうございます。お二人の話を伺って、なんだか少し、気が晴れました」

「本当？　ならいいけど……」

「わたし、もう失礼します。本当にありがとうございました」

「寂しくなったら、いつでもここに来なさいよ。ほら、これ、帰り道にまた涙が出てきたらいけないから、持っていきなさい」

内山さんはケースからティッシュを三枚引っぱって、わたしの手に握らせた。二人ともいいひとなのだ。無償の善意が身に沁みて、本当に泣きそうになった。とはいえこれ以上ここにいたら、何かの拍子にうっかりボロが出ないとも限らない。

わたしはふかぶかと頭を下げて、管理人室を辞去した。そのままエントランスを出たところで、ふと気になることがあって足を止める。聞くならばいましかないという気もする。それで思い切って管理人室まで引き返し、ところてんに手をつけようとしていた二人に呼びかけた。

「すみません、ちょっといいですか」

「ああ、なんだ、もう戻ってきたの。ところてん、いま水切ったばっかりだよ」

内山さんは立ち上がってドアを開けてくれようとする。

「いえ、どうぞそのまま、ここで大丈夫です。あの、おかしなこと伺いますけど、さっきの話の、その、一時期一緒に住んでいた、伯母さんの恋人だったというひと……そのひとは、何をされてるひとだったんでしょうか？」

「ああ、あのひと？」内山さんは顔をしかめる。「さあねえ、俺は知らないな。顔はよく覚えてるんだけど……中年だけど、なかなかのハンサムだったよ。轟さん、あんたそのひとのこと知ってるか」

「あたしは覚えてるわよ」言うなり、轟さんは意味ありげに割り箸の先でこめかみをパチパチ叩いた。「あのひとはね、パン屋だった」

意外な答えだった。女と少女と中年のパン屋。すぐには何も想像できない。

「パ、パン屋ですか？」

「そう、パン屋さん。パン屋さんだった。よく売れ残りのパンをお裾分けしてもらったから覚えてるの。いなくなっちゃってからはパンがもらえなくなっちゃったから、ガッカリしたわ」

「パン屋……どこのなんていうパン屋さんだったか、覚えてますか？」

「それがね、このあたりの田舎のパン屋じゃなくて、確か世田谷とか目黒とか、都会の住宅街にあるパン屋さんだった。雑誌にもときどき載ったりするような、パン好きのひとのあいだではけっこう有名なお店だったみたいよ。でもどうして？　なんでそんなこと知りたいの？」

「いえ、あの、ええと……」言葉につまり、心のなかで嘘の神さまに手を合わせる。「実は百合ちゃん、大のご飯党で、ぜったいにパンを食べようとしなかったんです。だからひょっとして、いつかパンがらみで何か嫌な思い出でもあったのかなって……」

「ああ、それはあの男のせいね」轟さんは酢醤油の小袋の封を切って、ところてんに回しかけた。「それはぜんぶ、あのパン屋の男のせいなのよ」

割り箸の先で、ところてんがつるつるかき混ぜられる。轟さんは手を止めない。次第につむじ風でも立ってしまいそうなほど激しい渦がカップのなかに生まれた。テーブルの上のメモ帳やちらしがさらさらと揺れだした。

「絶対、あのパン屋のせい」

轟さんはそう断言すると、渦を巻くところてんを一気に口のなかに流し込んだ。

7. 想像自伝

お人好しにもほどがある伯母の庇護のもと、わたしたち姉妹は仲睦まじく健やかに成長した。

両親の早世とまったく無関係ということはないだろうが、思春期が近づくにつれ、次第にわたしは絵と詩の創作に情熱を傾けるようになった。わたしの創作はそのほとんどが保存の作業だった。目に映る万物が記憶のプリズムに屈折したり反射したりして作る奇妙な模様を永久に定着させたいという執念に取り憑かれたわたしは、算数の授業では数字についての詩を書き、歴史の授業では教科書に現れる偉人たちの目だけを並べてスケッチした。夢を取り逃さぬよう夜は枕の代わりにノートを敷き、手にはペンを握って眠った。

「百合ちゃんが最近おかしい」休み時間も掃除時間も詩作やスケッチにふけるわたしを見て、訝《いぶか》しむ者がいなかったわけではない。とはいえ「百合ちゃんどうしたの」と口にする前に当の本人が微笑めば、彼ら彼女らの心配はたちまち霧散した。よく訓練されたわたしの屈託のない笑顔は、大人子どもを問わず多くのひとを惹きつけた。隣で十分もお喋りをすれば誰もがわたしを好きになり、この子を喜ばせたい、もっと笑顔が見たいと切望した。

そういうわけでいつしかわたしのもとには、筆箱のなかでひそかに愛玩されていたクロワッサンのかたちの消しゴム、日曜に遊びにくる孫のために買っておかれた果物ゼリー、恋を告げる手紙や熨斗袋に包まれた一万円札までもが舞いこんでくるようになった。しかし他人がものの十分で見出しあっけなくとりこになってしまうわたしの美点は、ガラスケースのなかのケーキに施されたデコレーションのようなものでしかない。ひとびとはそのケーキの色、クリームの複雑な模様、トッピングされた果物の鮮やかさに目を引かれているだけであって、その本当の味、本当の柔らかさを実際に舌で味わう誉れに浴するには、身銭を切って現物をケースから自分のほうに引き寄せなくてはならないのだ。この場合の金とはもちろん、熨斗袋の一万円札のことではない、当然消しゴムや果物ゼリーも役には立たない。友情を勝ち取ろうと次から次へ押し寄せてくる崇拝者たちにわたしが衷心から要求したのは、自分のものした詩と絵についての真摯な批評だった。ところがほとんどの者は、ろくに読みもせず、見もせず、ふわふわと噛みごたえのない軽率な賛辞を述べ立てるばかりで、わたしの心はいつも満たされなかった。

あのころ、群集から離れて一人ノートを開いているとき、わたしは自分を世界でいちばん孤独な人間だと感じていた。この孤独はわたしを焦らせ滅入らせた。が、ふやかされたゼラチンがミルクを少しずつ固めていくように、この孤独こそがわたしの内に芸術家としての自覚を凝《こご》らせていったのだ。のんきに勉強している場合ではない！　おしゃれしている場合ではない！　友だちとドーナッツを分けあっている場合ではない！　与えられた使命をまっとうすることに決めたわたしは、教室内の平和を保つための最低限の微笑みは維持しつつ、クラスメイトや教師の言うことはどんどん無視することにした。

ところがそれでも一人だけ、どうしてもこの孤独から締め出せない人間がいた。梗子。大切な大切な、わたしの可愛い梗子。

小さなころから梗子は無口で引っ込み思案の少女だった。成長が進むにつれ、ますますわたしたちの対比は鮮やかになっていった。明るく器用な姉に暗くて不器用な妹……凡庸な構図だけれど、予定調和で単純明快なわかりやすさは否応無くひとびとの心を惹きつける。小さな老婆のように背を丸めてとぼとぼ歩く妹と、その手を引いて胸を張りすこぶるご機嫌な顔で闊歩する姉の散歩の光景は、近隣に暮らす大人たちの心をノスタルジーで高揚させた。誰の心にもまた、必ずこの種の残酷な対比の記憶が寄せては返す波のように無限にさざめいているものだ。

一人で書いたり描いたりするのにふと疲れてしまったとき、わたしは自分の作品を梗子に見せて感想を求めた。もともと無口な梗子は詩でも絵でも呆れるほどじっくりと見入って、

「ここが好き」とひとさし指で秋田犬の背の曲線を、あるいは「ひょんな」という連体詞を指したりする。綿菓子のような甘い賛辞には失望するばかりだったわたしも、彼女のこの具体的で短いコメントにはいつも心を打たれた。梗子が「好き」だと指差す部分は必ずわたし自身も満足しているか、あるいは作り手には理解できぬ次元で作品の質を決定している部分と一致していた。

わたしは一見何を考えているのかわからぬ梗子の黒い瞳に、芸術と対峙する自分自身の姿を見出した。両親を事故で失って以来、わたしはこの妹を元気づけようとお喋りの技術を磨きに磨いて何百ものお話を聞かせてきた――父親が寝る前に聞かせてくれたおとぎ話はすぐに底をついてしまったから、話を恣意的にちょん切り、接《つ》ぎ木し、そこに通学路で見た蚯蚓や蛙や角の煙草屋のおばさんまでをくくりつけ、話をどんどん増殖させていったのだ。ノートの前で梗子に指差しをさせるたび、かつて必死に繰り出しつづけた言葉がいまこの妹という人間にしっかり組み込まれ、その感受性を形作り、離れたところにいる犬同士がサイレンを聞いて吠え交わすように、作品を通して自分の魂と共鳴しあっているように思え、わたしは満足だった。だからますます梗子を愛した。ところがどんなに愛しても、正直、一つだけ素直に愛しきれないところがあった。絵や詩を理解する才能はあっても、彼女はそれをものする才能にまったく欠けているのだった。

気まぐれにおとぎ話の語り手を譲ってみたところで、梗子は顔を赤くして黙ってしまう。

無理に何か言わせようとすると、唇がわなわな震え出してしまう。図鑑を広げてアメリカバイソンの絵を描こうと誘ってみても、ペンを握ったまま動かない。梗子が作文や写生の宿題に手をこまねいていると、わたしは苛つき、どうしても手を差し伸べずにはいられなかった。関与が疑われぬよう、適度に手を抜いて読書感想文でも貯金箱でもなんでも代わりに作ってやったが、結局できた作品は梗子の名前を貼りつけただけのわたしの作品となっていた。そしてとうとうさる年、そうして書かれた作文が県主催のコンクールで県知事賞を受賞する運びとなった。

授賞式典のあいだ、丸い背中をさらに丸め、いまにも泣きそうな顔で壇上で知事から賞状とトロフィーを受け取る梗子を、わたしは複雑な想いで客席から眺めていた。式典のために姉妹おそろいで買ってもらったウールのワンピースはわたしが選んだもので、大きなレースの襟はお姫様みたいで素敵だったけれど、壇上にいる梗子の襟は二股に分かれたよだれかけみたいに見えた。あの子がかわいそうだと思った。自分のせいでかわいそうなことになっている妹、その妹をこうして遠くから見ている自分もかわいそうだと思った。両親の事故以来、どこへ行ってもハチミツ色の太陽光のようにさんざん浴びせられた憐れみの視線がまならに甦った。その視線を撥ね返すために、わたしは自分で自分を訓練した。わたしはいつも笑っていなくてはならなかった。陽気でなければいけなかった。妹を安心させておかねばいけなかった。明るい壇上で罪悪感に打ちひしがれ、よだれかけ付きの濡れ仔ヤギのように震えている妹を見つめながら、わたしはいま一度、この世のあらゆる困難から妹を守り抜くことを天国の両親に誓った。ところがそれから遠からずして、わたしは妹ばかりではなく、自分自身の身を守ることも学ばねばならなくなった。

女ばかりの小宮家に近頃男の出入りがある、近隣でそう噂が広まりはじめたのはわたしが高校二年生、梗子は小学六年生の新緑の季節だった。ひとびとはその男が我々の親戚なのか出入りの配管屋なのか、喧々諤々《けんけんがくがく》と推理を披露しあったけれど、実際のところ男はパン屋だった。わたしたち姉妹は当初、伯母本人から友人としてこの男を紹介された。それから週に一度か二度顔を見るようになり、気づいたときには男はすっかり家に居着いていた。仕事がある日は男は暗いうちに家を出て、夕方には店の売れ残りだというパンを紙袋いっぱいに詰めて帰ってくる。レーズンパン、あんパン、ドイツパン、クリームパン、ベーコンエピ、クロワッサン、シナモンロール、カレーパン、明太フランス……食卓にはおやつにも夕飯にも朝食にも男のパンが並んだ。パンが食卓を侵蝕したように、洗濯物にはグレーとブルーの下着が交じり、洗面所にはヘアジェルと剃刀と馬の歯を磨くみたいな大きな歯ブラシが置かれた。

かくして我が家に突如「男」と「パン」がもたらされたわけだが、このパン屋と伯母はどこでどうやって知りあったのか？　わたしは興味を抱いたが、その経緯はなぜだか時空を超えて両親の死の理由とも直結しているように思え、どうしても聞けなかった。男はあくまで

「友人」として一つ屋根の下で暮らしていた。とはいえクラスメイトの男子と一緒に際どい遊びを覚えつつあったわたしは、このパン屋が伯母と同衾していることにもすぐに気づいた。夜、二段ベッドの上の段で耳を澄ましてみると、三日に一度は畳がきしむ音や目覚まし時計が倒れる音が聞こえてきた。もっと生々しい声が聞こえないものかと不満だったけれど、これならもし妹が耳にしても微弱な地震か何かのせいにできるから、伯母たちの自制には感謝すべきなのかもしれなかった。ところがある朝、起きてリビングに行ったとき、ソファの横にしおれた水風船のようなものが落ちているのが目に入った。あっと思った瞬間、キッチンから出てきた梗子が「これ何？」とその結び目をつまんで拾い上げた。わたしは慌ててそれを奪ってごみ箱に突っ込み、何枚もティッシュペーパーを重ねて上から見えないようにした——あれは布団のなかだけじゃなくて、いろんなところでできるんだ、と思いながら。

事が起こったのはその数日後だった。熱が出て五限目の授業を早退したわたしが帰宅すると、パン屋がリビングのソファで酒を飲んでいた。伯母は買い物に出かけたようで、留守だった。

家のなかでパン屋とわたしが二人きりになるのははじめてのことだった。なぜだか目の奥に、数日前に見つけたしおれた水風船が甦った。それはいま、パン屋がだらしなく寝そべっているソファの脚元に落ちていたのだ。にわかに激しい嫌悪感を催し、足早に自室にこもろうとした。するとパン屋は弱々しい声でわたしを呼び止め、こちらに来るようにと手招いた。

顔が真っ赤で、もしかしたら具合が悪いのかもしれないと思い、わたしは素直にソファに近寄った。少し距離を取っているわたしに、パン屋は目がよく見えないから近寄るよう命じ、迷っていると、目を瞑るから大丈夫だと言う。これは何かのゲームなのかと思いながら、わたしは相手がしっかり目を閉じたのを確認して、一歩近づいた。すると相手はもっと近寄ってくれと言う。そうこうしているあいだにわたしの膝頭とパン屋の顔はほとんどぶつかりそうなくらいにまで近づいた。目を開けたら、スカートのなかが丸見えになるくらいの近さだった。男の目が開くより先に、口からピンク色の舌が伸びてわたしの膝を舐めた。

わたしは反射的に叫んだ。自分で何を叫んでいるのかわからぬまま、とにかく口をいっぱいに開け言葉にならぬ言葉を叫んだ。するとパン屋が立ち上がり口を塞ごうと手を伸ばしてきたので、無我夢中で抵抗し、張り手を繰り出し足蹴りを入れ、気づくと相手を玄関まで追いつめていた。毎日パンを捏ねる人間だとはとても思えないほど、奴の力は軟弱だった。あっけなくパン屋は家から締め出された。

わたしは浴室に行って、舐められた膝をシャワーで流した。涙があふれて止まらなかった。あれだけ電光石火の早技で男を放り出すことができても、自分はとてつもなく無力だと感じた。

（あのひとは、幽霊なんだ）わたしは妹のためではなく、はじめて自分自身のために、海底に沈む錨《いかり》を次々素手で引き上げるように、歯をくいしばって、足を踏んばって、懸命に必要な言葉をたぐりよせた。（あのひとは幽霊なんだから、何をされても、本当のことにはならない。何を話しかけられてもわたしの耳には聞こえなかったし、どこを舐められたって本当には舐められていない。もう大丈夫、あのひとは、もうもといた世界に戻った、この家にはもう二度と入ってこられない……）


「なんですか、これは」

九鬼梗子は原稿をテーブルに置き、冷ややかな視線をわたしに向けた。

「長々といったい、なんなんですかこれは」

九鬼梗子の唇は半開きになり、仄暗い口腔をのぞかせわなわなと震えている。こんな表情はすでに原稿のなかに書いてあるから、いまさら驚くことでもない。姉からふいにおとぎ話の語りをバトンタッチされた少女時代の九鬼梗子もまた、こんなふうに唇を震わせたはずなのだ。

至極冷静、余裕しゃくしゃくに胸を張って、わたしは一言「お姉さんの想像自伝です」と言い返した。

「自伝？　じゃありませんよね。ふざけてるんですか？」

「ふざけてません。いろいろ考えたんですが、わたしは、ひとの一生というのは、やはり生きたそのひと自身の言葉で語られるべきだと思ったんです。だからわたしは憑代になることにしました。自分にお姉さんが乗り移ったというつもりで……」

「とても正気の沙汰じゃありません。こんなデタラメオンパレード、読んでいるこちらの気がおかしくなりそうです。いったいどういうおつもりなんですか」

「デタラメばっかりじゃありません。ちゃんと取材をして――」

「取材？」九鬼梗子の視線がさらに尖る。「いったい誰に、山岡さんのことを聞いたんですか」

「山岡さん？」

あっ、と九鬼梗子は小さく声を上げ、「なんでもありません」と慌てて紅茶のカップを唇に押しつけた。

「それってもしかして、パン屋さんのことですか？」

「名前なんてもうどうでもいいんです。とにかくケーキだのパン屋だのあることないこと、どこを嗅ぎ回ってこんなものを書いたんですか」

「実は先日、伯母さまのマンションに取材に行かせてもらったんです。勝手をして申し訳ないですけど、百合さんの伝記をより真実に近づけるためにはもっといろんな角度からの情報が必要だと思って……それで、管理人さんに話を聞いたんです」

「管理人？」

「内山さんです」

「名前なんてどうでもいい」

九鬼梗子の頬は怒りで紅潮し、瞳は黒瑪瑙のように冷たい光を湛えた。雇い主の苛立つ姿に、わたしは怯えながらもなぜだかほんのり興奮を覚えた。

「はっきり言って、心の底から遺憾です。先生、ひょっとしてまだ風邪が治りきってないのでは？　何か悪性のウイルスに感染しているのではないですか？　だとしたらお気の毒ですけど、とにかくこんなデタラメばっかりの駄文、主人にも沙羅にも読ませられません」

「でも、デタラメのなかにも一粒の真実が……」

「なんですって？」

「あの、つまりわたし、取材をして、三日三晩のあいだどこにも出かけないで、いままでに見せてもらった百合さんの写真や絵や詩をひたすら思い出して、すごく真剣に考えてこれを書いたんです。何遍も何遍も百合さんの声を想像して、絵と文字の線を頭のなかでなぞって、百合さんならこう考えたんじゃないか、きっとこう行動したんじゃないかって、百合さんと一体化しているつもりで、これを書いたんです。だからわたしには、この原稿がデタラメばっかりだとはとても思えなくて……本当に百パーセント間違ってますか？　少なく見積もっても〇・一パーセントくらいは、真実も含まれているんじゃないですか？」

「もちろん百パーセント間違ってます。こんな『わたし』はちっとも姉ではありません。完全なりすまし偽自伝です。誰も姉に熨斗袋の一万円なんか渡しませんでしたし、わたしが秋田犬の背の曲線に感動したなんてこともありません。それに何より！　コンクールのことについては許しがたい間違いがあります」

梗子はミルキーピンク色のマニキュアが施された指先を原稿の束に差し入れ、該当箇所をわたしに突き出した。

「ほら。ここ。姉がわたしの宿題を手伝ってやったとか、そんなことが書いてありますね。姉の代筆で出した作文が県知事賞をとっただなんて。とんでもない、あれは確かにわたしが書いたんです」

「でも轟さん……っていうのはマンションのお隣さんだったと思いますけど、轟さんは、あれは百合さんが書いたものだって信じてました。みんなそう思ったって。ふだんから百合さんは、梗子さんの作文を書いてあげてるって公言してたと言ってました」

「あの大嘘つき！」

いきなり声を荒らげられて、思わず口に運びかけていたカップの紅茶をこぼしそうになった。

「お喋り九官鳥が、あることないことべらべら喋って！　今日明日にでも天のお迎えが来るでしょうよ！」

それから九鬼梗子は額に手を当て、立ち上がってリビングをぐるぐる回りはじめた。

「誰もわたしを信じてくれなかった……誰も……伯母さんだって……先生だって……」

途切れ途切れに聞こえる呟きに耳をそばだてながら、わたしは黙って紅茶をすする。やはり作文コンクールのことになると、何かが九鬼梗子の心を激しくかき乱すのだ。

「わたしは本当のことを言ったのに……あれはわたしが書いた作文だったのに……お姉ちゃんだって本当のことを言ってくれなかった……本当のことを」

ピアノの前の椅子にへたりこむと、九鬼梗子は鍵盤の蓋に上半身を倒し、しばらく動かなくなった。譜面台にはまだ、わたしのウリ坊の絵本が飾ってある。その前に突っ伏している九鬼梗子は、わたしのウリ坊を崇めひれ伏しているようにも見える。壁のハト時計が二時を告げた。台座で水色のハトがくるくる回転しはじめると、九鬼梗子は静かに起き上がり、すり足でソファに戻ってきた。さっきまで黒瑪瑙のようだった瞳からすっかり光が消えて、いまはつつけば白目がどろっと垂れていきそうな、温泉卵のようなやわやわの目になってしまっている。

「先生。先生もわたしの言葉より、自分の指の数もろくに数えられない年寄りたちの言葉を信じるんですか？」

「いえ、あのお二人はまだお元気ですし、ところてんも二パック召し上がって、かなり頭もしっかりしているみたいで……」

「先生！　答えてください。わたしを信じるんですか、あのひとたちを信じるんですか」

「……信じると言ったら、本当のことを教えてくれますか」

「ええ、話しますとも。誓って本当のことを」

「誤解しないでください、下世話な好奇心から言ってるんじゃないんです。わたしはただ、百合さんの伝記をより良いものにしたいだけなんです。ものかきの端くれとして、自分の責任を果たしたいと思っているだけなんです」

「わかっています」

「じゃあ梗子さんの言うことを信じます」わたしは深呼吸をして、九鬼梗子を見据えた。

「あの作文は、百合さんではなく梗子さんが書いたものだったんですか？」

「そうです。誓って、わたしが書いた作文です。それが県知事賞を受賞したんです」

「じゃあ、ほかの作文は……？」

「それは確かに、姉が代わりに書いてくれたこともありました。あのときの作文だって、実際姉は頼まれもしないのに、これを書き写して提出したらいいよって、スーパーのちらしの裏にものの五分で書いた作文をわたしに押しつけてきたんです。伯母にたいする感謝をテーマにした、ありきたりで予定調和のつまらない文でした」

「え？　じゃあ……」

「いつものように、わたしはお姉ちゃんありがとうと受け取って、それを作文用紙に書き写しました。でも次の日の朝、わたしはどうしても、その作文を提出するのが嫌になったんです。はっきり言って、ここだけの話ですよ、姉が書くものは確かに大人が喜ぶような素直さや健気さにあふれていたけれど、独創性というものがまったくなかった。それでも姉は得意になっていたんです。そうしてわたしを助けることを喜んでいたんです。でもわたしはいい加減、自分の言葉で、自分の気持ちを書きたかった。外面のいいおりこうな作文に、自分の言葉が押しつぶされるのにもう我慢できなくなった。だからその作文はごみ箱に捨てて、国語の授業が始まる前の休み時間に誰もいない図書館の隅にうずくまって、自分の言葉で自分の作文を書いたんです」

「その作文が……県知事賞に選ばれたんですか？」

「そうです。でも誰もがみんな、つまり友だちも先生もたぶん伯母だって、あれは姉の作品だと思っていた……読むひとが読めば、明らかに作風の違いがあるのに。わたしたちの周りには、その違いにも気づけない程度の鈍感な感性の持ち主しかいなかったんです」

「ええっと……それで百合さんは、そのことについては、なんて……」

「姉はわたしにおめでとうと言いました。よく書けたねって言ってくれました。梗子ちゃんがこんなに上手に書けるとは知らなかった、わたしよりずっと才能があるんだねって言いました。でもわたしは、姉が腹を立てていることがよくわかった！　傷ついた姉が気の毒で、怖かった！　姉にこんな哀れで恐ろしい顔をさせるくらいなら、もう自分の言葉なんかどうでもいいと思いました。だからわたしは、今後は二度と自分の話は書かない、あれは単なるまぐれだと言って、もう何も書けない、自信がないと泣きついて、自分の言葉は無利子無期限ですっかり姉に預けてしまうことに決めたんです」

一気にまくしたてた梗子は、崩れた目元の化粧をティッシュペーパーでそっとぬぐった。

一方わたしは、現実の百合が伝記上の百合とまったくかけ離れた存在であることを知って呆然としていた。現実の、より支配的で幼稚でエゴイスティックな百合が、わたしの信じる心優しい百合を鼻で笑っているようなのだ。

「あの、じゃあコンクールのことについては、そう書き直します……」

「それだけじゃありませんよ」九鬼梗子は再びこちらをきっと見据える。「パン屋のくだりも問題です」

「あ……」

「どうせあのお年寄りたちの与太話をそのまま信じたんでしょう。でもあれは姉の生涯にはまったく関係のない話です。書かれる必要がぜんぜんありません。全部削除してください」

「あの、でも、一時期あの家に、パン屋の男性が住んでいたというのは本当なんでしょうか」

「本当でも嘘でも、わたしたち姉妹にはなんの関係もありません」

「繰り返しになりますけど、わたしは伝記作家として、自分の役目をきちんと果たしたいんです。百合さんの生きた人生を、なるべく真実に近いかたちで残したいんです。本当のことを教えてください」

「こちらこそ繰り返しますが、あのパン屋はわたしたちにはなんの関係もありません。でもどうしても本当のことを知りたいと言うのなら、教えます。確かにあのパン屋は、一時期伯母の家にわたしたちと暮らしていました。でもそれも、羽化した蟬がようやっと地表の生活を謳歌できるくらいのほんの短い期間です。伯母の恋人でしたが、無口なひとでわたしたち姉妹とはまったく口を利きませんでした。だからあのひとのことは何も知らないんです」

「そうですか。わかりました。本当に何も関係ないとおっしゃるなら、あの段落は削除します」

「そうです。ぜひともそうしなくちゃいけません」言いながら九鬼梗子は頰にかかる豊かな巻髪をばさっとかきあげ、深く息をついた。「ああもう、こんな話、嫌になっちゃった」

「あの、じゃあ来週は……」

「ごめんなさいね、姉のことになるとわたしときどき、カッと来てしまって。お仕事の話はもうここまでにしましょ。そうそう、先生に召し上がっていただこうと思ってた、おいしいウィスキーボンボンがあるんでした」

「いえ、わたしはもう失礼します。原稿を書き直さなきゃいけないから」

「いえいえ、駄目です、沙羅もこのボンボンは先生と一緒に食べようって楽しみにしてるんです。あの子ももうすぐ帰ってきますから、ぜひ召し上がっていただかなきゃ。お茶も淹れ直します」

九鬼梗子は立ち上がり、キッチンで湯を沸かしはじめた。わたしは原稿の角を揃えてしばらく雇い主の鼻歌を聞いていたけれど、次第に想いが千々に乱れて呼吸が苦しくなってきた。

「すみません、やっぱり……」

そう言って振り向くと、キッチンにいるはずの九鬼梗子はわたしのすぐ背後に立っていた。

「先生。主人は今日、帰りが遅いそうなんです」

いつのまにか珊瑚色の紅を塗り直された唇が、美しい弧を描いて並びの良い歯をのぞかせている。

「ですから先生、今日はこのままうちで夕飯を召し上がっていきませんか?」

「すみません」声は裏返り、舌はうなぎのようにぬるぬるもつれた。「今晩は、ちょ、ちょっと、用事がありまして……」

「あらそう」

九鬼梗子は穏やかな表情を崩さず、手にしたウィスキーボンボンの金紙をうやうやしく剝いて、わたしの口の前に差し出した。

「ではまた今度ですね」

ハート形のボンボンがそっと上下の唇に当てられ、その隙間を有無を言わせぬ圧でこじあけ、冷たく、他人行儀に、わたしのなかに入ってくる。口の熱で音もなくチョコレートの壁は溶け、とろりとしたウィスキーのシロップがゆっくり舌にまとわりついてくる。

「主人は最近、いろいろと多忙なようで、夜は留守がちで、帰ってくるのは真夜中近くて……」

カーテン越しの午後の日差しが、九鬼梗子の微笑みに落ちていた。睫毛や鼻が光でふちどられ、くぼみには淡い影が溜まり、彼女の顔は遠ざかっていく一枚の静物画のように見えた。

待ちあわせの喫茶店に現れた九鬼青磁は、妻と瓜二つの感じの良い笑みを浮かべて、奥のテーブル席にいるわたしに近づいてきた。

何度見てもハッとする精悍な顔立ちを前にすると、密会の後ろめたさなどきれいに吹っ飛んでしまう。

「お待たせしてすみません」

一つ隣のテーブルでApple社のコンピューターを開いていた若い女性が、ちらりとわたしの愛人の顔を見る。彼女が着ている青リンゴ色のオフショルダートップスはどことなく湯上がりの風情があって、いかにもずるりと脱がしたくなる感じだ。今度繭子の家に行って、ぜひともあれに似たセクシートップスを物色してこなくては。

「どうでしたか、今日の出来は」

毎週水曜日の九鬼家訪問のことを知ったうえで、九鬼青磁は昨晩、また会いたいとランデブーの提案をよこしてきた。

もちろんわたしは一も二もなくその誘いに飛びついた。伝記のための情報収集活動の一環だと言い聞かせつつ、動機は不純さに満ちあふれていたと認めなくてはならない。先々週に夢のような一夜を共にして以来、わたしは夜な夜な九鬼青磁との性的ファンタジーに身を沈め、その肉体恋しさにほとんどもだえ苦しんでいたのだ。

「どうでしたか、家内は気に入りましたか？」

「いいえ、実は、あまりうまくいかなくて……書き直しになったんです」

「書き直し……家内がそうお願いしたのですか？」

「はい。お願いというより命令ですけど。でもわたしも悪かったんです。ちょっと暴走しすぎました」

「暴走ですか」九鬼青磁は笑い、「わかりますよ」とつけ加えた。

「僕もときどき、あることだけに気をとられて暴走してしまうんです」

言いながら、九鬼青磁は意味ありげにわたしの目をじっと見た。これだ、この視線、ハードコアでジェントルな官能の時間を示唆するこの眼差しに、わたしはすっかり気をとられてしまっている。書き直しのことも情報収集のこともいまはとりあえず後回しにして、一刻も早く二人きりになってこのひとの腕にからまり背中に転がり香ばしい肌を味わい尽くしたい。

「じゃあとりあえず、スパゲッティ屋さんに行きましょうか」

九鬼青磁の提案で、わたしたちは今晩、わたしの偏愛するスパゲッティ屋で海の幸のトマトソーススパゲッティを食べることになっていた。なんだか回りくどい段取りだけれど、いつどんなときに食べても生きる力がもりもりと湧いてくる海の幸のトマトソーススパゲッティは、交合の前の食事としては何よりふさわしい。

雑居ビルの地下一階、チリンとベルが鳴るドアを開けると、店内には携帯電話をいじるサラリーマンが一人でカウンター席に座っているだけだった。

「素敵な店ですね」店内の装飾を見回す九鬼青磁を連れて、わたしは入り口からいちばん遠い奥の、釣鐘草のランプがぶらさがるテーブル席に腰かける。

このテーブルは繭子のお気に入りの席だった。この近くの会社に勤める繭子がいま、合コン前にちょっと腹を膨らませておこうと偶然あのドアから入ってきて、わたしがこんな美丈夫と同席しているのを見たら、さぞかし仰天するに違いない。そのうえこの男がわたしの雇い主の夫だと知ったらすぐさま泣かしにかかってきそうだけれど、それにしたってわたしは鼻高々で泣くだろう。

真っ白なコックコート姿の店員に海の幸のトマトソーススパゲッティを二つ頼むと、ふだん注文後に改めてじっくりメニューのスパゲッティの写真を眺めて士気を高めるように、わたしはランプの光に照らされる九鬼青磁の顔をじっと見つめた。

「律さん。ここにはよく、来られるんですか」

「え？　あ、ええ、友だちがこの近くで働いているものですから、その子と食事するときはたいていここです」

「ああ、そうでした。昔からのお友だちですか？」

「はい、高校時代からの親友で。ちょっと冷たいけど、すがると助けてくれる根の優しい子なんです。このバッグも、ニューヨークでその子が買ってきてくれたんです」

わたしは原稿を入れたI♡NYのエコバッグをテーブルに引っぱりあげ、表面をひと撫でする。

「キャリアウーマンなんです。しょっちゅう海外に行っていて、このあいだはシンガポールに出張だったんですけど、お土産はなしでした」

「シンガポール……ですか。どんなお仕事をされているのかな」

「秘書です」

その瞬間、九鬼青磁の顔が石膏のように白く硬直した……かと思うとそこにさっと湯気の立つスパゲッティの皿が運ばれてきて、九鬼青磁の顔は湯気の向こうに見えなくなった。

「ああ、おいしそうだ」

湯気が引いて再び現れた九鬼青磁の顔は、いつもの温和な表情を取り戻していた。きっと気のせいだったのだと安心して、最初の一口――最初の一口というのはいつだって必ず、あつあつのトマトソースにまみれた大きなホタテに決まっている――を頬張る。ホタテの弾力とニンニクがほのかに効いた赤いソースの濃い味が口いっぱいに広がる。目の前にはこの味《み》蕾《らい》の快楽とはまたべつの快楽をもたらしてくれるに違いない九鬼青磁が、同じように唇を赤く汚して微笑んでいる。わたしは幸福感のあまり口から全身とろけそうになった。そしてその幸福感を一ピコグラムたりとも取り逃さぬよう慎重にフォークにスパゲッティを巻きつけて二口目に突入しようとしたとき、チリンと入り口のベルが鳴った。

「藺子！」

入ってきた藺子はすぐにわたしに気づいて、目を見開いた。親よりもご先祖様よりも世界じゅうの誰よりもその目でこの幸福を見てもらいたい人物が現れて、わたしは我を忘れて絶叫した。

「藺子、藺子！」

迷惑そうにしぶしぶ近づいてくるだろうと思ったのに、藺子はその場に立ち止まったままだった。手招きしても、まったく目に入らないみたいに、一点を見つめて動かない。その顔は何か見てはならぬものを見てしまった者の畏怖と絶望で歪んでいた。かの呪いここに来たれり！　藺子はいまにもそう叫び出しそうで、店じゅうの鏡はバリバリ横にひび割れていきそうだった。その視線の先にはわたしではなく、わたしの向かいに座る男がいた。その男もまた、藺子を見つめて微動だにしていない。

「あのう……」

二人はわたしの存在などすっかり忘れてしまったかのように、お互いから目を離さなかった。そのまま何十秒も異様な時間が経った。カウンターのサラリーマンが席を立ち、入り口のレジで支払いをすませて繭子を邪魔そうによけながらチリンとベルを鳴らして店を出ていったとき、ようやく繭子の瞳に生気が戻った。

「ちょっと来て」

近づいてくるなり彼女はわたしの二の腕をむんずと掴み、テーブルから引き離した。いやおうなしにわたしはそのまま引っぱられ、店の外まで連れていかれてしまう。

「何、繭子、わたしはただ、お友だちとスパゲッティを食べにきただけなんだけど……」

「お友だち？」繭子はジャックナイフの目つきでわたしを睨みつけた。「お友だちってあいつのこと？」

「ちょっと、繭子、わけわかんないよ、説明してよ」

「わけわかんないのはわたしのほう」

立ち止まった繭子は胸の前で腕組みをし、改めてわたしの顔をじろじろ睨《ね》めつける。

「なんであいつがあんたといるの？」

「えーっと、あのひとは、いまわたしが伝記を書こうとしているひとの、妹さんの旦那さんで……」

「伝記って、例のあんたのそっくりさんの伝記？」

「うん、そう。あ、原稿、書き直しになっちゃった」

「そんなことはどうでもいい。それでなんであんたがいま、あいつとここにいるわけ？」

「それはその、えーと、つまり百合さん、ていうのはわたしのそっくりさんのことだけど、その百合さんの話を聞くために……」

「ひょっとしてあんた、あいつと寝てないでしょうね？」

マズイと思いすぐに口をつぐんだ。

「呆れた」

繭子は一歩後ずさった。その眼差しにはふだん見慣れた失笑の表情とはまったく違う、芯からの軽蔑の色が浮かんでいる。

「待って、繭子、誤解しないで。事情がよくわからないんだけど、でもどっちにしろわたしは本当の、真正のバカなのかもしれないけど、わたしを見捨てないで」

「あいつがどんな男かわかってる？」

「わかってるとは思わないけど、あ、ううん、ほんとのところぜんぜん何もわかってないけど、ほら、あのひととにかく、性的な魅力がものすごくって……ああでもなんで、繭子が九鬼さんを知ってるの？」

「異業種交流会で知りあって、五、六回」

「エッ、つまり付きあってたってこと？」

「一瞬ね。既婚者だってわかってからはもう無視してるけど、あいつ、しつこいの。昔好きだった女にそっくりなんだとかなんとか言って、家に薔薇の花束持って押し掛けてきたこともある」

湯船の栓を抜いたみたいに、さっきまであれだけからだを満たしていた興奮が頭からどんどん水位を下げて、アスファルトに染み込んでいく。飲み込んだばかりの胃のなかのホタテも、その流れに乗って足の指の股からよちよち這い出してきそうだ。

「あんたもせいぜい気をつけなよ。戻ったらあいつに言っといて、今後一度でもわたしの半径百メートル以内に出没したら、仕事も家庭もすべてを失うことになるって」

「藺子」わたしは藺子の腕を両手で摑んですがった。「そんなこと、知らなかったんだもん。魔が差しちゃって、盛り上がっちゃって、ちょっと過ちを犯しただけなの。だからまだ、友だちでいてくれるよね？」

「あんなやつにコロリとやられちゃうようじゃあ、もう信用できない。とっとと戻って、スパゲッティ食べたら」

「藺子、見捨てないでよね？　誰だってときどき間違いは犯すでしょ。わたしがこの世で一緒にスパゲッティを食べたいひとは、いつだって藺子だけなんだよ」

「ならなんであいつと食ってんのよ」

すがりつくわたしの腕を邪険に振り払い、藺子はタイトスカートが張りつくハート形のお尻を揺すって去っていった。

わたしは涙を浮かべてその後ろ姿を見送り、見えなくなると、鼓笛隊の入隊テストで不合格を言いわたされた十一歳の秋の日と同じくらいの――自分の人生は完全に終わってしまったと思った――みじめな気持ちで店に戻った。

釣鐘草のランプの下で、九鬼青磁はテーブルの一点を見つめている。空になった皿は赤いソースの痕跡一つなくピカピカで、こんな悲惨な状況をすべて取り払ってしまえば、まるで地下のパントリーにこもって晩餐会で使う皿を吟味している青年貴族みたいな佇まいだ。

「繭子を知っているんですか」

向かいに腰かけたわたしに、九鬼青磁は暗い目で聞いた。

「二人のこと、いま外で聞きました。あの子が、さっき話したわたしの親友なんです」

「ああ」と情けない声を出し、九鬼青磁はテーブルに両肘をついて頭を抱えた。

「なんて運命は残酷なんだ。あなたと出会ったのも、あの子と出会ったのも偶然で、今日ここに来たのだって偶然だったんだ。この偶然のせいで、すべてが、すべてが無茶苦茶になる……」

わたしはぬるくなってしまった海の幸のトマトソーススパゲッティを静かにフォークにからめ、口に運んだ。ありがたいことに、このスパゲッティは冷めてもそれなりに美味だった。

九鬼青磁は顔を覆う指と指の隙間からわたしに一瞥をくれると、また「ああ」と声を漏らした。

「なぜあなたはあの晩、あんな格好をして僕の前に現れたんです。どうしてよりによって……」

それで思い出したのだが、ホテルでパーティーがあった晩、わたしが着ていた服は一式藺子から借りてきたものだった。嫌な予感がした。「あの服はぜんぶ、実はいまの藺子から……」言いかけると、「当然だ！」九鬼青磁はがばっと顔を上げて涙目でわたしに訴えた。

「それは当然ですよ！　あのドレスも靴もバッグも、ぜんぶ僕が藺子にプレゼントしたものだ！　それで僕には、あなたが藺子に見えたんだ！　でもそれなのにあなたは百合の顔をしているから！　せっかく忘れられたと思ったのに……これじゃあ頭が大混乱だ！」

思わずわたしはフォークを取り落とした。つまりあの晩、わたしはこの男の目に、百合にも藺子にも見えていたということなんだろうか？　この男と見つめあいベッドで睦みあっていたわたしは、結局誰とも交わっていなかったということなのだろうか？……どちらにせよ、今日のところはもう何も考えたくなかった。スパゲッティの皿を空にすると、わたしはまだ頭を抱えている九鬼青磁を見据えて言った。

「わたし、もう帰ります。昼からいろいろあって、なんだか急にくたびれました」

九鬼青磁は何も答えず、眠気に屈した高校生のようにがくんとテーブルに顔を突っ伏した。

外に出ると、日は暮れてもう暗くなっていた。

アスファルトに残る昼間の熱気が、見えない帯のように肋骨をぐいぐい締め上げる。最初は胃もたれしているのだと思った。でも電車に乗り、泣きたい気持ちをぐっとこらえて駅からアパートに向かう道の途中で、何が起きているのか突然わかった。胃もたれなどではない、わたしは怒っているのだった。無性に腹が立っていた。九鬼青磁はなぜあれほど一生懸命想像力を駆使して書いた原稿をボツにするのか！　九鬼梗子はなぜわたしに過去の女を重ねるのか！　繭子はなぜ自分のことは棚に上げてわたしの多情を非難し、大切な二人の友情を紙クズみたいにポイと反古《ほご》にできるのか！

怒っているのだと自覚すると、たちまち全身が怒りの感情に支配された。空の郵便受けも隣家のベランダに干してある星柄の靴下も、目に入るもの何もかもが忌まわしく愚かしく、わたしは憎悪の念に身を委ねて世界のすべてを呪詛した。わたしの魂の奥底には確かに一つの地獄があって、呼吸をするたびそこのガス台にかかった釜がしゅーしゅー湯気を噴く。外階段を一段踏むたび、その天井に憤怒の不協和音が鳴り響く。魑魅魍魎《ちみもうりょう》を解き放つように低いうなり声を上げて自室の玄関ドアを開けると、

「おっ。お帰り」

ジャージ姿の雪生がチャイを作ってわたしの帰りを待っていた。

8．パン屋の聖

差し出されたマグカップに唇を近づけると、熱さの予感でもう唇の端がちりちりした。目を閉じて下唇の内側をカップのふちにあてがい、ミルクティーで煮込まれたシナモンやらカルダモンやら異国の甘いスパイスの香りを鼻が裏返りそうになるくらい深く長く吸う。そしてまた吐く。鼻息がチャイの表面に水鳥の羽ばたきのような音を立てる。それを二十回ぐらい繰り返したところでふいに優しい風がからだのなかに吹きぬけて、なすべきことをわたしは悟った。

「絶対にあのパン屋に会わなくっちゃ」

目の前にいる雪生はマグカップを左手に、iPhoneを右手に握っておいしい本格派チャイが飲める店を検索している。

「雪生。絶対にあのパン屋に会わなくっちゃ」

「は？」

「わたしは絶対にあのパン屋に会わなくちゃいけない」

「あのパン屋ってどのパン屋」

「世田谷区と目黒区にあるすべてのパン屋に、わたしは明日から一軒一軒足を運ぼうと思う」

「なんで？」

「わたしはいま、いまこの瞬間から、すべての虚偽を振り切って真実のために生きることを決めた、そういう気がする」

「どうぞご勝手に」

「だから聞いて。例の伝記の仕事関係で、あるひとにどうしても会って話を聞きたいの。そのひとの話が、わたしが真実の仕事をするためにすごく重要なの。そしてこれは、わたしと雇用主との信頼関係にもつながる話なの」

「それとパン屋と、どう関係あるんだよ」

「関係あるもないも、そのあるひとっていうのがずばりパン屋なんでしょうが」

それからわたしは夢中で、先日のマンション管理人突撃取材の成果と今日の午後の九鬼梗子とのやりとりを説明した。そもそも先ほどまでの憤怒は、どちらかといえばその後の情事の失敗と繭子から突きつけられた三下り半に端を発しているのに、チャイで鎮火された心に残ったのはなぜだかうまくいかない人生への恨みつらみそねみ呪いの類いではなく、天命にたいする高い志とパッションなのだった。

「雪生、明日から暇？」

「暇ではない」

「暇でしょ？　そういえば、そもそもなんでうちにいるの？」

「おまえにインド直輸入の、うまいチャイを飲ませてやりたかったんだよ」

「なんで？　インド行ったの？　また撮影？」

「ジャイプールでうどん屋をやってる日本人の取材だった。おまえ知ってるか？　インドの食料自給率は九十五パーセントだぞ」

「そういえば、結婚は？」

「した」

「奥さんは？」

「奥さんは、なんだ？」

「事実、なぜ我々は、ただ一人の人間で満足できないのだろうか」

「は？」

「なぜ我々は、誰かと誰かを混同してしまうのだろうか。あるいは誰かが、誰かを見誤っているのだろうか……」

「なんだよ、チャイでラリったのかよ」

「もういい」わたしはマグカップを置き、温かい平手で三度自分の頬を張った。「仕事しないと。わたしは世田谷のパン屋調べるから、あんたは目黒のパン屋調べて。終わったら一覧にして送って」

それからはひたすら無言でパン屋検索の時間が続いた。やがて雪生はiPhone上で親指を動かしながら左手でわたしの太ももをまさぐりはじめたけれど、わたしは股ぐらにぐっと力を入れ脚のあいだに一ミリたりとも隙間を作らず、惰性の塊の侵入を拒んだ。いまはそんなことをしているばあいではないのだ。かつてはわたしのからだの一部でもあった雪生の手は、固い肉の上をルンバのように行ったり来たりするだけだった。

パン屋を調べながら、ほんのちょっとだけ九鬼青磁と繭子のことを思い出す。でも本当に、ほんのちょっとだけ。その気になれば、異業種交流会での二人の出会いのシーンから始まり、はじめてのデートのシーン、シティホテルの夜のシーン、醜い別れ話のシーンまで、映画をかけ流すかのようにすらすらたっぷり想像できただろう。でも、やらない。失った恋愛のスリルと友情がひとを仕事に向かわせるのではない。うまくいかない人生を仕事のせいにするのも、仕事をうまくいかない人生の逃げ道にするのもわたしにとってはとても耐え凌げない恥だ。

オーストラリアの山林に生えるユーカリの木は、種の存続のため自らの葉っぱの油分で山火事を誘発するのだという。燃え盛る火は地面に散らばった種子の殻を弾けさせ、新たな無数の命の芽生えを促す。そして灰は木々の養分となる。わたしに起こったのもたぶんそういう感じのことだ。肝心なのは、燃えるユーカリの樹皮は分厚く、幹の外側だけが燃え落ちるということ。つまり最初に発火した一本の木は決して丸焦げになったりしない、その後も平然と生きつづけるということ。そのはじめの一本がこのわたしだ。すべては生き残るために、未来の子孫繁栄のために、いま燃えるべきものだけが燃えたのだ。

そんなことを思いながら、わたしはパソコンの画面に並ぶパン屋のURLをコピーペーストしつづけた。ときどき涙で文字が見えなくなった。

それからパン屋行脚の日々が始まった。

探す男の手がかりは、九鬼梗子が口にした「山岡」という名前と、二十年ほど前に世田谷か目黒のパン屋で働いていたという轟さんの証言のみ。とはいっても轟さんの話では、雑誌にもときどき載ったりするような有名なパン屋だったということだから、見つかる可能性はまったくないわけではない。わたしは仕事への情熱を回復した喜びと素敵なパン屋をはしごできる二重の喜びでこれまでになく意気揚々としていた。何しろふだん、パンといえばスーパーで売っているたまご蒸しパンしか口にしていないのだ。時間短縮のため人手がほしいところだったけれど、雪生はあの晩以来また音信不通になった。きっと新妻を連れて本格派チャイが飲める店でじゃばじゃばチャイを飲んでいるのだろう。

それにしても世田谷も目黒もパン屋激戦区だった。人気店に絞り込んだとはいえ、できあがったリストにはそれぞれ二百軒以上のパン屋の名がある。それをまず、メディアへの露出回数やインターネットのレビュー数ごとに独自に格付けし、五つ星パン屋から一つ星パン屋まで分類してみた。轟さんの口ぶりからして、山岡さんが働いていたパン屋はおそらくこの上位五つ星グループに分類された三十二軒のうちのどれかではないかという気がする。だとすればもう仕事は半分終わったようなもので、あとはパン屋巡りを楽しみつつのんびりいこうじゃないのと思っていたのに、いざ始めてみるとわたしは常に急ぎ足だった。というのも梅雨が明けてからいきなり連日三十度超えの真夏日になって、一秒でも早く冷房の効いた室内に逃げ込みたかったからだ。

容赦ない太陽光がアスファルトにがんがん照りつけ、滴り落ちた汗がじゅっと音を立てそうな暑さのなか、汗を拭き拭きパン屋に入るとまず、その店でいちばん年のいった店員さんに狙いを定め、「すみません」と声をかける。「つかぬことを伺いますが、二十年くらい前、こちらのお店にいらっしゃった山岡さんという男性をご存じでしょうか？」すると相手からは「山岡さんですか？　うーん……ちょっとわからないですねえ」というような返答があって、そのあとはだいたい三つのパターンに分かれる。「わたしは去年入ったばかりですので」あるいは「店長に聞いてみます」あるいは「次にお並びのかたどうぞ」。いちばん希望があるのは二番目のパターンだったけれど、店長はだいたい留守か、いても記憶がないかのどちらかだった。ごく稀に「山岡さん？　もしかして……」というパターンもある。とはいえ焼ける小麦の香ばしい匂いのなかで朧《おぼろ》げに思い出されるその山岡さんは、パートの女性であったり、高校生であったりして、わたしの求める山岡さん像には合致しなかった。

最初の数日は夢中だったけれど、世田谷エリアの十九軒を終え、特になんの収穫もないいま目黒エリアの十三軒をすべて回ったころにはさすがに気持ちがくじけてきた。山岡さんなど知らない、覚えていない、そんなひとはここにはいないと答えられるたび、山岡さんだけでなくおまえなどこの世に存在していないと言われているような気がしてくる。しかも一回や二回じゃない、三十二回の全否定なのだ。

こんなにも覚えられていない山岡さんが気の毒だったし、そんな男を探している自分も哀れで悲しい。五つ星は全滅した。次いで四つ星の二十六軒を回りはじめたけれど、ほどなく店頭に並ぶクロワッサンやシナモンロールやベーコンエピたちにまで拒絶されているように感じられてきて、わたしはしょっちゅうスーパーに駆け込み、乳幼児が母親の乳房にそうするように、懐かしいほわほわのたまご蒸しパンにしゃぶりつかずにはいられなくなった。


そしてまた巡ってくる水曜日。

「原稿が進んでいないんです」電話をかけて、今週の九鬼家訪問は免除となった。実際この一週間はパン屋巡りに専念していて、原稿は一枚も進んでいない。先週命じられた書き直しだって一文字たりとも取り組んでいない。九鬼梗子はさすがに不満そうだった。ひたすら平謝りでやりすごそうとしたところ「先生、また何か企んでいるんじゃないでしょうね」と言われてドキッとしたけれど、「ものを書くにはクールダウンが必要なときがあるんです。ではでは」と一方的に電話を切ってしまった。

身支度を終えると、わたしは一縷の希望をハチマキのように頭に巻きつけ区民集会所に向かった。テレビでも雑誌でもインターネットでも拾えない無名市民の生の声に真実が含まれていることだってある。一家の食生活を現場でリアルに支える主婦たちの情報網を決して軽んじてはいけないはずだ。

集会所の「憩いの部屋」に入ると開口一番、声たからかに切り出した。

「今日は少し困ったことがあって、皆さんに相談があるんです」

するとたちまち、かしましかった教室がしんと静まりかえる。ふだんはお喋りに夢中でプルーストがサンザシの花を愛でる詩情豊かな一文にはまったく反応しない十四人の耳、合計二十八の耳が、わたしの窮状を察知したのだ。編みものやせんべいやスーパーのちらしを愛するようには文学を愛してくれないこの創作ワークショップのメンバーは、畢竟《ひっきょう》、困った若者を放っておけない優しい女たちだった。

「どうしたの先生、何を困ってるの？」

編みものの手を止めて、いちばん近いところに座っている田丸さんがまず口を開いた。連日パン屋に拒絶され他人の受容に飢えていたわたしは、それだけでなんだか泣きそうになった。

「先生どうしたの、なんでも言ってごらんなさいよ」「気を楽にして、ほら座って」「なんだか顔色が悪いんじゃない？」「失恋したの？」「誰かにいじめられた？」「先生痩せちゃったみたい」「いや、太った」「病院じゃ解決できないことだってある」

お母さん！　思わず口から漏れそうになった言葉をぐっと飲み込み、わたしはわたしを取り囲む十四人の慈悲深い女性たちに呼びかけた。

「皆さんがご存じの、世田谷か目黒にある知るひとぞ知るパン屋さんを教えてほしいんです」

目論見は正しかった。それから九十分たっぷりかけて彼女たちに教えられたことは、かつてはカリスマ的人気を誇ったカリスマパン屋であっても盛者必衰の理に抗えず、いまでは地元のごく一部の常連客からの売り上げでなんとか経営を成り立たせている元カリスマパン屋、いわば没落パン屋というジャンルが存在するということだった。逆にいえば、マスメディアの気まぐれな神輿《みこし》から放り出されたのちも己のパン道を見失わず、振り向かず、立ち止まらず、傷だらけの裸足で黙々と荒野を歩きつづけてきた誇り高いパン屋さんが存在するということだ。そういうパン屋さんは生き馬の目を抜く——抜くだけでは飽き足らず隙あらばその目玉で目玉焼きまで作ってしまうようなこの情報社会のなかで、巧みに己の存在を隠している。外敵から身を守ろうと擬態する昆虫のように小麦粉とイースト菌に身を埋めて、一日一日を辛抱強く生き抜いているのだ。探している山岡さんがもしまだパンを焼いているのだとしたら、そんなパン屋こそがふさわしいではないか。

というわけで翌日からわたしは心新たに、主婦たちから教えられたメモをもとに擬態パン屋を巡ることにした。

擬態パン屋は外からだと一見パン屋とはわからぬ様子をしており、店のウェブサイトも作らず、何より不定休制にしているところが多い。さんざん迷って最寄り駅から一時間もかけて辿り着いても、「準備中」の看板を見るだけで苦労が報われないこともある。それに過去に辛酸をなめている擬態パン屋のひとびとは他人を容易には信用せず、なおかつひとの名に敏感だということもわかってきた。二軒だけどうしても口を利いてくれないパン屋もあったのだけれど、会話することのできた店員さんのほとんどが、「山岡」の名に不自然なまでに無反応だった。しかもその無反応というのが、知らないから何も反応できない無反応なのではなくて、面倒を恐れる過度の慎重さから来る無反応に思えてしかたがないのだ。

ところが擬態パン屋巡りを始めて四日後、さる店で「山岡」の名を出した途端、レジに立っていた中年女性の目に明らかに動揺の色が浮かんだ。

いよいよ来たぞ、根拠のない確信がみなぎり、わたしは相手の言葉を待った。

「それは〝聖人〟の山岡さんのことじゃないかしら」

「え？」

「〝聖人〟の山岡さん……ね、あなた、山岡さん覚えてる？」

店員さんは奥へ入っていき、パンを焼いている「あなた」に確認を取りにいった。戻ってきた彼女はなぜだかカウンターから出てきてわたしの前に立った。お腹の前で手を合わせていて、にこやかだけれどおっかない、これから緊急脱出のデモンストレーションを始めようとするキャビンアテンダントのような面持ちだった。

「〝聖人〟のことなら、知っています」

それから彼女が語ることには——昔々、若かりしころの夫婦がいまはもう存在しない目黒のさるパン屋で働いていたとき、確かに山岡という同僚がいた。とても真面目でひとが良く仕事熱心な男で、皆から親しまれ〝聖人〟と呼ばれていたという。ところが〝聖人〟はなんの予告もなく、ある日突然店を辞めてしまった。事故に遭ったのではないか、働きすぎで心を病んでしまったんじゃないか、同僚一同は皆心配したけれど、数年も経ってから〝聖人〟が埼玉のどこかで小さなパン屋を開いたと風のたよりに耳にした者があった。レジのアルバイト女性が埼玉スタジアムに行ったとき〝聖人〟らしきひとをスタンドで見かけたという話もあったし、戸田の競艇場に出かけたパン職人の妻が、柴犬を連れた〝聖人〟と堤防の上ですれ違ったという話もあった。

「それで、お店の名前はご存じですか」

「セイント」

「え？」

「忘れもしません。〝セイント〟です。わたしたちがつけたあだ名を気に入ってくれていたんでしょうね……」

そこまで言うと女性はデモンストレーションを終えたキャビンアテンダントのように一礼をして、カウンターの向こうに戻った。

いよいよ離陸だ！　わたしは突如明るい予感に満ちあふれて苦しくなった。あんなに頼りなかった一縷の希望が、いまでは頑丈なシートベルトのように、胃の腑をキリキリ締めつけてくる……。


パン屋「セイント」に辿り着いたのは、その三日後のことだった。

当たりをつけた複数の駅前で朝から晩まで聞き込み捜査を続け、ようやくその成果が出たのだ。汗だくになりながら次から次へと往来のひとびとに声をかけ、そっけない返答をされたり無視されたりあからさまに不審がられたりするたび、わたしは探そうとしている〝聖人〟から自分の徳を、というか自分の忍耐力ないし仕事への忠誠を試されているように感じた。ここまで来たら、もう絶対にめげたくはなかった。この厳しい暑さと水分不足と無関心に耐えてこそ、損なわれた自尊心は治癒される。そう信じて己を奮い立たせた。

聞き込みで得られた頼りない証言をつなぎあわせてどうにか突き止めた「セイント」は、とある駅から四十分ほど歩いた住宅街のなかにあった。桃の木が並ぶ小学校の角から長い緩やかな坂を上りきったY字路の中心にある一軒家、それが「セイント」だ。一見普通の民家だけれど、二つある玄関のうち小さなほうの玄関の脇に、確かに小さく「セイント」と彫られた木のプレートがかかっている。

このプレートを見つけたとき、わたしは心の底から深い満足感を得た。自尊心は完璧に治癒されたと思った。するといきなりどっと疲れが出て、ここから先の過程がいきなり面倒くさくなり、家に帰りたくなった。帰りたくなっただけではなく実際もと来たほうに帰りはじめたのだけど、そのときどこからか季節外れのうぐいすの鳴き声が聞こえてきて、ハッと我に返った。

ドアに近づいて上部にある明かり採りの窓からのぞくと、狭い店内に客の姿はなく、棚に並べられているパン（形状から推測するにあんパン、ロールパン、チョココロネといったところ）も数えるほどしかない。完全に常連客向けの商売なのか、パンの名と値段が書かれた小さなプレートも置かれていない。思いきってドアを開けてみても、チリンと鈴が鳴るわけでもなく「いらっしゃい」の声も聞こえず、ないないづくしの店内なのに、室温だけは非常に快適だった。店のなかは鍾乳洞のようにひんやりしっとりしていて、小麦の焼ける香りの代わりにほのかなラベンダーの香りが漂っていた。

「すみません」

入って右手の奥に、中学校の教室に並んでいるような茶色い木のテーブルがあり、小さな旧式のレジスターが置かれている。その前に立って、長いビーズののれんで目隠しされている奥に声をかけてみる。

「すみません！」

奥で何か紙を引っかくような音がした。一瞬、猫だろうかと思った。ところが次の瞬間、ざらあっと音を鳴らしビーズののれんを両手でかきわけ現れたのは、目の下に黒い隈を浮かべた顔色の悪い男だった。

「あの……」

言ったきり、次の言葉が出てこない。出てきた男は想定外に生気がない。外は三十五度超えの猛暑日だというのに、分厚い白いフリースを着込んでいて、おしゃれのためなのか防寒のためなのか、首元にはウールのマフラーまで巻いている。

「いらっしゃいませ」男は小声で言った。

それからたっぷり二十秒、店はパンごと沈黙に浸された。わたしはなぜだか頭が混乱して相手の目を直視することができず、テーブルの木目ばかり見ていた。気まずかったけれどもなんとなく、向こうはわたしのタイミングを待ってくれているような気がした。この気配は二十年前幼稚園に通っていたころ、はじめてのピアノの発表会で鍵盤に震える手を置いたとき、隣に座ってくれていた先生が発していた気配と似ている。あのときと同様、息を深く長く吸ってよし行けると思ったところで、顔を上げて口を開いた。

「山岡さんですか？」

「はい……」男はもっと寒そうに、フリースの襟元をかき寄せて言った。「山岡ですが……」

「セイント」のプレートを見つけたときのような感動は湧いてこなかった。そりゃあそうだろうと思っただけだ。先ほどこれ以上は面倒だと思って帰りかけたのは、達成感のせいではなく、その逆だったのかもしれない。つまり実のところ、わたしは一生この夏に閉じこめられて、本当にするべき仕事を後回しにしつづけ、いるのかいないのかわからない山岡さんを探しつづけたかっただけなのかもしれない。ということからすると、正直言って、わたしはほんの少し、ガッカリしているのかもしれない。だけれども、とうとう出会えた山岡さんに罪はない。山岡さんが山岡さんであるだけで、他人のわたしに失望される筋合いはないのだ。

「お話を伺いたいと思って、来たんです」

「あの、小さな店ですので、取材はちょっと……」

「取材ではないんです。あ、でも取材といえば取材みたいなことになるかもしれないんですが、パンを紹介したりだとか、そういうことは、しません」

「というと……？」

背中を丸め、肩を内に寄せて小さくなっている山岡さんの表情に緊張の色はない。隈のせいかすごく体調が悪そうに見えるけれど、落ち着いてよく見てみれば、四方八方から甘えん坊の透明人間に抱きつかれているような、でこぼこの、慈愛に満ちた顔つきをしている……わたしはこのひとが元同僚から〝聖人〟と呼ばれていたことを思い出し、突然伏して拝みたいような気に駆られた。

「世田谷のパン屋さんから紹介されて来ました」

「世田谷の……どちらさんだろう」

「あなたのことを、昔〝聖人〟と呼んでいたひとたちです」

たちまち聖人の目に、寂しさと喜びが混じった、それなりの過去を持つひとらしい複雑な表情が生まれた。

「聖人……懐かしい呼び名です」

「聞きたいのはそのころのことなんです」

「そうですか。なんでしょう。まあ、立ち話もなんですから……」

聖人は再びビーズのれんの向こうに消え、しんどそうに息を切らしてパイプ椅子二つを抱えて戻ってきた。わたしたちは椅子に座り、テーブルを挟んで向きあった。

「いきなりで申し訳ないんですが、わたしは如月百合さんの友人なんです」

百合の名前を出しても、山岡さんは特に反応しない。慈愛に満ちた表情はそのままだった。山岡さんは山岡さんでも、山岡さん違いである可能性はまだ残っている。であればわたしの探求の旅は今後も続くことになる。

「如月百合さん……覚えてますか?」

「如月、百合さん、ですか?」

「そうです」

「……もしかして、昔、目黒のお店のレジにいた女の子でしょうか」

「違います」

「じゃあ、製造部にいた眼鏡の青年の恋人だった……」

「違います。覚えてないですか?」

「申し訳ない。昔のことなので、どうも記憶が……」

「それでは、小宮尚子さんはご存じですか」

その途端、山岡さんの顔は一変した。目が潤みだし、頬に赤みが差し、へこんでいた隈がぷくっと膨らみ、さらに皮膚がでこぼこしだした。山岡さんは、先ほどとは比べものにならないほどの強い感情に襲われているらしかった。

「……ご存じなんですね?」

「ご存じも何も……」

「一時期、お付きあいされてましたよね」

「尚子さん……彼女はいまどうしていますか？」

「亡くなりました」

山岡さんは言葉を失い、視線をテーブルに落とした。今度はわたしが彼のタイミングを待つ番だった。たっぷり三分ほど黙ってから、山岡さんは一言「残念です」と言った。

「去年のことだったそうです。詳しいところはわたしも知らないんですが、たぶん、何かの病気で……」

「そうですか」弱々しい微笑みを浮かべたかと思うと、山岡さんは急に立ち上がり「すみません、少し」とまたのれんの奥に消えていった。戻ってきた彼の手には、ステンレスのタンブラーが二つ握られている。

「どうぞ上がってください」

タンブラーの中身はホットココアだった。口をつけると、さっきまで小鍋でぐらぐら沸かされていたのではないかと思うくらい熱かった。そのあつあつのココアを山岡さんは三分の一ほどひといきに飲んで、一つ深い息を吐く。

「あの、だ、大丈夫ですか……？」

「ええ、すみません。こんな日がいつか来ると思ってました」

「唐突に悪いお知らせをしてしまって、心苦しいのですけど……お話、伺ってもいいですか？」

「わたしに話せるようなことであれば……でも尚子さんと、先ほどの、ええと、どなたでしたっけ……」

「如月百合さんです。百合さんは、尚子さんの姪です」

「ああ」山岡さんはタンブラーをコン、と机に置いた。「百合ちゃんのことか！」

「ご存じですよね？」

「ええ、すみません、なんだ、百合ちゃんの……家のなかでは、みんなあの子をお姉ちゃんと呼んでいたものですから……そうか、そういえば、あの姉妹は如月という苗字でした。それで……百合ちゃんのことで何か？」

「百合ちゃんも亡くなったんです」

「え、百合ちゃんが？　なぜ？　だってまだ、そんな年では……」

「山の事故だったそうです。去年の秋に。三十五歳でした」

「三十五歳……そんな……まだずっと長く、生きられただろうに……」

言うなり、山岡さんは残りのココアを一気にぜんぶ飲み干してしまった。その潤んだ目を見ていたら、自分がここに黙って座っているだけで、山岡さんの喉と心に計り知れないダメージを与えているような気がしてきた。それを肯定するように、山岡さんの目にまたじわっと涙が滲んだ。

「それで、こんなことをお伝えしたあとで、お聞きするのは申し訳ないんですが……伺いたいのは、あの一家のおうちに、山岡さんがお住まいだったころのことなんです」

「……なぜそんなことを？」

「あの、その、つまりですね……」わたしはタンブラーにちょっとだけ口をつけ、熱いココアで口のなかを湿らせた。「先ほど申しましたとおり、わたしは百合ちゃんの友人でして、その……顔が似てるんです。それで仲良くなって……おわかりになりませんか？」

「え、顔……？」山岡さんはちょっと身を引いて、こちらの顔をじろじろ眺めた。「まあ、言われてみれば……そんな顔をしていたような……でももう、一緒に暮らしていたころから二十年近く経ってしまってますから」

「百合ちゃんが大人になってからは、一度もお会いになってない？」

「ええ。あの一家の人たちとは、誰にも会ってません」

「その、えっと、ちょっと複雑な話にはなるんですが……亡くなる前にわたしたちが最後に会ったとき、百合ちゃんが昔の話をしてくれたことがあったんです。お酒を飲みながらお互いに仕事の話とかいろいろしてるうち、なんだか唐突に、昔、伯母さんの彼氏のパン屋さんがちょっとだけ家に居候していたことがあって……って。お酒が入ってましたから、はっきりしないところも多々あるんですけど……とにかく途中から百合ちゃん、ぽろぽろ涙流しはじめちゃって、あのひとのせいで人生がおかしくなった、いまでもどうしても忘れられない、できればあの日からべつの人生をやり直したいって言うもんですから、わたし……」

「なんですって？」

「あの、あんまり辛そうなのでそれ以上詳細を聞くのははばかられて、その話はそれっきりになっちゃったんですけど、でもわたし、百合ちゃんが亡くなってしまったいまになって、どうしても気になってしまって……百合ちゃんに心残りがあるならば、生きている瓜二つのわたしが代わりにその、落とし前……みたいなのをつけなきゃいけないって思えてきちゃって」

「すみません。もう一度聞かせてください。あの子は、このわたしのせいで人生がおかしくなったと言ったんですか？」

「え？　ああはい、そう言いました」

「とんでもない！」

山岡さんは急に立ち上がり、タンブラーを持ってまたビーズのれんの奥に消えたかと思いきや、すぐにタンブラーになみなみとココアを満たして戻ってきた。

「なんてことだ。まったくとんでもないことですよ」

先ほどまでのしょげかえった表情は消えて、いま、聖人の顔には見ているこちらの歯に沁みてくるような苦りきった表情が浮かんでいる。

「人生を狂わされたのはわたしのほうだ」

「その、それはどう……」

「こんなところまで来たからにはあなたはうすうす感づいているのだろうけど、わたしがあの家を出ていったのは彼女が原因なんです」

「あ、やっぱり……」

「わたしは追い出されたんです。亡くなった子の悪口は言いたくないが、わたしはしばらくあの子を恨んだ！」

「え、百合ちゃんをですか？」

「そうです。ずっと忘れようとしていたんだ、あの子のことは……でも尚子さんのことは……わたしの魂はまだ、あの二十年前の一日、あの終わらない一日を生きているんです」

「あの、つまり、その日に何があったんでしょうか……？」

「尚子さんはいま、ここにいるだろうか」聖人は突然目を細めた。「尚子さんの魂の百分の一くらいは……ひとときお互いを思いやって暮らしていた、わたしと共にあってくれるだろうか……」

「ええ、そう思います」この感傷の波の果てに真実の島がある、わたしの本能はそう告げていた。「尚子さん、きっとここにいて、話を聞いていると思います」

するとと山岡さんの目がカッと見開かれ、そこに確かに小さな光が灯った。

「そうだ。ええ、きっとそうですよね」

「そうです。尚子さんも、わたしもここでちゃんと聞いてます。お話ししてくださいませんか」

「そういうことなら……お話ししましょうか。あの日……あの日は朝から、朝といっても明け方の三時くらいの話ですがね、ちょっと風邪気味かなと思ったんです。でも熱もないし、これくらいなら今日一日は持つだろうと思って、いつものように目黒の職場まで出向きました。仕事にかかって一、二時間はまあ大丈夫そうだと思ったんですが、やはり昼まで持たなくて……仕事上、マスクはしていても咳や鼻水は厳禁ですから。本格的にこれはまずいと思う前に早退の許可をもらって、わたしは家に帰りました」

「はい」

「家には誰もいないはずでした。尚子さんはそのころパートの仕事をしていたし、子どもたちは学校ですから。早く葛根湯を飲んで休もうと思って、わたしは急いで玄関のドアを開けたんです。それがまずかった」

「はい」

「短い廊下を通ってリビングに入りました。いまでもよく覚えている、南側にベランダに出入りできる大きな窓が二つあって……そこから気持ちのいい光がさんさんと部屋に差し込んでいて……その光をいっぱいに浴びた、長いソファがあって……そこに座って尚子さんとわたしは、いろんなことをお話ししました……でもあの日、ソファには百合ちゃんが座っていました」

「はい」

「裸でです」

「え、は、裸で?」

「そしてその前に、彼女の妹さんが……名前、なんといったかな……」

「梗子。妹は梗子です」

「ああ、そうだった。梗子ちゃんがいたんです」

「二人とも裸だったんですか?」

「いいえ。梗子ちゃんのほうはちゃんと服を着てました。服を着て、スケッチブックを広げて」

「えっ、なんて?」

「スケッチブックです。つまり、わたしもすぐには何が起こっているのか理解できませんでしたが……彼女は絵を、彼女のお姉さんの絵を描かされていたんです」

「ええっと……あの、梗子ちゃんが、百合ちゃんの裸の絵を?」

「ええ、そうです。わたしは頭が真っ白になって……あ、あんな裸なんてものは……ふだんお喋りをしたり食事をしたりする場でいきなりひとの裸なんてものを目にしたら、人間、何も考えられなくなるものでしょう。向こうの二人は二人で、わたしのほうを見て固まってました」

「それで、どうなったんですか」

「……最初に動いたのは百合ちゃんだったと思います。ものすごい形相で裸のまま立ち上がって、足元が揺れるような太い大声を出して、わたしはそれでもう恐ろしくなって……大人げないことですがとにかく一刻も早くその場から逃れたくて、玄関を出て一気に階段を駆け下りました。本当に、あのときの百合ちゃんは怖かった。なんだか子どものころ夢に見た鬼が島の鬼の集団のように見えたんです。一人しかいないのに何人もいるように見えて……わたしは無我夢中で走って、気づけば駅に着いていたんですが、混乱が度を過ぎていたのかそのまままいつもの習性で電車に乗って、結局目黒の職場まで戻ってきてしまいました」

「は、はあ……」

「それから思い直してかかりつけの内科に行って、風邪薬をもらって、どうしよう、どんな顔で家に帰ったらいいのだろう、あの子たちには何を言おう、そして何より尚子さんにうまく説明できるだろうか、そんなことを考えながら公園をぐるぐる歩き回っているうちに、日が暮れてしまいました。ただ、冷静に振り返ってみれば、きっと世話焼きの百合ちゃんが、裸婦像、というのでしょうか、からだを張って梗子ちゃんに絵を描く練習をさせようとしていたところに、タイミング悪くわたしが入ってきてしまった、こういうことだと思ったのです。ふだんから百合ちゃんは梗子ちゃんの個人教授みたいに、字や絵を描く練習をさせてましたから」

「それで、どうなったんですか」

「どうなるもこうなるも。心を決めて、何もかもを正直に話そうと決意して家に帰ったときには、もうすべてが終わっていました。リビングのテーブルには、尚子さんだけが座っていました。わたしの荷物はもう、靴脱ぎにまとめられていました。何もかも拒絶されて即日追い出されるなんて、思ってもみなかった……わたしは必死で、起きたことをそのまますべて説明しようとしたんです。裸を見てしまったのは偶然で、決して故意ではなかった、逃げ出したのはショックと恐怖からだったんだと。でもわたしの言葉は届かなかった。尚子さんは頑なに、こうなったすべてはわたしの責任である、もう二度とわたしたちには近づかないでほしい、わたしはあなたを信じすぎていた、と言うのです。一晩じゅう話しあいは続きましたが、不毛でした。絶望し、疲れ果てたわたしは明け方そのまま家を出て……それっきりです」

「あのう……それはつまり、百合ちゃんが事実ではなく山岡さんを貶めるようなことを言って……」

「きっとそうでしょう。でももし、わたしが尚子さんの立場だったら、やはり百合ちゃんの言葉を信じたと思います。多感な年頃の女の子ですから、赤の他人の中年男に裸を見られ、パニックに陥ってしまうのも致しかたありません。おかげでこちらは人生最後の恋を失ったわけですが、いまとなってはどうしようもないことです」

金だらいで殴られたかのように、長く激しく響く衝撃が頭に走った。一瞬真っ白になった視界で、机の木目が渦を巻き出す。原稿用紙に書き付けてきた想像上の百合をかたち作る言葉が、その渦が起こす風で吹き上がって散り散りになっていく。

気づいたときには、タンブラーのココアがまた湯気を立てていた。

「淹れ直しました。どうぞ」

山岡さんはフリースのなかでまた寒そうに身を縮め、タンブラーを両手でにぎにぎし、一生けんめいそこから熱をからだに染み込ませようとしているようだった。

「今度はわたしが驚かせてしまいましたでしょうか。大丈夫ですか？」

「はい……」

「混乱しているようですね」

「混乱……してます」

「せっかく訪ねてくださった百合ちゃんのお友だちに、こんな話をしてしまってすみません」

「いえ……お話しくださって、感謝してます……」

「いましがたあなたが黙っているあいだ、わたしも改めて、深く想いを巡らせました。若いころには、誰だって過ちを犯すものです。もしかしたら……わたしのことを忘れられないと百合ちゃんがあなたに言ったのは、罪の意識があったからなのかもしれませんね。それをわたしに、伝えたいと思っていたのかな……」

「はあ……」

「もしそういうことだったら、わたしは百合ちゃんをもうとっくの昔に許しています。そもそもパン屋でありながら風邪なんかひいたのがいけなかったですね。この仕事は健康が第一なんです。自己管理が足りてなかったんです。わたしは意志が弱く、自分にいい加減な男でした。あんなことが起こらなくても、ゆくゆくは尚子さんに愛想をつかされていたかもしれませんしね」

「いえ、そんなことは……」

「でもまあ、当時は大ショックでした。実際、わたしはそれからがたっと本格的に体調を崩しまして……しばらくは絶望、失望、慟哭、という名の出口しかない迷路をさまよいました。でも、どんな最悪のときだって、尚子さんはわたしの心のなかの、いちばんきれいな部屋の、いちばんきれいな椅子に座っていました。わたしはわたしの息でその部屋の空気を汚さぬよう、毎日ドアの外からその尚子さんに呼びかけつづけた。声が聞こえなくても、そこに気配を感じるだけで良かったのです。事情が事情だけにわたしのほうから会いにいくことはもう叶わないけれど、いつか尚子さんが、ふとしたきっかけであの日のことを思い直してわたしを探し当ててくれるのではないかと、思い上がった期待もほんの少ししておりました」

「そうでしたか……そんなところに今日わたしが来ちゃって、重ねてすみません」

「いいえ。むしろ良かった」

山岡さんはフリースの袖から手を出して握手を求めてきた。握ってみると、その手は小さくて薄くて、冷蔵庫の隅に放置されたかちかちのするめいかみたいだった。

「こうしていると、あなたのなかに、百合ちゃんが含まれているような気がします。亡くなったひとというのは、お墓ではなく、親しんでいた生者の肉体を新たな住処とするのかもしれませんね……」

棚にあるすべてのパンが詰められたビニール袋を土産に持たされ、わたしは店をあとにした。

話していたのはせいぜい三十分くらいだろうと思っていたのに、時計を見ると入店してから三時間もの時間が経っていた。そのあいだ客は一人も来なかった。店の空間といい、山岡さんといい、なんだかすべてが現実離れしている。振り返ったら店じたいが消えているかもしれない、それでも驚かないと思って振り返ると、パン屋「セイント」は依然としてY字路の中心にひっそり佇んでいた。

待ちつづけた尚子さんはもはやこの世に存在しない。それを知ったいま、あのひとはすでに始まってしまった誰も待たない人生に耐えられるものだろうか……いや、でも、いまは孤独なパン屋に思いを致すより今後の改稿をどう進めていくか、その方針を真剣に検討せねばならない。

それにしても九鬼梗子はなぜ、山岡さんの一件をあれほどヒステリックに否定したのだろう？　加えて山岡さんの話が本当だとすると、例の事件の日に百合が妹に描かせていた裸の肖像というのは、おそらくわたしが九鬼家で以前目にした、ひとまわり小さなスケッチブックに収められていたものに違いない。道理でタッチがまったく異なっていたわけだが、あの絵について、九鬼梗子はいけしゃあしゃあと姉が描いたものですとのたまっていた。

百合も梗子も、嘘をついている。そしてわたしもそんな二人についての嘘を書いている。となると山岡さんの言ったこともまた、真実だとは限らない。生者はともかく、死者もまた、死によって嘘をつく権利を剝奪されるとは思えない。いまやわたしは逃れられない自分の胡散臭さだけでなく、他人の胡散臭さまで背負いこんでしまったようだ。

西日が真後ろから背に当たり、温められた胃のなかでいまにもココアがとぽとぽ泡立ちはじめそうだった。

真実が遠い。駅が遠い。人生が遠い。

そんなことを考えながら足をひきずり歩いていると、塀沿いに竹を張り巡らせた古い一軒家の角から、ゆらっと一つの影が立ち現れた。影はこちらに向かって歩いてくる。近づいてくるにつれてしっかりとした輪郭を持ちはじめ、立体になってくる。それは中年の女性で、西日に向かってまぶしそうに目を細め、手には大きな籠バッグを提げていた。すれ違いざま、彼女はわたしの手にあるビニール袋に目を留め、「パン屋さんはこの道ですか」と聞いた。

「そうです。この坂道を上りきったところにある、Y字路の真ん中の家……」

すると彼女は微笑んで、「長い道のりだったこと」と言った。胸騒ぎがした。優しい丸顔に、どこか見覚えがあった。それともわたしが見誤ったのだろうか？　九鬼家のリビングに飾ってあった写真のなかで姪二人に挟まれて微笑む、赤いセーターを着た女性はこんな顔をしていなかっただろうか……。

気づくとその場にはわたしだけが取り残されていて、彼女はパン屋に続く坂道を上りはじめていた。その背中はいまや完全な黒い影になり、マグマのような西日に吸い込まれつつあった。

9. 義理、見栄、雨

本当のところ、あなたはいつも悲しいのだ。

大人たちはよくあなたを褒める。あなたはいつだって、大人たちのお気に入りの、明るく素直で元気ないい子だ。あなたもそうふるまうことを望んでいる。でも、あなたの抑えこまれた悲しみは小さな胸の底に凝り固まり、ふとした瞬間、そしてのちには寝ても覚めても、視界がかすむほどの冷たい雹となってあなた一人の頭上に降りしきる。

雹は不思議と指先に溜まる。外気が三十度を超え手に持ったそばからアイスクリームが溶けていくような真夏日にも、あなたの指先だけはひんやり冷えている。照り返しのきつい通学路、汗を流し人目をしのび、指をしゃぶって涼をとっているあなた。次第に末端の感覚を失いつつあるように思ったあなたは、常に何かに触れていることでそれ以上の感覚の鈍化を防ごうとしている。指先に髪をからませ、机に手のひらを這わせ、リモコンのボタンを順番に押し、畳の目をなぞり、柱の木目に爪を立て、鉛筆を握る……そしてある日なんの前触れもなく、あなたが握った鉛筆の先からひとりでに文字が漏れ出した。

最初に出てきた文字は「だいちのめぐみ」だ。中学校の教室で、机に置かれた牛乳パックに書かれていた七文字。最後の「み」の短い縦線から鉛筆が離れた瞬間、指先がすっと軽くなるのをあなたは感じる。だいちのめぐみ。あなたはもう一度同じ七文字を書く。それから不可解な誘惑に駆られて、視界に入る文字を次々ノートに書き写していく。黒板に書かれた文字、同級生の名札の文字、掲示物の文字……驚くべきことに、この世界は文字で満ちあふれている。自分がとてもノート一ページに書き切れないほどの文字に取り囲まれていることに気づくと、あなたは呆気にとられ、指先からからだがほかほか温まってくるのを感じる。

自分の内側にある冷たさと外側にあるこれらの文字には何かしらの関連がある、そう直感したあなたは以来、火照《ほて》るからだが熱を発散しようと発汗するのと同じように、内にある冷たさを文字でからめとり世界に発散していくことを覚えた。

書けるものならなんでも良い、最初のときのように目に入った文字すべてを書き写していくこともあれば、文字として存在していないもの——「だいちのめぐみ」の衝撃以来、あなたにとってこの世の存在は文字か文字以外、どちらかだけになってしまったから——を自ら文字化して書いていくこともある。目の前にある立体の、ふくらみがあって色つきでぐにゃぐにゃしたもの、かちかちのもの、つるつるのもの……すべての文字ではないものが、自分の握る鉛筆の先から文字として生まれ出てくることに、あなたは激しい興奮を感じる。猫でもタンバリンでも理科教師の指毛でも、あなたがそうしようと思えばそれらはすべてノートの上の文字の羅列になる。あなたの目には、この世のすべての事物は文字になる前の蛹《さなぎ》状態にあるように映る。そしてこの蛹たちが蛹状態から脱するときに一瞬発する熱こそが、己の生命の維持に必要な体温を保たせてくれるのがわかる。だからあなたは四六時中、鉛筆を握りしめ、目に入る限りのあらゆる事物を文字に解放していく。

「百合ちゃんが最近おかしい」休み時間も掃除時間もノートにかがみこんでいるあなたを見て、友人たちは一人二人と離れていく。気づいていないわけではなかったけれど、あなたとしてはそんなことにかまってはいられない。このころにはすでに友人たちさえも、まだ文字になっていない何か——未文字としてしかあなたの目には映らなくなっている。自分の不器用さのせいで、いまだかりそめの姿に閉じこめられたままでいる友人たちにたいして、あなたは申し訳なささえ感じている。彼ら彼女らと友人になるのは、まずはその本来の姿を取り戻してやってから、つまりは彼ら彼女らをこの白いノートに文字として生まれ直させてからの話なのだ。

そうして作業に没頭しているあいだ、あなたはふと手を止める。彼女があなたをじっと見つめている。「お姉ちゃん、何を書いているの?」愛してやまない彼女であっても、あなたは決して自分のノートを彼女と共有しようとはしない。これはあくまで世界とあなた一人の作業場であって、助手も仲間も不要なのだから。それでも困ったことに、なぜだか彼女だけは、未文字でも文字でもない、どっちつかずの存在だった。あなたは時に、いつかすべてを文字にしたあと、仕上げに自分自身を文字化して、文字の群れのなかに消え入ることを夢見てうっとりしている。でも彼女一人のために、この夢は未完に終わる予感がしている。彼女だけは、どう頑張っても文字として生まれ直させることができない、何度も書いてみようとしたけれど、彼女はいつまでも文字から逃れていく。文字にはひっかからない、文字では摑むことのできない存在が、あなたの最も身近にいる。

なぜ、この子はこんなにわたしを見つめるの？　彼女のじっとり湿った黒い瞳を覗き込むたび、あなたは自問する。これまでノートに書き記してきた文字のすべて、いやそれ以上のものが、彼女の眼窩に嵌《はま》った二つの球体のなかにすでに装塡されているような気さえする。加えて長らく悩まされているあの指先の冷え――目に映るものすべてを書かずにはいられなくさせるあのどうしようもない冷たさと同じ冷たさが、そこに宿っている気がしてならない。こんな視線にでくわすたび、あなたは指先で彼女の双眸をつついてみたい衝動に駆られる。からだが冷たくなる。そして気づけばほとんど無意識に、あの悪癖、指しゃぶりを繰り返している。

とはいえ実際の生活面では、あなたは申し分ない立派な姉だ。あなたの精神生活は完全にノートと文字の世界にあるけれども、両親を亡くした長子として、あなたはあとから生まれた子への果たすべき責任を懸命に全うしようとしている。常に彼女の体調、身だしなみ、顔色に注意を払い、危機を予測し、回避し、毎晩ランドセルを開かせ、翌日の時間割を揃えてやり、連絡帳に目を通す。宿題も丹念に見てやるし、教科書に出てくる漢字にはぜんぶ読みがなを振ってやるし、より高度なデッサンの練習のためには自分の裸だって差し出してやる。でもそれは優しさからではなく、やはりいつまでも文字化できない、得体のしれない彼女への恐れからなのだ。休み時間にはこっそり教室にようすを窺いにいき、彼女が浮かない顔つきでいた日の晩には、翌日誰とどんな遊びをして気を晴らせばいいのかを具体的に指南する。宿題の作文も水彩画も、最初は少し手を入れるだけだったのが、いつしか一から十まであなたが手がけるようになっている。そしてとうとうさる年、そうして書かれた作文が、県主催のコンクールで県知事賞を受賞する運びとなった。

誇らしさでいっぱいになって授賞式典の観客席に腰を下ろしたあなたは、配布された冊子に掲載された作品を一目見るなり座席ごとひっくり返りそうになる。題名こそ同じではあったけれど、中身はすべて、一文たりとも自分の書いたものではなかったから。まったく予期せぬことに、彼女はあなたの代筆した作文ではなく、自身の手による作文でこの賞を摑んだ。堂々と背筋を伸ばし壇上で知事から賞状とトロフィーを受け取る彼女を、あなたは恐怖におののきながら客席から眺める。ライトに照らされ、大きなレースの白襟がついたワンピースを着てカメラの前に立っている彼女は、自分とは無縁の世界に住んでいるお金持ちのお嬢さまのように見える。隣の伯母は興奮したオランウータンのように、夢中で手を叩いている。拍手を聴きながら、久々にあの冷たい雹が頭上に降りしきっているのをあなたは感じ、叫び出したいところを黙って耐えている。氷の粒と粒がぶつかって白い煙が立ち、視界が曇る。あの子もまた、文字を書いている。この世界はすでに、あの子の手で文字にされている。こんな恐怖は、これまでに感じたこともなかった。この恐怖はただただ、途方もなかった。

その晩、あなたは彼女を二段ベッドのふちに座らせたでしょう。キャロット柄のパジャマを着た彼女は、いつものように従順に、あなたの言葉を待っていたでしょう。ホールのライトに照らされていた誇らしげな少女はもうそこにはいない。でもあなたは、いつのまにか指先に溜まっていたあの冷たさが、全身を覆いはじめているのを感じている。そして彼女は突然あなたの胴体にしがみつき、ごめんなさい、と涙を流す。彼女の重さ、温かさ、湿っぽさを受け止めながら、あなたはひとつの、もう後にはひけない決心を固めつつある。

できるだけ早く、彼女から文字を取り上げなくてはならない。でなければ、自分から文字が奪われる。この世界のまだ文字にされていないものすべてが、彼女に奪われる。そして何より、自分が彼女に書かれてしまう……駄目だ。駄目の駄目の駄目。

いったいこれはなんなのだろう。

ぜんぜん駄目だと思いつつも、プリントアウトして最低限の誤字脱字をチェックする。パン屋探しに奔走していた週とその翌週もまた「原稿が進んでいない」とごねてしまったから、もう三週間以上九鬼家から足が遠ざかっている。

さすがに次の水曜にはある程度の原稿を持っていかねばいけないのに、如月百合の物語はどう書いてもずれにずれていく。今回、わたしは本人のふりをすることを諦め、「彼女」というよそよそしい代名詞や過去形などを媒介せず、百合をこの目でまっすぐ見つめてみたいと思った。最初に沙羅がわたしのことを「幽霊みたい」と言ったように、わたしは彼女にどこまでも寄り添う幽霊になりたかった。死んでしまったわたしが目に見えぬ幽霊として、生きている百合に呼びかけ、向きあい、語りかける、書きながら百合とそういう関係を結びたかった。でもこれではうまくいかない。あなたと呼びかけるたび、百合はわたしにますます侵蝕されていく。

ひどい頭痛がした。そもそも、このA4用紙の平面上に、一人の生きた人間の姿を正しく満ち足りて完璧な状態のまま、永遠に定着させることなど可能なのだろうか？　誤字脱字なんていう概念は、この際あまりにのんきすぎるように思える。書かれるべき真実はもっと獰猛で剣呑で、常に収まるべき文字を自ら誤り、文字を脱していくのではないか。古今東西、ある一冊の書物を開くときにわたしたちが見ているのは、一匹の猛り狂う獅子によって脱臼させられ引き裂かれた、文字の亡骸に過ぎないのではないか……。古今東西は言いすぎにしても、少なくともここにあるA4用紙に並ぶ文字は、こうして読んでいるあいだにも一文字目から順番に息絶えはじめている。

如月百合とは、いったい何者なのだろう。

九鬼梗子も管理人の内山さんも山岡さんも、おそらくは自分のうちにある彼女についての真実をそれぞれに語っているだけなのだ。でもばらばらの真実をつなぎあわせる作業は、想像以上に骨が折れる。生きている人間が相手との関係や状況によって別人のように違う顔を見せるのは当然のことだ、だからできるだけその多面体としての百合をここに表そうとがんばっているのに、彼女はあの獅子の背にまたがって、高笑いしながらわざと文字を誤り、文字を脱していってしまう。

気づくのが遅すぎたくらいだけれど、作家としての経験も技量も乏しい、若くて健康なだけがとりえの人間に、こんな仕事は荷が重すぎたのかもしれない。一人の人間の一生、しかも面識のないまったくの他人――唯一の共通点、顔がそっくりでなければこの仕事を引き受けていたかどうかは怪しい――の一生を書くなんて、やっぱり不遜きわまりない。こんな鈍臭い人間が丸腰の素手で荒獅子を捕らえようとしたところで、背後から八つ裂きにされるのが落ちではないか。

すっかり自己嫌悪に陥って、わたしは長い唸り声を上げた。頭痛がますますひどくなっている。百合の言う未文字、書かれるのを待つ蛹の集団はすべてわたしの頭のなかにあって、内から頭蓋骨をみしみし圧迫するようだ。

窓を開けて大きく深呼吸する。外はどしゃぶりの雨だった。窓の向こうのパッとしない風景をしばらく眺めてみても、ちっとも元気が出てこない。カーテンを何度も開け閉めし、砂壁に爪を立て、鴨居のでっぱりを使ってストレッチをした。得意のチャールストンステップを畳で踏んだ。そうして気を紛らわそうとしても無理だった。いまわたしが切実に必要としているものは、お喋りだった。書かれなかった文字の角ばったところを丸くし、ほぐし、唾液で濡らして排出するのを手助けしてくれる相手……なおかつこの窮状を叱咤激励し、悩みを笑い飛ばし、ついでに原稿のアドバイスもしてくれて、生きる情熱を取り戻させてくれる誰かとのお喋り……そんなお喋りをしたい相手はこの世に一人しかいない。

スパゲッティ屋で気まずい鉢合わせをして以来、メールを送っても電話をかけても、繭子からはなんの音沙汰もなかった。無視されているのは辛かったけれど、しばらくパン屋探しに夢中だったこともあって、今後の人生の満足度に大きくかかわるこの問題を解決するのを後回しにしていたところもある。でもいまだ。いまどうしても、わたしは大好きな親友に会いたい。会って喋って、怒られたり笑われたりしたい！

最後に電話をかけてから、数えてみたら十四日も経っている。この二週間の沈黙が先方になんらかの心変わりを促したであろうことを期待して電話をかけると、二週間前と同様、すぐに留守番電話に切り替わってしまった。メッセージは吹き込まず、二週間前と同様、続けて五回同じことをする。それから急にむなしくなって、また窓辺で雨を眺めた。一瞬雪生の顔が思い浮かんだけれど、いまはアフリカよりも南極よりも遠い遠いどこかにいるような気がした。今後あいつがわたしに助けを乞うようなことがあっても、その逆はもう二度とないだろう。

九鬼青磁とパーティーでばったりでくわした日も、今日と同じ雨だった。あの晩繭子に借りた衣装一式はクリーニング屋のビニールにくるまれたまま、まだ我が家の狭いクローゼットにぶらさがっている。そのビニールに顔を埋めているうちに、我ながら唸るような名案が浮かんだ。

築十二年の七階建て、外壁を覆うエレガントな煉瓦風タイルが特徴のマンション「メゾンドフルール」。その三階、いちばん西側の三〇五号室に繭子は暮らしているが、いま、その居室は暗かった。

雨の日曜の午後四時半、雨足は弱まらず、室内で過ごすにはいくらか照明が必要な空模様。出張に出ていなければ繭子は家にいるはずだった。マンションの半分ほどの部屋に明かりがついていて、見ているあいだも繭子の部屋の斜め上の部屋にパッと光が広がった。繭子は留守なのだろうか、それとも昼寝中だろうか？

明かりの灯る窓のカーテンの向こうに行き来する人影に、急激にひと恋しさをかきたてられる。ここ数日、想像上の人間ばかりに囚われていたせいで、生きている人間の肉体、わたしの意図とはまったく無関係にそれぞれの都合で動いたり止まったりを繰り返す人間の肉体を眺めているだけで心が熱くなり、その繰り返しに乱入してみたくてからだがウズウズしてくる。実際からだの震えが止まらない。でもそれは武者震いではなくて、季節はずれの寒さのためだった。この悪天候にポロシャツ一枚は寒すぎた。久々にクローゼットから引っぱりだしたボーダーの半袖ポロシャツはヨレヨレで、今年出番がなければもう雑巾にするつもりだったのだ。

とりあえずエントランスに入り、抱えた段ボール箱から雨よけのビニールを剝がしていると、ちょうどオートロックのガラスドアが開いて若いカップルが出てくる。視線を感じつつ、Welcomeと彫られたボードを口にくわえたダックスフントの置物に身を寄せて、大昔に祖父がくれた西武ライオンズの青いキャップで顔を隠した。

「女の配達員さんって……」エントランスを出ていくまぎわ、女のほうがそんなことを言ったように聞こえて、思わず振り返ってしまった。ひょっとして本当に配達員に見えているのだろうか、ポロシャツを着てライオンズのキャップをかぶって段ボールからビニールを剝がしているだけのこのわたしが？　人間は常に人間を見誤る……自信を得たわたしはキャップを深くかぶり直し、段ボールをなるべく高く掲げ、インターフォンで三〇五号室を呼び出した。応答はない。もう一度ボタンを押そうとすると、通話中を表す蛍光グリーンのライトが灯り、「ハイ?」と不機嫌そうな低い声がした。

「お荷物です!」

するとエントランスのドアが開いた。やはり繭子もひとの子なのだ。こんな変装にコロリと騙されるなんてわたしの繭子にしてはちょっとガッカリだけれど、用心して顔は伏せつつキャップのつばに手を添え一礼した。

三〇五号室のインターフォンのボタンは、プレートに載せられた一粒のチョコレートのように、ヌラッとした光沢を帯びて甘美な香りを放っていた。指先で触れた瞬間、友人の生活の一部であるところのこのボタンにすら自分がすさまじい愛着を覚えていることに気づいて、十年近くにわたる繭子との長い友情が改めて身に沁みる。我々が培ってきた友情は、一人の軽率な男や一皿のスパゲッティごときで消え失せてしまうような、そんなひ弱な代物ではないのだ。二十秒ほど待たされてからドアは開いた。出てきたすっぴんの繭子はモコモコの生地の部屋着に包まれて、とても不愉快そうだった。

「寝てた?」

繭子は一瞬固まったあと、何も言わずにドアを閉めようとする。

「待って待って待って」わたしは慌ててそのドアを押さえ、隙間に無理やり段ボール箱の角を突っ込んだ。

「なんなの?」

「お荷物です」

「不法侵入でしょ。警察呼ぶよ」

「不法じゃないもん。ドアを開けてもらったから入ってきただけだもん。ね、入れて」

「何、そのとんまな格好」

「配達員。繭子、騙されたね。女の一人暮らしはもっと気をつけなきゃ駄目だよ」

「香港から送った靴が来たのかと思って……帰ってよ。こんなの犯罪でしょ。それにいま、風邪ひいてて具合悪いんだから」

　ゴホゴホと繭子は隙間からわざとこちらに向かって咳を飛ばす。

「この段ボールに、前に借りた衣装一式入ってるから。ちゃんとクリーニングにも出してるよ。お願い、せっかく来たんだから、近況報告がてらお茶の一杯でも飲ませてよ……ハックシュン！」

　狙ったわけでもないけれど、このくしゃみには多少説得力があったようだ。ドアの隙間からこっちを睨みつけている繭子の目に、わたしの大好きな、おなじみの呆れと同情の色が浮かんだ。

「雨がすっごくて、冷えちゃった。でもこの荷物は濡れてないから、ほら、ね？　ちゃんとビニールかぶせてきたから」

　すると繭子が何の予告もなくドアから手を離したので、反動でわたしは後ろにのけぞった。

慌ててドアの内側にからだを滑り込ませると、「足洗って！」奥から声が飛んでくる。

ずぶ濡れで足にへばりつくスニーカーと靴下を脱いで、風呂場で温かいシャワーを足元だけに浴びてから出てくると、リビングにはわたし専用のミッフィーちゃんのマグカップに薄黄緑色のハーブティーが淹れてあった。

「飲めば」

「毒入ってない？」

「入ってないと思うなら、飲めば」

「入っててもいいや」

まさか本当に毒入りだとは思わないけれど、カップを覆い、温かさをまず手に染み込ませてから、ちょっと舌先で舐めてみる。茹でキャベツみたいな味がした。もしかしたらさっきまで茹でていたキャベツの茹で汁なのかもしれない。

「なんで来たの？」

本当に具合が悪いのか、繭子は咳をしながら寒そうにモコモコのガウンをしっかりからだに巻きつけて、テーブルの向こうに座った。化粧をしなくてもじゅうぶんきれいな顔だけれど、目の下には十代のころには見られなかった青隈が浮かんでいる。

「服を返したくて……」

「急に来るのは失礼でしょ、来るなら前もって言ってよ」

「電話もメールも繭子は全無視じゃん」

「喋りたくなかったから」

「なんで？」

「なんでも」

「まだ怒ってる？」

「そんなには怒ってない」

「じゃあなんで？」

「律のバカバカしさを見て、わたしのバカバカしさを目の当たりにしたから」

「バカなんじゃなくて、バカバカしいってところがポイントだよね。それは九鬼さん関連のことを言ってるんだよね？」

「まあ、主に」

「繭子、ひとは誰でも、過ちを犯すでしょ。その欠点を補うのが、義理人情でしょ。ひとをひとたらしめてるのは、義理と人情じゃん。それを忘れちゃ駄目だよ」

「あんた、いつから人情派作家になったの？」

「ところでこのお茶、ちょっとだけ塩入れていい？」

それからわたしたちは、会わないでいたここ数週間のあいだに起こった出来事を報告しあった。

藺子はあれから香港に一回、ロンドンに一回出張に行って、先週末は御殿場のアウトレットに彼氏と出かけたそうだ。いま着ているモコモコも、そのアウトレットで彼氏が買ってくれたのだという。その間わたしがやっていたことといえば、ほぼパン屋探しのみだ。藺子はわたしの体重増を疑っている。確かにパンの食べすぎがいまも長引いてじわじわ増量してはいるのだけど、水分摂取過多によるむくみ現象だと言い張って頑なに否定した。続けて意見をもらおうとポロシャツの下に隠しこんだエコバッグから原稿を取り出してみたところ、藺子は一読して「つまんない！」と切り捨て、続けて喉ごとひっくり返りそうな派手な咳をした。

「そうだよね」わたしは涙をのんで言う。「それでなんか吹っ切れた。やっぱりわたしには、荷が重すぎる仕事だったんだと思う。いままであんまり考えないようにしてたけど、そもそも始まりからしておかしかったし、騙されてるのかとも思ったし、第一、赤の他人を雇って家族の伝記を書かせるなんて異常だし。やめよっかな」

「あんたがやめるって言ったら、やめさせてくれるようなパトロンなの？」

「パトロンじゃないよ。雇用主」

「仕事だって割り切って、つまんなかろうがなんだろうがなんでもその雇用主の気に入るようにちゃちゃっと書いて、金だけもらえばいいじゃん」

「でもやっぱり、わたしにも作家としての矜持が……」

「律の言う矜持っていうのは、結局自分の気に入るように書きたいってことでしょ。でも力量不足でそれができないもんだから、ウジウジ弱気になっちゃってるんでしょ。それは自分にたいするただの見栄じゃないの？　自分が気に入るかどうかはさておき、自分を信じてくれる雇い主が求めてるものをきっちり書くのも、プロフェッショナルの仕事じゃない」

「でもその見栄さえ捨てちゃったら、わたしは一巻の終わりなんだってば」

「人情派作家に必要なのは見栄より人情だよ」

それは違う、言い返そうとしたら二発大きなくしゃみが出て、改めて悪寒がしてきた。できれば湯船でお湯に浸かりたい、それが駄目ならせめて全身シャワーを浴びさせてもらいたい。ついでに着替えも借りたいとお願いすると、二の腕の鳥肌を見せたのが効いたのか、繭子はしぶしぶ承諾した。キャベツの茹で汁を飲み干し立ち上がったところで、ピンポーンとインターフォンが鳴る。

「あ、今度こそ靴が来た。関税払わなきゃ」

財布を持ってインターフォンのモニターに駆け寄った繭子は「げげっ」と声を上げた。

「律！　これ見て！」呼ばれて見ると、モニターに映っているのはなんと、あの九鬼青磁だった。

「なんでここに？」

二人して固まっていると、モニターの待機時間が過ぎ、明かりが落ちた暗い画面にわたしたちの並んだ顔二つが映った。

「いまの、九鬼青磁だったよね？」

するとそれに答えるようにピンポーンとチャイムが鳴って、モニターに再び、思いつめた顔の九鬼青磁が映る。この雨のなかどこからか歩いてきたのか、濡れた髪の毛がぺったり額に張りついていて、せっかくの男前が台なしだ。

「なんでまたこいつなの、バカバカ」

「繭子、まだこのひとと切れてないの？」

「そんなわけないでしょ。とっくの昔に終わってるんだってば。こいつが勝手に来てるだけ」

「ねえ、でもいまどうすんの、無視するの？　明かりついてるから、居留守だってバレバレだよ」

「でも出たくない。このまま居留守する」

「このせっぱつまり顔、けっこうまずくない？　黙ってたら投石されるかも……」

再びモニターは暗くなった。黙って顔を見合わせていると、雨音に混じってコツンと窓辺で音が鳴る。間を置いて、もう一度コツン。コツン。

「ほんと、独創性のない男」繭子はためいきをついて言った。「見てて、もう少ししたら絶対またチャイム鳴らしにくるから」

案の定、それから一分も経たないうちにまたしてもチャイムが鳴った。顔つきはいっそう悲愴さを増し、モニター越しにも目が血走っているのが見える。

「しばらく来なかったのに、スパゲッティ屋で会った翌日、また来たの。なんか勝手に燃え上がってるのかな。これが二回目。前は居留守して、彼氏に来てもらった」

「今日は来てもらえないの？」

「彼、いまヨハネスブルグに行ってるから」

「ヨハネスブルグ？　どういう仕事してるひとなの？」

「それはあとで話すけど、いまはこいつを処理しなきゃ。ああどうしよう。もう警察呼ぶしかないのかな」

「繭子、わたしが行く」

「は？」

「わたしが行って、対決する」

「対決？　なんの？」

「繭子は病気だから、もうここには来るなってことと、それからわたしはもうお宅で仕事はできませんって、言ってくる」

「その二つは混同しないほうがいいんじゃ……」

「こういうことはこういう機会に、はっきり一気に、落とし前つけちゃったほうがいいと思うんだ。そうすればわたしも今週、あの家に行かなくてすむし。もう早く、投げ出しちゃいたい。三分でバシッと終わらせてくるから、そのあいだにお風呂沸かしといて」

テーブルの上に散らかしたままの原稿を一つにまとめると、繭子のビーチサンダルを借りてエントランスまで下りていった。またからだが小刻みに震えているけれど、この震えこそ寒気のせいではなくて武者震いだ。

階段を下りきると、ガラスドア越しにじっとインターフォンのカメラを見つめている九鬼青磁の横顔が見えた。あれほどきれいな奥さんがいて、可愛い娘がいて、素敵な家があって、実入りのいい仕事があって、ハンサムで健康で口も臭くないし太っても痩せても禿げてもいないというのに、どういう類いの焦燥に駆られてこの男は必死にあのボタンを押しつづけているのだろう？

「下がってください！」

ドアから出るなり、わたしは叫んだ。九鬼青磁はびくっと肩を震わせて、こちらを見て固まった。

「繭子はもうあなたには会いません。あと一回でもボタンを押したら、わたしが警察に通報しますよ」

「どうして、律さんがここに……」

「わたしは繭子の友であり僕《しもべ》です。いますぐ帰ってください」

「僕だって、ただ会いにきたというわけじゃないんです。ずっと借りていたものを返そうと……」

「なんですか、借りてたものって」

「これです」九鬼青磁はずぶ濡れの薄手のジャケットの内側から、『ベティ・ブルー　愛と激情の日々』のＤＶＤを取り出した。

「ちょっとそれ、ほんとにＤＶＤですか？　爆発物とか、なかにヘンなもの入れてませんよね」

「違います。繭子のお気に入りの、ほんとのＤＶＤです」

「じゃ、わたしから返しときますから、よこしてください」

するとと九鬼青磁はさっとＤＶＤをジャケットのなかに隠した。

「直接返したいんです」

「でもそれ、ほんとに繭子のなんですか？　繭子のお気に入りは『トワイライト』シリーズですよ。九鬼さんが繭子に見せたいから持ってきたんじゃないですか」

図星だったのか、九鬼青磁はうっと声をつまらせて、濡れた髪に手を差し入れる。

「下手な嘘つくのよしてください。ほんとにあきらめて、家に帰ってください。それに、ついでにこれも持って帰ってください」

わたしは手にした原稿を九鬼青磁に押しつけた。

「奥さんに伝えてください。勝手を申し上げて申し訳ないけれど、このとおり、自分にはまったく才能がないことがわかったので、もうこの仕事はやめますって。わたしには荷が重すぎました。無理だって気づいたから、この書きかけの原稿限りで、勘弁してくださいって。もちろん、これまでの原稿料はいただきません。取材で知ったご一家の個人的な情報も、死ぬまで他言しません。いままでのご厚情を感謝します、一家のご清栄を心からお祈りしてますって、そう伝えていただけますか？」

「いやいや、いきなり何をおっしゃるんですか。そんなの駄目ですよ」

「なんで駄目なんですか」

「家内はあなたを必要としてるんです」

「してません」

「いえ、家内にはどうしてもあなたが必要だ」

「必要じゃありません」

「あなたは僕たちにはできないこと、あなたが思っている以上のことをしているんです。それを一時の弱気で放り出しちゃ駄目だ。負けないで、律さん」

「意味がわかりません。九鬼さんはただ、奥さんが伝記作りに夢中になってるのをいいことに、ほかの女の尻を追っかけたいだけなんじゃないですか」

「それは聞き捨てならない侮辱だがとにかくやめないでください。何事も一度始めたなら責任を持って最後までやり遂げないと。この原稿はお返ししますから、今度の水曜日に家内に直接渡してください」

「いいえ、嫌です、直接会ったら気持ちが揺らいじゃいそうだから」

「ほら、そんなこと言うってことは、律さんにも未練があるってことだ」

「そりゃあここ二ヶ月、ご本人からいろいろお話を聞いたんですから。冷たいことを言ってるように聞こえるだろうけど、わたしにだって、義理人情というものがあるんです」

「だったらなおさら、やめちゃ駄目だ。ね、ほら、これを受け取って」

「嫌ですってば！　ノーはノーです！」

ドアの向こうに逃げようとしたけれど、オートロックだということをすっかり忘れていた。入るためにはまた三〇五号室を呼び出して繭子にドアを開けてもらわなければいけないが、そうすると力ずくで九鬼青磁に横入りされる恐れもある。

「どうしてもと言うなら、わかりました。じゃあ交換条件にしましょう。その原稿をわたしが受け取ったら、今日は帰っていただけますね？」

「そんな交換条件はおかしいですよ。どちらも何も得ることがないし、根本的な解決にはならない。僕に時間はないんです。今日こそ繭子に会って、真意を知りたい。あんなに燃え上がっていたのに、どうして突然、僕を拒むようになったのか」

「それはあなたが結婚してるからですよ。最初、隠してたんでしょ？」

「いや、そんなことで僕たちの関係が終わるはずはない。もっと何か……」

「ところで」早急に決着をつけるべく、わたしは話題を変えた。「今日は電車ですか、車ですか、歩きですか」

「車です。ちょっと歩いた先のパーキングに停めてます」

「じゃあ取引です。今日のところは繭子の面子を立てて、損得勘定なし、信頼関係でいきましょう。わたしが車までお供しますから、九鬼さんが運転席に乗った時点で、わたしはその原稿を受け取ります。わたしは原稿を持って繭子のところに帰り、九鬼さんはそのまままっすぐ家に帰る。帰りがけにわたしを轢いたりするのはなしですよ。今日のところはそれでいきませんか？」

「それだけじゃ足りない。律さんが繭子と僕のあいだに立ちはだからず、なおかつ家内とはこれからも仕事を続けるという約束もしてもらわないと困ります。家内は苦しんでいるんです。お姉さんによって残された傷をいま、あなたの文章で癒やそうとしているんです」

その傷はあなたも加担した傷でしょ？　そう言いたいのをぐっと飲み込み、わたしは低い声で言った。

「なら九鬼さんも、もう二度と繭子に近づかないって約束してください。特典として、百文字以内のメッセージ付きでそのＤＶＤも渡しといてあげますから」

「そんな約束、できるわけないじゃないですか」

「じゃあそれは置いといて、いまはとりあえず車まで行きましょう。傘差してこなかったんですか？　じゃあ走っていきましょう。早く！」

九鬼青磁の背中をどついてそのからだを外に向けたとき、一瞬だけあの晩の肉体の重みが手に甦ってきて、ふっと気が遠のきかけた。でもあの重みはわたしのうぬぼれと意志薄弱が生み出した、虚像の重みだったのだ。九鬼青磁のことだけを責めるわけにはいかない——わたしもまた、あの晩、生身の人間ではなく自分自身の欲望と戯れていたのだから。

相手の足取りが怪しくなるたびわたしが後ろからどつくことを繰り返し、ようやく角を一つ曲がったところの小さなパーキングに、雨に濡れそぼる紺のベンツが見えてきた。ずぶ濡れになりながら九鬼青磁に精算を促し運転席まで連れていこうとすると、「ちょっと車内で話しましょう」と今度はわたしが助手席までどつかれる。

「乗りませんよ。さっさと行ってくださいよ」

「ずぶ濡れですし！　マンションの前まで送りますから」

「話が違うじゃないですか！」

九鬼青磁は無理やりわたしを助手席に詰めこもうとしたけれど、わたしはこの大雨にもうんざりして、なおかつ奴の手から逃れたい一心で自ら車に乗り込んだ。ドアを閉めると九鬼青磁は車の後ろに回り込み、トランクを開けた。すわ、鈍器が出てくるかと警戒したけれど、運転席のドアから差し出されたのはバスタオルだった。

「これで拭いてください」

わたしは素直に受け取り、柔らかでシナモンのような香ばしい匂いがするそのバスタオルで顔と髪を拭いた。九鬼青磁は車のエンジンをかけ、ハンドルの上にうなだれるように顔を伏せて言った。

「乱暴なことをしてごめんなさい。この大雨で、僕もちょっと、カッとしてしまいました。気圧が低い日には、どうも自分を見失ってしまうことが多くて……本当にマンションの前まで送ります。償いにもなりませんけど、せめて最後に、横暴でみじめなだけの男ではないと知ってください」

自省的ナルシストほど始末の悪いものはない！　内心で毒づきつつも、急にしおらしくなったその横顔には、ようやく本来の繊細さが戻ってきたように見えた。はじめてこのシートで、この角度から九鬼青磁の横顔を眺めたときの、歯に沁みるようなかっこよさ……あれは幻ではなく、紛うかたなき現実だったはずなのに。それがどうしてこんなことになっているのかは摩訶不思議ではあるけれど、これもわたしがその美しさに目を奪われ、おおいに九鬼青磁という人間を見誤っていた結果なのだ。

車はパーキングを出て、雨のなか走ってきた道を引き返しはじめた……と思いきや、左折すべき角で直進した。

「あ、ちょっと、いまのとこ、曲がるとこですよ」

運転席の九鬼青磁は何も言わない。

「ちょっとちょっと、止めてください！」

しまったと思ったときにはもう遅かった。九鬼青磁は思いつめたような顔で、前方を見据えている。また目が血走っている。そこまでして愛しの繭子からわたしを遠ざけたいということなのか。車が大通りに出ると、最初の交差点がちょうど赤信号に切り替わった。止まったらすぐにドアを開けようと身構えていたところ、ぎゅっと腕を摑まれ悪寒とも武者震いともまた違う震えが全身に走った。

「お願いです、律さん。うちの家内を見捨てないでください」

「放してください」

「どうしても仕事をやめるというのなら、家内に直接そう言ってやってください。いまからうちまでお連れしますから」

「嫌ですってば」

「どの口がそんなこと言うんですか。さっきまで自分にだって義理人情があるってわめいてたひとが」

「そりゃそうですけど、こんなかたちじゃ嫌です。これじゃ誘拐じゃないですか。しかもずぶ濡れだし、寒いし、繭子には三分で戻るって……。そんなにわたしを繭子から遠ざけたって、あなたに繭子の気持ちはもう戻ってきませんよ。いつでも繭子に電話して、あなたのマイホームパパぶりを告げ口することだってできるんですよ。ていうかそもそも、繭子はもうあなたにこれっぽっちの関心も……」

「暖房入れますね」相手の耳にわたしの話はまったく入っていかないらしい。「うちでもぞんぶんにあったまっていってください。お腹がすいていればお食事もぜひ……今日は娘の誕生日なんですよ。家内も娘も喜びますから」

「誕生日？　沙羅ちゃんの誕生日だっていうのに、ほんとに何やってるんですか」

「繭子にDVDを返しにきたんです」

「最低ですね」

「律さん。こんな状況でなんですが、繭子は僕がようやく見つけた天からの賜物のようなひとなんです。あのころ、僕の人生からは色が消えていた……そう、あのひとがいなくなってからは……でも繭子と出会ってから、世界が再び色づいたんです」

「ちょっとちょっと、あのひとって、もしかして百合さんのことですか」

「そうです」

「そんなに真剣に百合さんを好きだったんですか？　自分の奥さんのお姉さんですよ」

「違う」九鬼青磁の語調が突然荒くなった。「それは違う。本当なら、梗子が僕の義理の妹になるはずだった。僕は道を間違えたんだ。ぼんやりしているうちに、道が書き換えられたんだ」

「どういうことですか？　じゃあもともと、九鬼さんが百合さんと結婚するはずだったってこと？」

「もう尋問はしないでください。とにかくいまは、繭子のことはいったん忘れましょう。家内のことを考えてやってください。ほんの五分、ほんの三分でもいいんです。こんな一方的な別れは辛すぎます。おやめになるのでしたら、せめて家内と直接話してください。これ以上僕一人が罪を背負うことには耐えられない」

パニックで視界が一瞬真っ白になり、思わずわたしは目を瞑った。そして再び目を開けたとき、わたしは百合の目で、梗子の目で、繭子の目で隣の九鬼青磁を見た。すると目の前の身勝手な男にたいして強烈な愛おしさと憎らしさが湧きあがり、もうこんなことは本当に終わりにせねばならないと、内なる女たちの声が告げた。

「……本当に五分だけだって約束してくれますか？　さようならを言ったら何の条件もなし、帰りの電車賃付きで解放してくれるって、繭子の心臓にかけて誓えますか？」

「誓います」

信号は青に変わり、九鬼青磁はアクセルを踏んだ。

わたしは腹をくくってシートベルトを締めた。この車が本当に九鬼家に向かっているというのなら、この際真実をすべてぶちまけてやるつもりだった。何も言わずに去るのではなく、一時期は自分の熱心な読者となってくれたひと、自分の言葉を信じてくれた九鬼梗子に、己の過ち、実力不足、不道徳、底の浅さ、そういうものをすべて告白して、許しを乞うのがわたしの精いっぱいの義理人情であり、自身にたいする見栄だった。この告白は九鬼梗子とその娘を苦しめるだろうけれど、結局のところわたしたちはそれぞれの地の底から、それぞれの天を目指すしかないではないか。

フロントガラスのワイパーが一往復するごとに、短く息を吸い、吐いた。書かれなかったあの未文字の蛹たちが、頭のなかで再び蠢きはじめている。絶えず窓を打つ雨音に誘われて、蛹たちはからだをしならせてリズムを取っている。柔らかな皮が張りつめいまにも破裂しかけている。

送風口から吹きつける生温かい風を浴びながら、わたしはワイパーの動きとそのリズムだけに集中した。九鬼青磁はもう一言も喋らなかった。

10. わたしのすべて

夕餉の準備は完璧に調っていた。

コブサラダ、ズッキーニのフライ、小鯵のマリネ、壺に入った牛肉の煮込み、焼き目をつけたフランスパン、小さな籠に山と積まれたポーションのエシレバター……そこにうさぎ柄のミトンを装着した九鬼梗子が満面の笑みで焼き立てのマカロニグラタンを運んでくる。表面のチーズがぷすぷすいっているそのグラタンをあやすように九鬼梗子は優しくタバスコを振りかけ、テーブルを囲む夫も娘もそれをにこにこ見守っている。

「先生、ご遠慮なさらずにたくさん召し上がってくださいね。さっきはほんとに驚いちゃった、主人と一緒に宅配の方がいらしたのかと思ったら、先生だったんですから」

いまからたった数分前、ずぶ濡れの宅配コスチュームで玄関先に迎えられたわたしは即座にシーツのように巨大なタオルに包み込まれ、さっぱりしたワンピースをあてがわれ、デオドラントパウダーというわけでもなさそうな正体不明の粉まではたかれ、息つくまもなくすんなりこの場に収まってしまっていた。こんなはずじゃなかった。これは思っていたのと違う。でも目の前に広がる幸せいっぱいの手料理に、ひもじい食生活に慣れ切った空っぽの胃が絶叫するのだ、とりあえず座れ、そして食べろ、と。

料理のほうはこれほど生々しくからだに訴えてくるというのに、それを取り囲む家族の面面はあまりに偽物くさい。とはいえ正直、この偽物くささにもわたしは若干食欲をそそられてしまっている。布団のなかの欲望がいかにも作りものじみたファンタジーを必要とするように、食卓での欲望にも「幸福な家族」というファンタジーのお膳立てが必要なのだろうか？

「びっくりしましたけど、先生とご一緒できるなんて望外の喜びです。いらっしゃるってわかってたら、前もってお好みのメニューを準備したのに」

「いえ、とんでもない、こちらこそ突然押しかけてしまって……」

「今日はわたしの誕生日パーティーなんだよ」

横から沙羅が口を挟む。言われてみればいかにも主役の装いらしく、フリルの丸襟がついたラベンダー色のワンピースを着て、小さな爪には同じ色のマニキュアまで塗られている。

「お誕生日、おめでとう……」

テーブル越しに九鬼青磁を睨みつけてみても相手はわたしと目を合わせず、妻と娘を順繰りに眺めてうわべだけの微笑みを浮かべている。

「去年までは」テーブルに目を落として沙羅が言う。「百合ちゃんもお祝いに来てくれた……」

「そうよね、百合ちゃんも沙羅と一緒でマカロニグラタンが大好物だったのよね。先生もお好き？」

「マカロニグラタンは大好物です。でも今日が沙羅ちゃんの誕生日だなんて知らなくて、そんな大切な日にいきなりお邪魔してしまってすみません……というのも、あの、実はしなければいけないお話があってですね」

「ねえ沙羅。先生がこうしてここに座ってると、なんだかほんとに百合ちゃんがいるみたいね」

九鬼梗子はグラタンを取り分ける手を止めて、じっとわたしを見つめた。宅配コスチュームの代わりにあてがわれた、この白地に水色のギンガムチェックのワンピースが果たして九鬼梗子のものなのか死んだ百合のものなのか、正解を知るのが恐ろしい。

「先生、寒くないですか？　羽織るものをお持ちしましょうか？　あんなにずぶ濡れになって、また風邪でもひかれたらたいへんですから」

大丈夫です、と言いかけたとき「先生、仮病だったんじゃないの？」またしても沙羅に横槍を入れられ言葉につまってしまう。

「こら、先生になんてこと言うの」

即座に諫める母親に、沙羅は厳しい視線を向けた。事実を見抜く子どもの本能的な聡明さの前に、大人の正義はひどくみじめだ。こんなやりとりがこの先何千回と繰り返されるうち、やがて疲弊した子どもたちは大人たちを諦め、彼らが理解し受け入れられるレベルの過失にのみ言及するようになる。今日のお弁当には箸がついていなかったとか、体操服が生乾きだったとか……。

沙羅の賢さが、いまほど不憫に感じられたことはなかった。こんなに聡く可愛らしい少女が家にいるというのに、父親は若い女にうつつを抜かし、母親は亡き姉にいまでも過剰に依存している。もっとふさわしい場所とふさわしい保護者があるはずなのに、動物園のような家庭の檻に閉じこめられて、沙羅はその一張羅の奥に本来の自然な姿を押し隠しているように見えた。ここに来るまでの道中、九鬼青磁が車内で漏らしたことが、どこまで真実かはわからない。ただ、彼が道を誤ったというのなら、この子もまた、誤った場所に生まれてきたのかもしれない。本当ならいま、彼女の隣で微笑んでいるのは、国語教師の如月百合だったのかもしれないのだ。

「先生、沙羅が失礼なこと言ってすみません。この子、今日はお祝いだから嬉しくて舞い上がっちゃってるんです。ねえ、あなた」

突然返事を求められ、九鬼青磁は固まりかけていた微笑みをすばやく一から作り直した。

「ああそうだな、そりゃあ嬉しいだろう、もともと嬉しいところに先生が来てくれたんだから、二倍に嬉しいんだよな」

「それよりお父さん」沙羅は父親にも厳しい視線を向けた。「キャンドルは？　お父さんは先生を拾いにいったんじゃなくて、キャンドルを買いにいったんでしょ？」

「え？　ああ、そうだった、キャンドルな、大丈夫だ、車に置き忘れてたよ。取ってくるから待ってなさい」

九鬼青磁はいそいそと席を立ち玄関に向かうと思いきや、去り際こちらに警告の意味を含めた鋭い一瞥を投げつけてきた。が、当然わたしはそれを無視して居間のドアが閉まるとすぐに九鬼梗子の近くに椅子を寄せた。

「あのですね、実はお話ししたいことが……」

「先生、ちょっと待って、待って。わたしからもお話ししたいことはたんまりあるんですけど、まずはキャンドルを待って、これを食べちゃってからにしましょう。ああ、それにしてもラッキーだった、主人にはキャンドルを買いにいってもらったつもりが、キャンドルだけじゃなく先生まで運んできてくれたんだから。こんな雨の日に先生、ずぶ濡れでお散歩なんておからだに障りますよ。どんなにやんちゃな不良だって、雨の日には絶対に傘をさすものなんですよ」

「先生、ほんとにお散歩なんてしてたの？」

再び沙羅の厳しい視線がこちらに向く。

「ほら沙羅、また意地悪なこと言わないの」

「だって今日は水曜日じゃないでしょ。最近ずっと来なかったのに、なんで急に来たの？　お父さんと偶然道で会ったなんて、嘘なんじゃないの？」

はいそのとおり、でも現実というのはいつも頭で思っているよりほんのちょぴっとややこしいんです。そう切り出してこの聡明な少女に父親の醜態をあまさず伝えてあげたかったけれど、そうなるとお祝いの宴どころではなくなるのは火を見るより明らかだ。どうしてもこの宴を堪能したいわたしの胃と舌は手を組んだ。一家の主婦の言うとおり、何はさておきいはまず飲食の欲を追い払わなくては。胃の怨念が舌をつたって顔の筋肉を弛緩させ、わたししはえへへとまぬけな愛想笑いを浮かべた。

「沙羅」コブサラダのボウルを手に取り、九鬼梗子は娘に向かって優しく首を傾げる。「これもきっと百合ちゃんからのプレゼントなのよ。自分がいなくて沙羅やお母さんが寂しいだろうからって、百合ちゃんが道端を歩いてた先生をここに連れてきてくれたのよ」

「連れてきたのはお父さんでしょ」

「いいえ、お父さんと一つになった百合ちゃんなのよ」

きわどい発言に驚いて九鬼梗子の表情を横目で窺ってみると、相手は相変わらず微笑みを浮かべ、大きなトングでボウルの中身を下から上に混ぜている。そこに小ぶりの段ボール箱を抱えた九鬼青磁が走り込んできて、「ほら、これ」箱から掴み出されたトライバル風の模様の赤茶色の太いキャンドルがテーブルの真ん中にドンと置かれる。

「ホームセンターのひとに薦められたんだ。フェアトレードで作られたアフリカ製のオーガニックのキャンドルだよ」

「お父さん、フェアトレードって何？」

「ちゃんとした労働環境で、適切なお給料で雇われた現地のひとが真心込めて作ってるってことだよ」

「お給料と真心って関係あるの？」

「ほらほら、そんなことはいいから、早く食べましょ」

九鬼梗子はエプロンから取り出した銀色のチャッカマンでキャンドルに火を灯した。

「先生、このあいだテレビで紹介していたんですけどね、北欧の国では冬の夜が長いから、こうしてキャンドルを灯して、親しいひとたちと寄り集まってのんびり語りあうんですって。このあいだの晩に一度試してみたら、沙羅も主人もすっかり気に入ってしまって、最近は毎晩これなんです。ね、あなた？」

「ええ、すっかりはまってしまいました。キャンドルの炎の揺らぎには、心を落ち着かせる作用があるそうで」

「今日はお祝いですから、こんな特別製の、大きなアフリカのキャンドルですけど」

「アフリカとか、北欧とか、いったいどこにいるのかわからなくなるなあ」

夫婦のやりとりに沙羅はまったく反応せず、唇を一文字に引きしめている。やっぱりこの子は、この家にいるには魂が高潔すぎるのだ。感嘆の目で見つめるわたしに、沙羅はまるで肩を組み地の果てまで逃亡した共犯者に向けるような、落胆と諦めの入り混じった微笑みを浮かべた。その瞬間、わたしはこれからこの家に起こるに違いないすべての面倒を投げ出し、この子と二人、あてのない旅に出たいという発作に駆られた。驚くほどのその渇望が野卑な表情になって現れるのを恐れ、わたしは努めて無表情に、アフリカのキャンドルに灯る小さな炎を凝視した。

「アフリカでも北欧でも日本でも、こうして大切なひとを想う気持ちは変わらないよ」九鬼青磁が、まだそっぽを向いたままの娘の肩を抱いて言う。「百合ちゃんのことをいつまでも忘れないで、そしてこうしてみんなでご飯が食べられることに感謝して、一日一日を大切に過ごそう」

無言の沙羅に代わって母親が答えた。「さあ、食べましょう」

マカロニグラタンはあつあつで美味だった。小鯵のマリネは甘酢の配合が抜群で、コブサラダの茹でエビはぷりぷりしていて、牛肉は舌の上でとろけた。わたしは夢中で食べた。とりわけここ最近は、進まない駄目な原稿のことばかり考えて食事は二の次だったのだ。こうして誰かの手料理を食べるのも久々だった。そう振り返るとなんだか全身がかっと熱くなり、鳥肌が立ってきて、涙がこぼれそうになった。こんなに若くて健康なのに、この程度の家庭料理でほろりと涙してしまうほど、わたしは孤独な人間だったのだろうか？　わたしがこの人生で本当に求めているものとは、いったいなんなのだろうか？

そうして客人がひとしれず涙をこらえて空腹と孤独を癒やしているあいだ、テーブルでは百合についての会話が母親と娘のあいだで交わされていた。百合ちゃんは食べすぎるとすぐに唇にできものができたとか、マリネの液を指の切り傷になすりつけていたことがあるだとか、コブサラダのことをカブサラダだと勘違いしていたとか……。その間、九鬼青磁は二人と同じタイミングではははと笑ったり、こまめに相槌を打つなどして、食卓の親密な空気の演出に精を出していた。箸の動きは止めずに時折睨みつけてみたりもしたけれど、わたしはどうやら、この場にいないものとして扱われているらしい。九鬼梗子がわたしに意見を求めて場の注目が集まる際にも、彼一人だけはうつむいてズッキーニのフライを皿の上でころころ転がしていた。

すべての皿が空になったところで、食後にはカモミールティーと不自然なまでにキンキンに冷やされたアップルパイが出された。

「これも姉の好物だったんです。凍る直前、ぎりぎりのところまでよく冷やしたアップルパイが……うちでは代々、バースデイケーキの代わりに必ずこのパイを誕生日に食べるんです」

この冷やしバースデイアップルパイがまたとてつもなく美味だったので、胸がさらに熱くなり、目に溜まる涙の温度も急上昇し、動悸まで激しくなってくる。

「胸苦しいほど、おいしいです」

「おいしいね」

「おいしいね」

「おいしいね」

テーブル越しに微笑みあう、幸せな家族の光景が涙で滲む。いつのまにか、部屋にはクラシック音楽がかかっている。海の底で不安の塊と寂しさの塊をごんごんぶつけあっているみたいな、低いピアノの音……これは確かショパンの「雨だれ」だ、この曲は小学校の給食の時間にかかっていたから、メロディーは紙パックの牛乳の味がする。聴いているとまぶたがぽってり重たく、温かくなってきて、ひとりでに目を閉じてしまう……。

手から力が抜けて、カチン、とフォークが皿に落ちる音がした。

「先生、大丈夫ですか？　なんだか顔が赤いみたい」

九鬼梗子のひんやりした手が額に触れるのを感じる。その冷たさが心地良くて、顔をそらすことも手を振り払うこともできない。

「たいへん、やっぱり熱があるみたい。沙羅、体温計を持ってきて。あなた、手を貸して、先生をソファに寝かせましょ」

両側から抱えられソファに寝かされた首元から体温計らしきものが差し込まれ、三人の視線がわたしの腋の下に一心に注がれているのを感じる。それぞれどんな表情を浮かべているのか見てみたいのに、まぶたが重くて開けられない。さっきのカモミールティーに強力な睡眠導入剤が入っていたのか、それとも藺子のところで飲んだキャベツの茹で汁がやっぱり毒入りだったのか……そうだ、藺子、藺子はどうしたんだろう？　まだあの部屋でわたしを待っているんじゃないか、三分で帰ると言って着の身着のままで飛び出したきりのわたしのことを、心配しているんじゃないか？

「藺子、藺子に電話をしなきゃ……」

ここにはない携帯電話を掴もうと伸ばした手が、アップルパイよりも冷たい手に握られる。これは果たして誰の手なのか、梗子か、青磁か、沙羅か、それとももうここにはいない、血の通わない誰かの手なのか……。

アイスクリームを買おうとしたら店員が巨大なスケトウダラだった夢を見て目が覚めた。大きく息を吸おうとした瞬間、コーンに巻きつくぬめぬめした鰭《ひれ》のにおいが鼻先をかすめてむせこんでしまう。それがだんだん本格的になってきて、目も開けられず背を丸めて最後には気管支がよじれるほどのひどい咳になる。からだじゅうに汗をかいていて、喉もカラカラだった。夢のなかで買おうとしていたアイスクリームが惜しい。

巨大なタラの面影が薄れてきたところで再び目を開けてみると、そこはキャンドルの灯りに照らされた小さな部屋だった。

からだの重だるい感じからして、わたしはどうやら高熱で意識を失って、このベッドまで運びこまれたらしい。部屋を照らすキャンドルはベッドの枕元の小テーブルにあった。九鬼青磁がホームセンターで大量に買い込んできたという、食卓に出されたあの一本とまるきり同じアフリカのオーガニックキャンドルだ。その炎を眺めているうちだんだん目が慣れてきて、部屋の詳細がぼんやり見えるようになってきた。

広さは八畳ほどだろうか、一方の壁際にいま寝かされているベッド、反対側の壁に書きもの机と座り心地の良さそうな大きな椅子が置かれ、その隣に置かれた本棚は分厚い全集のようなもので埋まっている。まったく同じかたちのドアが、ベッドの足元のほうの壁に二つあった。頭側の壁の上方には正方形の小さな換気口が一つ空いている。窓はなく、昼なのか夜なのかもわからなかった。

ふらつくからだを支えて、とりあえずベッドから起き出してみる。二つあるうち右側のドアを開けてみると、自動で天井の白い照明が点灯する。そこは白いバスタブと便器と洗面台が備え付けられたバスルームだった。とりあえず用を足し、手と顔を洗う。タオルハンガーにかかった分厚い真っ白のタオルはフカフカだった。洗面台の鏡に映るわたしは、例のギンガムチェックのワンピースではなく、袖の膨らんだピンク色のネグリジェを着せられている。

ぞっとしてもう一つのドアから出ていこうとすると、握ったドアノブから鈍い音がした。開かない。鍵がかかっている。鼻先を再び、コーンを握るスケトウダラのぬめった鰭のにおいがかすめた。

「梗子さん！　起きました！」

返事はない。

「熱は下がりました！　もう大丈夫なんですけど！」

咳をしながら声を張り上げるけれども、やっぱり返事はない。

「完全に治ってます！　開けてください！」

声だけではなく、外からは物音一つしなかった。咳が止まらないので、いったんベッドに戻って呼吸を整える。その際、視界に何か嫌な感じを覚えて改めて顔を向けてみると、枕元の小テーブルの足元に九鬼青磁が抱えていた段ボール箱が置かれていた。おそるおそるなかをのぞくと、ちょうどいま外に出ている一本分のスペースを残して、シナモンの香りのする同じキャンドルが何十と詰め込まれている。見なかったことにしてベッドに横たわってから、小テーブルのキャンドルの横に一本、ラベルを剝ぎ取られた五百ミリの水のペットボトルが置かれているのに気がついた。喉の渇きを癒やしたくてしかたないけれど、やっぱり何か混入されているのではという疑いが捨て切れず手をつけられない。

そうこうするうちようやく咳がおさまってきたのでベッドに仰向けになり、へその上で両手を合わせた。丹田に意識を集中し、この不可解な状況を客観的に眺めてみる。すると混沌のうちからみるみる「監」「禁」の二文字が隆起してきて、ほかの可能性はすべてその二文字が巻き起こす土埃にかき消されてしまった。

コンコン、ノックが聞こえて反射的に身を起こした。続いてジッという低い音のあとにドアが開き、隙間から九鬼梗子の顔がのぞいた。

「先生、おはようございます。お加減はいかがですか」

「お加減も何も……」

九鬼梗子はすばやくドアを閉め、ついでに開きっぱなしのバスルームのドアも閉め、持っていたトレーを書きもの机に置いた。それからこちらに近寄ってきたかと思うと突然ベッドの枕元にかがみ、わたしの顔をじっと見つめた。そうして視線を外さぬまま手だけを動かして床の段ボール箱から一本キャンドルを取り出すと、ポケットのチャッカマンで火を灯し、立ち上がってそれを書きもの机の上に立てた。

「おかゆを持ってきたんです。宜しければ召し上がってください」

「お腹すいてません」

「でももう、半日近く眠りっぱなしだったんですよ。きっとお腹がすいてるはずです」

「半日？　いま何時なんですか？」

「ひとはそれぞれの時間を、それぞれに生きているんです」

「そりゃそうですけど、ほら、明石の子午線で決まってる日本の標準時でいったら、いま何時なんですか」

「先生のお腹がすく時間です」

わたしはわたしを見下ろす九鬼梗子の顔をまじまじと見つめた。下からキャンドルの灯りに照らされた二つの瞳は、凶悪な監禁犯とはとても思えない、しごく穏やかで優しい潤いに満ちている。

「本当に、お姉ちゃんが戻ってきたみたい……」

「え？」

「ここは姉のためにしつらえた部屋なんです。伯母が亡くなってから、あの広い部屋では寂しいんじゃないかと思って」

「どこなんですか、ここ。お宅の地下室ですか」

「いいえ、ガレージの地下室です。ここに引っ越してくるように何度も誘ったんですけど、姉は遠慮して……わたしはもちろん、沙羅も主人も、大歓迎するつもりだったのに」

「それはそうなんでしょうけど、わたしはお姉さんじゃありません」

「先生はそうおっしゃいますけど……」

「わたしだけじゃなくて、みんなそう言いますよ」

「みんな、というのは、この家のなかではつまり、わたしと沙羅と主人のことになりますが」

「じゃなくって、ここのご家族だけじゃなくて、みんなっていうのは家の外にいるひとたちも含めての皆さんです」

「外にいるひとなんて、ほとんど何も見てません。先生のことも姉のことも見分けがつきません」

「いやいや、百歩譲って世間のひとたちがわたしとお姉さんを見分けられなくても、ご家族なら、妹さんなら、わたしと百合さんとの違いは一目瞭然じゃないですか」

「つまりそのわたしが先生を姉だと思えば、先生と姉は一心同体ということになりますね」

「いやだから、そうじゃなくって……」

「見れば見るほど、おんなじです」

「わたしは生きてますけど、お姉さんはもう死んでるじゃありませんか！」

すると九鬼梗子の潤んだ瞳が一瞬で干上がった。その表面はパリパリに硬くなり、薄いガラスで覆われた二つの丸い空洞のようになって、たちまちなんの表情も読み取れなくなってしまった。

「先生、おかゆを上がってくださいね」

「わたし、もう帰ります」

「帰るって、どこにですか？」

「家にです。いや、それより先に友だちのところに。お財布も携帯も友だちの家に置いてきちゃったんです。だから電車賃をもらわなくっちゃ」

「電車賃……？」

「ご主人に聞いてください。そうだ、あのひと、電車賃は払うって繭子の心臓にかけて誓ったんですから！　あ、ちなみにこの繭子っていうのはご主人がどうしてもあきらめきれない美人の元不倫相手です。あなたのご主人も、百合さんとほかの女を取り違えちゃってるんです。ついでに言うとわたしも一度だけ、誘惑に負けてご主人と楽しい夜を過ごしてしまったんです。そのことだけはほんとに、ごめんなさい、謝ります」

「先生、ご自分でご自分が何を言ってるのかわからないでしょう。熱のせいで、きっと譫妄《せんもう》状態なんです。いまはひとまず休んでください、さっきは三十九度近くも熱があったんですよ」

「もう完全に治ってます！」

起き上がろうとすると、急に強いめまいに襲われた。認めたくないけれど、熱があるのは本当らしい。

「ほらね、どのみち先生には、静養が必要なんです」九鬼梗子はタオルケットをわたしの顎下まで引き上げ、微笑んだ。「いまは何も考えないで、よく眠って、まずは元気になってください。そして元気になって、書いてください。先生には執筆に専念できる環境が必要なんです。最近、ちっとも筆が進んでないみたいじゃないですか」

「執筆って、伝記のこと？　書かせるために、わたしをここに監禁するつもりなんですか？」

「監禁だなんてひと聞きの悪い。わたしたちはただ、先生にとって理想的な環境を提供できたらと思っているだけなんです」

「そうだ、そもそもその伝記のことなんですけどね、わたしが今日ここに来たのはその話を……」

「主人に渡していただいた原稿なら、読みました」

「え、あの原稿を？」

「ええ、読みました。あの調子で、ぜひ続きを書いていただきたいんです。もちろん、修正していただきたい点はいくつかありましたけど……」

「でも……わたしはもう、この仕事をやめさせてもらいたいと思って……」

「先生」九鬼梗子は枕元にかがみこみ、タオルケットのなかに手を差し入れた。「ご自分の才能を過小評価してはいけませんよ。先生には物語りの才能があります。簡単に投げ出さないでください。わたしには先生のお話が必要なんです」

「いいえ、あんなのぜんぶ、デタラメです。わたしが勝手に想像して、勝手に話を作って、本当らしく書いているだけなんです。途中からうすうす感じてましたけど、そんなことないって自分で自分を鼓舞してましたけど、最近ようやく認めるにやぶさかでなくなったんです。はっきり言って、わたしは不適任者だと思います、小説家失格です」

「先生」タオルケットのなかで、九鬼梗子はぎゅっとわたしの手を握った。「そんなこと言わないで」

わたしは口づけできそうなほど近くにある、九鬼梗子の目を見つめた。さっきはガラスのように硬く空虚に見えたその双眸が、いまはつつけば熱く溶け出しそうな、小さな球体の火山に見える。

「わたしは先生の書く文章が好きです。先生の想像力が好きです。先生のお顔もお声も大好きです」

「文と想像力と顔と声……？　それってつまり、わたしのすべてってことになっちゃいますけど」

「そうです、先生のすべてが好きです。熱愛してます」

「そんなこと、は、はじめて言われた……」

九鬼梗子はそよ風の軽さでわたしの上に覆い被さり、上半身をフワリと抱いた。ただでさえ熱いからだが一気に火照り、思わず低いうめき声が出た。

「ね、だから書いてください」焼鏝《やきごて》のように硬く熱くなった耳元で九鬼梗子はささやく。

「わたしたちのお話を。でも先生が聞いていいのは、わたしの話だけですよ。管理人さんの話にも昔の知人の話にも、耳を貸すことなんてないんです。いつもいちばん姉の近くにいた、誰よりも姉を理解しているわたしだけが、真正の姉の話ができるんです。ね、だからわたしの話を聞いてくれますよね？」

「あの、でも……梗子さんの気のすむように書いたら、それで満足なんですか？　本当の百合さんの人生を、なかったことにしてしまうんですか？」

「なかったことになんてしません。むしろ、わたしは姉の——わたしたちのお話の続きが読みたいんです。生きていたら姉が書いてくれたであろうことを、先生に書いていただきたいんです。わたしが不安になったとき、姉はいつでも予言者のように、わたしの未来を書いてくれました。わたしは姉のノートに書かれたことを、そのままなぞればいいだけだったんです」

そう言うと九鬼梗子はからだを起こし、ベッドから離れた。

「紙と鉛筆は、机のなかに入ってます」

気づくとわたしは部屋のなかに一人で取り残されていた。

ベッドの上で串刺しにされて炭火で炙られているかのように、自由のきかないからだがどんどん熱くなる。でもからだの芯はとても冷たい。ちょうどよくぬるい部分が一つもない。身をよじりながらうめきつづけているうち突如通り魔のような眠気に襲われ、わたしは再び底なしの眠りに落ちていった。

それからどれくらい眠ったのか。夢は見なかった。その代わり、痛いほどの空腹感で目が覚めた。

今度は喉の渇きに耐えられず、枕元のペットボトルの水をためらいなく半分ほど飲んでしまう。水分では少しも空腹感は癒やせず、わたしは書きもの机の椅子に腰かけ、土鍋に入った冷めたおかゆを一気に平らげた。そして残ったペットボトルの水を一気飲みした。

胃がひとまず満たされると、急に顔からあぶらっぽいにおいがしてきたので、バスルームの洗面台で顔を洗った。化粧水でもクリームでも、何か保湿できるものがほしいところだけれど、鏡の裏の戸棚は空っぽだった。もしかしたらと思って書きもの机の引き出しを開けると、そこにはまっさらな原稿用紙ときれいに削られたＨＢの鉛筆の束が詰め込まれていた。

わたしは不思議と心が落ち着いてくるのを感じ、一枚の用紙と鉛筆を摑み、机に置いた。夢も見ずによく眠ったからか、少なくとも前より頭はすっきりしている。熱も二桁の数字の足し算引き算ができる程度には下がったという体感がある。さあ、ひとはこんな状況でいったい何が書けるのか？　体調とともに復活してきた好奇心が頭をもたげて、わたしは指先でくるくる鉛筆を回した。

九鬼梗子に命じられたとおり、如月百合の伝記の続きを書く？　ただ続きを書こうにも、目の前にその原稿がなければ、それが本当にこの世に存在するのか、ただ自分の頭のなかだけに書かれたものなのか、確信が持てず心もとなくなってくる。

それからしばし、わたしは鉛筆を回しながら、これまで彼女の人生について捻り出した架空のエピソードを一からおさらいした。小一時間ほど、と言いたいところだけれどいかんせん時計がないので時間の感覚が摑めない。もしかしたら三分だったかもしれないし、たっぷり三時間くらいは経っていたかもしれない。枕元のキャンドルも書きもの机のキャンドルも、背丈は両方ほとんど変わっていないように見えた。ということはおかゆを運んできた九鬼梗子が去ってから実はものの三分も経っていないということか、それともこのキャンドルが特殊で、溶けない蠟で作られているのか。やがて途切れ途切れに頭に甦ってきたエピソード群が、雨雲のようにどんより濁り、淀んでくるのを感じた。このままではいけない、とにかく何か書いてみなければ始まらない。

鉛筆を握り、振り返って家具の配置を再確認してみる。まずはウォーミングアップもかねて、この部屋を描写してみるのだ。

縦長の部屋の広さはだいたい八畳くらい、窓はなし、真四角の換気口が一つ、長い辺の壁際にシングルベッド、その向かいの壁に書きもの机、書きもの机の左には壁いっぱいに天井まで届く本棚、ベッドの足元側の壁の向かって右には一つ目のドア、このドアはバスルームにつながっていて、もう一方の左のドアはおそらく外の廊下につながっていて……頭のなかではすらすら文章が出てくるのに、鉛筆を握っていざそれを紙に書きつけようとすると、言葉の流れがピタリと止まった。何から書けばいいのかわからない。何をどう、どういう口調でどういう視点で書けばいいのか、昨日まで当たり前にやっていたことが愕然とするほどわからない。高熱とともに、書くという感覚がすっかりからだから消え去ってしまったかのようだった。

わたしは鉛筆を放り、ベッドに身を投げ出した。魔法がとけてしまった。思えばこれまで、当たり前のようにものを書いていたときのほうが異常だったのだろう。新人賞受賞というたった一回の幸運にうぬぼれて、駄文を書き散らしてはやり直しを繰り返し、それを天職だと思い込んで悦に入っていた愚かで浅はかで厚顔無恥な人間、それがわたしだ。するとこの受け入れがたい真実を当然受け入れかねてのことなのか、今度は眠気でもなく空腹感でもなく頭痛が襲ってきた。

「コーヒーください！」

ダメもとで、寝たまま思い切り叫んでみる。

「コーヒー！　あつあつのコーヒーが飲みたい！　いますぐコーヒー飲みたいよう！」

叫んでいるうちにますます苦しく情けなくなってきて、その情けなさがさらなる情けなさを呼び込み、わたしは小さな子どものように絶叫し、バタバタ手足を振り回し、渾身の力を振り絞ってベッド上でわめき倒した。涙がぼろぼろ流れてくる。いまさら誰に隠すこともない、あられもない姿の恥ずかしい自分をわたしは瞬時に許し受け入れ、その恥ずかしい自分とともにとことん盛り上がった。

コーヒーは運ばれてこなかった。さんざん幼児返りをして成人時代の諸々の憑きものが落ちたのか、からだがこれまでになくすっきりと軽い。起き上がって伸びをすると、手も足もどこまでも伸びていきそうだった。それから床にあぐらを組んで、再び心を静めるために短い瞑想をした。

ほんのちょっぴり心が乱れることもあったけれど、こんな状況にあっても、結局わたしはこんなにも冷静なのだ。思いつきで繭子の家を出てからまさかこんなことになるとは思ってもみなかったものの、直感頼みで後先考えず行動し、後悔することがわかっていて実際に後悔するのがわたしの基本的な生活様式なのだから、こんな状況もまた想定内のなりゆきだ。

大丈夫、監禁されているといってもここには清潔なバスルームも分厚いタオルも用意されているし、食事だってそのうち運ばれてくるだろう。ここに引きこもっている限りは世間の喧噪とも無縁でいられるし、週に一度の心を削られる創作ワークショップにも行かなくていい、ついでに各種公共料金や税金の支払いからも逃れられそうだ。見方を変えてみれば、創作に打ち込みたい人間にとっては実にありがたい環境とも言える。ついでに言うなら、これはいつかわたしが禁断の憧れを抱いた、お抱え作家の生活そのものではないか。九鬼梗子の言うとおり、書きさえすればいいのだ。書いて書いて、雇用主を満足させることができれば、職業的自尊心は満たされ、胸の内には何にも代えがたい喜びがあふれ、さらには自力で生活していけるだけの報酬も受け取れ、非常に気持ちのいい状態で再び陽の光輝くもとの世界に戻ることができる。

このお手軽な即席サクセスストーリーに、わたしはおおいに元気をもらった。立ち上がり、伸びをして深呼吸をした。大丈夫、わたしはここでどうにかやっていける。

そうと決まればさっそく過去の偉大な文学群から霊感を授かるつもりで、キャンドルを掲げて本棚の前に立った。ざっと見る限り、ここにはありとあらゆる文学集が集められているようだった。世界文学集、日本近代文学集、古典文学集、恋愛文学集、戦争文学集、少年少女文学集、オカルト文学集、ささやき文学集、路地裏文学集、模倣文学集、サファリパーク文学集、卵料理文学集、ベーカリー文学集……いちばん下の段にあった分厚い「ドッペルゲンガー文学集」を手に取りかけたけれど、角がつっかえているのか書架からうまく取り出せない。キャンドルを近づけてよく見てみると、本と棚の隙間に何かが挟まっているようだった。床にキャンドルを置き、指を隙間に突っ込んで無理やり引っぱりだしてみる。それは見覚えのある、水玉模様の布で巻かれた四角い包みだった。開けてみると果たせるかな、なかには以前目にした百合のスケッチブックが入っていた。

重ねられたスケッチブックから、わたしは例の小ぶりの一冊を探し出し、夢中でページを繰った。キャンドルの灯りに照らされ、上半身から眉毛から目や唇まで、百合のからだのあらゆる部分の詳細なデッサンが次々に現れる。裸の胸のページは、九鬼梗子が隣にいたときよりも長い時間をかけてじっくり見た。十代の少女らしい、まだツンとした草っぽい匂いがしそうな、みずみずしい胸。このままページをめくっていけば、対象部位はどんどん下に下がっていき、そのうちショッキングな性器のデッサンまでが現れることはわかっている。山岡さんの推測どおり、これは姉が妹に授けた芸術のレッスンの一環に過ぎないのだろうか？

　わたしはいったん手を止め、正面からの肖像のページに戻り、絵のなかで微笑みを浮かべる百合とじっと目を合わせてみた。確かにわたしと似ている。はじめてこの家を訪問した日にリビングの写真で見たとおり、一重まぶたの目の曲線も鼻の高さも唇の幅もかたちも、微笑んだときにできる左のえくぼのかたちも、鏡に映したみたいにそっくりだ。ここ二ヶ月ほど、すでにこの世に存在しない彼女のことを考えつづけていたせいで、ある意味わたしは生きて話ができる依頼主の梗子よりも、もの言わぬ百合のほうに深い共感を抱いてしまっている。自分一人だけが、彼女に呼びかけ、また彼女の本当の声を聞き取ることができる気がしている。百合、あなたはいったい何を見て、何を考えていたの？　あなたの妹は、なぜここまであなたに執着しているの？　あなたとわたしは、本当に同一人物に見えているの？……

　わたしは立ち上がり、バスルームの鏡に自分の顔を映した。ついいましがたスケッチブックのなかで見たばかりの顔、少しだけ年取った、あの少女の顔がそこにあった。ただしこの少女の目には恐れがあった。わたしの目は、少女の目から恐怖をたっぷり吸い取っていた。なぜ？　わたしはその目に問いつづけた。目の奥にある目に、さらにまたその奥にある目に問いつづけた。そして少女の恐怖はわたしの恐怖になった。なぜなら、彼女は見られていたから。見ていたのではなく、見られていたからだ。

そう悟った瞬間、自分の目が、パン屋の聖人が見た景色とは異なる景色を見ていることに気づいた。わたしは部屋に戻り、床に開いたスケッチブックを拾い上げ、もう一度百合の肖像に見入った。そして遅まきながら、自分が何を見ているのかやっと理解した。この絵は、百合が梗子に描かせたものではない。わたしに見えるのは、梗子に命じられて百合が服を脱ぐ場面、そうして何も隠すものがなくなった素裸の百合を、梗子が見据えてそのまま紙に焼きつけようとしている場面だった。

「コーヒーをお持ちしました」

驚きのあまり手からスケッチブックが滑り落ちた。ノックなしで入ってきた九鬼梗子は、机の前のわたしを見て目を丸くした。

「どうかされましたか」九鬼梗子は足元に落ちたスケッチブックを一瞥して、また微笑みを浮かべる。「時間がかかっちゃってごめんなさい。豆をミルで挽いてたものですから。近所においしい焙煎所があるんです」

九鬼梗子は湯気の立つコーヒーの載ったトレーをそっと書きもの机に置いた。そのすきにわたしは慌ててスケッチブックを拾い、九鬼梗子が入ってきたドアから外に逃げ出そうとした。

「そこはオートロックで、指紋認証なんです」

かまわずノブを回してみるけれど、確かにドアは開かない。

「ミルクは入れますか？」九鬼梗子は小さなミルク壺を持ち上げてみせる。「このコーヒーには那須高原産の濃いミルクが合うんです」

わたしは答えず、疑惑のスケッチブックを抱えたまま九鬼梗子を睨みつけた。相手はミルクの壺を置くと、バスルームのドアを閉めて人工の明かりを閉め出した。

「先生、そんなに怖い顔なさらないで。コーヒーをお待たせしてしまったことはごめんなさい。遅くなったのには訳があってですね、実は豆を挽いているときに電話があったんですよ」

「そんなことはどうでもいいんです」

「どうでもよくはないですよ。妹さんからの電話だったんですから」

「妹？　誰の？」

「そりゃあ先生の妹さんに決まってるじゃないですか。先生のこと、心配してましたよ」

ずいぶん久々に妹のことを思い出して、心に強烈な一筋の光が射し込んだ。そうだ、わたしには妹がいるのだ！　この世で唯一わたしをリッチーと呼んで、子ども時代にはいつも傍にいて、いつもわたしを安全で正しい方向に導いてくれた頼もしい妹……その妹を、なぜこんなにも長いあいだ忘れていることができたんだろう？　こんな危機的状況に陥ったとき、真に頼りになるのはつれない親友でも腐れ縁の男でもない、この世に生まれ落ちたその瞬間からわたしを孤独から守ってくれた、あの妹のほかに誰もいないというのに！

「いつですか？　いま？　さっき？　妹と喋らせてください」

「でもどうしてわたしの番号がわかったのか、不思議に思って。失礼を承知で伺ってみたら、どうも先生のお友だちが緑灯書房のかたに連絡をされたみたいなんです。それで彼女があることないことといろいろお喋りしているところにちょうど妹さんからも先生と連絡が取れないと問い合わせがあったみたいで、それでほら、あの東さん？　というかたが、ご家族ということなら、なんて余計な気づかいをして、妹さんにわたしの連絡先を教えたみたいなんです。なんだか複雑な話ですよね」

「ぜんぜん複雑じゃありません。それで妹はなんて言ってたんですか」

「姉のことで何か知ってることありませんかって、そうおっしゃいました」

「で、なんて答えたんですか」

「先生はお元気ですよと答えました。執筆に専念したいから、しばらく外部との連絡を絶っているんですと」

「またそんなデタラメ言って！　妹はそれで信じたんですか？」

「ええ。ああそうですか、ならいいです、とのことでした」

「嘘でしょ?」

「いいえ、本当です。いちおうご用件も伺いましたけど、昔貸した『風の谷のナウシカ』の五巻がまだ返ってきてないから、至急返してほしい、とのことでした」

「嘘……」

「ね、ですから先生、とりあえずご所望のコーヒーを上がって、執筆に精を出してくださいね」

　次の瞬間、九鬼梗子は低いうめき声を上げてしゃがみこんでいた。傍らには、先ほどまでわたしの手にあったはずのスケッチブックが転がっている。

「痛い……」

　間違いない、九鬼梗子の脇腹めがけてそれを投げたのはわたしだった。

「これ、百合さんが描いたんじゃないでしょう?」

「痛い、痛い……」

「白状してください。この絵は本人が描いた自画像じゃありません。これは梗子さんが描いた絵です」

「姉はものに当たるひとじゃなかったのに……」

「もうわかってるんです。この日を境に出ていった山岡さんは、百合さんが梗子さんに絵のレッスンをしていたんだと勘違いしてました。でも本当はそうじゃなかったんですよね？　あなたは無理やり描かせられていたわけじゃないんです。あなたが望んで、描いたんです。文字で書くことができない腹いせに、こんなにも精密に、お姉さんを絵で描き返したんです」

「先生、落ち着いてください」

「落ち着くのは梗子さんのほうです。正気を取り戻して本当のことを言ってください。これ、あなたが描いたんですよね？　お姉さんはあなたの命令に従っただけだったんですよね？」

「姉がそれを望んでいなかったと、なぜ言えるのですか？」

九鬼梗子は腹に手を当ててしゃがみこんだまま、わたしを見上げた。その目に、古い教会の色褪せた聖母画から醸し出されるような深い許しと慈愛の色が浮かんだ。その瞬間、「雨だれ」のメロディーが室内に鳴り響いた。聖母のエプロンのポケットから、生地を透かして携帯電話の画面が光っている。

「妹からです！」

直感したわたしは思いきり九鬼梗子に体当たりして、ポケットから無理やり携帯電話を奪い取った。通話ボタンのマークを押すと、「もしもし？」懐かしい妹の声が聞こえてくる。

「もしもし！　わたし！」

「もしもし？　あれ、リッチーなの？」

「そうだよ、リッチー、リッチーだよ！」

言ってから、頭が真っ白になった。わたしの妹、わたしを助けようとしている妹……この妹の名前はなんだっけ？

「リッチー、仕事の具合はどうなの？」

大好きな妹の名前が思い出せない。脳裏が瞬時に何万何千という読めない文字で埋め尽くされた。パニックに陥りつつ、わたしはなんとか会話をつなげようと必死だった。

「仕事なんてどうでもよくて、それよりねえ、たいへんなの、わたしは監禁されていて、いますぐ助けが必要で……」

「ナウシカの五巻だけが見つかんないんだけど。リッチーが持ってない？」

「そんなことはどうでもいいから！　いますぐ助けて！　警察を呼んで！」

「リッチー、落ち着いてよ、さっきからなんかヘンだよ」

「ヘンなのはわたしじゃないの！　いますぐここに来て、ここから出して！」

「お姉ちゃん」妹の声が急にくぐもって聞こえた。「もう、そうするしかないんだよ」

その瞬間、頭のなかの読めない文字がすべて溶解し、一つの大きな黒い塊になった。

「お姉ちゃん」声はその塊から聞こえてきた。「もう逃げないで。書かなくっちゃ。わたしたちのお話を、わたしたちの、本当のお話を。書いて。書いて書いて書いて書いて書いて書いて……」

思わず電話を床に叩きつけた。頼みの綱の妹まで、とうとうおかしくなってしまった。九鬼梗子は電話をすばやく拾い上げ、バレエダンサーのような身のこなしであっというまに部屋を出ていった。その空気の動きで、二本のキャンドルの小さな灯りが激しく揺れた。

「待って！」

ドアに追いすがると、ちょうど目線の高さに細い窓が開く。そこに現れた目が一瞬、紙に焼きつけられたあの少女の目にも見えた。

「さあ、書いてください。これまでのことだけじゃあ、ぜんぜん足りないんです。これからのことも、書いてもらわないと困るんです。わたしにはどうしても、お姉ちゃんのお話が必要だから。それがないと、右に進めばいいのか左に進めばいいのかもわからない。お姉ちゃんが書くお話がないと、わたしは生きていかれない」

「やめてください、何度も言ってるじゃないですか、わたしはあなたのお姉ちゃんじゃない！」

「だったらあなたは誰なんですか？」

暗闇に浮かび上がる双眸がみるみる膨らんでいく。窓をいっぱいに満たし、そこからはみだして、このドアも部屋も呑み込んでいく……。

「さあ、書いてください」

「何を書けばいいのか、もうわからないんです」

「あなたの意思なんてどうでもいい。ただわたしと姉の話を書いてくれればそれでいいんです」

「わたしにはもうできません」

「そんな言い訳は通用しません。あなたはそのために生まれてきたんですから」

「ちょっと待って！　その前に！」またしても涙が頬をつたった。わたしは頭を抱え、絶叫した。「妹の名前が思い出せないんです！」

「まだ気づかないんですか？　それはあなたが名前を付け忘れたからじゃないですか」

「わたしが？　どういう意味？」

「存在していないひとに、名前を付けるのを忘れたんです」

「意味がわかりません！」

「うっかりしていたんですね。まさか彼女があそこで電話をかけてくるなんて、一行前まで思いもしていなかったから」

「わからない！　わからない！」

「とにかくあなたは役割をまっとうしないと。ちゃんと使命を果たさないと。あなたはそのために生まれてきたんだから、使命を果たす前に好き勝手に消えてしまうことなんて許されません」

そして隙間から眼差しが消えた。そこにはただ、暗闇だけが残された。

「あなたは書くために生まれてきた。これこそ天職というものでしょう」

いま、わたしはキャンドルの灯りのもとで、よく削られた鉛筆を握り、白紙の原稿用紙と向き合っている。

書くべきことが山ほどある。確かにわたしは書かねばならない。果てしのない仕事になることはわかっていた。覚悟もできていた。書くことなしにわたしはここに存在することができないし、書いてしまえばその存在が消滅することもわかっている。なぜならわたしは、書くために生まれてきたのだから。

キャンドルの灯りをじっと見つめていると、揺らめく小さな炎のなかに、この星に生命が誕生してからの悠久の時間がすべて含まれているように感じられてくる。そこではわたしが生きた時間など、一瞬のそのまた一瞬、まったく取るに足りない短い時間でしかないのだ。

目を瞑ると部屋のなかに、初夏の湿った朝の空気が吹きこんできた。

遠くで鳥が鳴いている。霧雨の水分を含んだ風が、たっぷり繁った青葉を揺らす音も聞こえる。あれはわたしがはじめてこの世の呼びかけに声を発した日、はじめてこの世の色彩に目を見張った日、はじめてこの世のかたちを素手で確かめた日……。

すると握った鉛筆の先から、文字が勝手に流れ出した。

この夏はきっと素晴らしい何かが起こる、寝耳に水の予感に打たれてわたしはハッと目を覚ました。

窓の向こうで

ガラス窓の向こうでせわしく働く伯母の姿を、しばらく前から店の軒先で見つめていた。頭に三角巾を巻き、赤いギンガムチェックのエプロンをつけた伯母は棚のチョココロネをトングで端に寄せ、空いたスペースに新しいコロネを几帳面に並べていく。まるで生まれたばかりの赤ん坊を扱うような、真剣な眼差しだった。一方、棚の高さに合わせて少しだけかがめている背中は平たく硬そうで、いつまでも生命の根付かない荒地の切り立った崖を思わせた。

平日の夕方、店は賑わっていた。入れ代わり立ち代わり、チリンとベルの音を鳴らしてひとびとがドアを出入りし、そのたびに伯母は手を止め惜しみない笑顔を向ける。客の邪魔にならぬよう、わたしは横長の窓の端に立ち、木枯らしに吹かれながらウールのマフラーに顔を埋めていた。足元には通りのメタセコイア並木から落ちた細い葉が分厚く重なっている。

もう少しひとが減ったらなかに入ろうとタイミングを探りながら、すでに十五分以上も同じ場所で動けずにいた。

　そうしてまめまめしく働く伯母の姿を外から見ていると、自分が幽霊にでもなってしまったかのような気がしてくる。実際、店の客たちは誰もわたしと目を合わせようとはしなかった。気づかれないのをいいことに、じっと伯母を観察した。微笑むと目尻の皺がじわっと深くなり、小さな唇が顔からはみだしてしまいそうなほど、水平に広がる……一月前、ここに偶然パンを買いにやってきたわたしに向けたのと、そっくり同じ笑顔。

　あのときも伯母は、いまと同じ格好をして、トレーに載せたパンをトングでせっせと棚に並べていた。

　最初は、母に似たひとがいると思っただけだ。母のほうがちょっとだけ若いようだけれど、皺の入りかたと笑ったときの唇の伸びかた――もっとも、母の笑顔などもうしばらく目にしていなかったけれど――が似ている。あと何年かしたら、お母さんもこんな感じになるのかな、そう思ってなんとなく目で追っているうち、ふいに暗い感情の影が心に傾《なだ》れこんでくるのを感じた。その影に呑まれないよう、目の前に並ぶパンに意識を集中させた。「ここのバゲットを砂糖と牛乳と卵を合わせた液にきっかり十二時間浸すとね、ほんとに、この世のものとは思えない極上のフレンチトーストができるんだから」……職場の先輩から、近所にインターネットのレビューサイトなどには載らない、知るひとぞ知る素晴らしいパン屋があると教えてもらい、はるばる電車を四本乗り継いできた郊外の店だった。

週末、わたしは時間をもてあましていた。残業続きでくたくたに疲れているのに、老人がよく嘆くように、夜中に何度も目が覚め、長く寝ていることができなかった。眠れない夜、わたしはしばしばお湯に溶かした寒天が固まっていくのを眺めたり、茶巾で絞ったヨーグルトから水気が落ちていくのを眺めたりした。その晩も、バゲットの切れ端が甘い卵液に浸っていくのをひたすら眺めているつもりだった。

沙羅ちゃん？

突然声をかけられ、トングで掴んだバゲットが滑り落ちそうになった。振り向くと、先ほど母にそっくりだと思ったそのひとが、ぶどうパンを山ほど載せたトレーを片手に、わたしをじっと見つめている。

沙羅ちゃんじゃない？　沙羅ちゃんでしょう……まあ……こんなにお姉さんになって……わたしのこと、覚えてる？……

「百合ちゃん」

とうとう寒さに耐え切れなくなったわたしは店に入り、先月とは逆に、自分から伯母の背中に呼びかけた。

伯母は振り向きわたしを認めると、また目尻に皺を寄せ、唇をにっと横に広げてみせた。照明のせいなのか、外から見るより伯母はくたびれて見えた。複雑な皺が何本も走り、目尻だけではなく顔じゅうにひっかき傷のような細い影を作っている。

「ごめんね。急に来て」

「ううん、とんでもない。よく来てくれたね」

「遅くなってごめんなさい」

「ちっとも。来てくれただけで嬉しい。あと三十分で上がれるから、ちょっと待っていてくれる？」

伯母はレジの女の子に声をかけ透明のビニール袋を手に入れると、棚に並ぶ売り物のパンを手当たり次第に詰めだした。袋がいっぱいになると、その口に金のビニールタイを巻きつけ、ほかのお客さんたちが見ている前でこちらに「はい、お土産」と手渡してくる。きまり悪くてはっきりお礼も言えないわたしの肩を抱き、伯母は並木の向こうを指差した。

「通りの向こうに小さい喫茶店があるの、わかる？　あそこでお茶でも飲んで待っていてね。終わったら、すぐに行くから」

如月さん、ちょっとすみません。レジの女の子から呼びかけられて、伯母は「じゃああとでね」と抱いていたわたしの肩を二度叩いた。

伯母を呼んだ女の子は、どうやらレシートロールの交換に手こずっているらしい。レクチャーを始めた伯母の口から、「リッチー」という名がこぼれた気がして、はっとした。無事に交換がすむと、伯母はもう一度「あとでね」と合図し、トレーを片手にビーズのれんの向こうへ去っていった。

わたしはレジの女の子に近づき、予備のビニール袋をもう一枚いただけますかと言った。笑顔で「もちろんです」と答えた彼女の胸元のネームプレートには、丸い手書き文字で「園州」と書かれていた。


先月、二十年ぶりにここで伯母と再会してから、会うのは今日で三度目になる。あれから二十年経って、わたしは輸入家具を扱うインテリアショップの店員になり、伯母はパン屋の店員になった。

伯母はわたしの子ども時代の記憶そのものと言ってもよかった。伯母がいなくなったのと同時に、わたしは子ども時代を失った。いや、子どもは子どもでも、まったくべつの子どもになってしまったような気がした。寝ているあいだにからだを引き裂かれ、中身をすっかり引き抜かれ、代わりに豚の脂身のような、ぶよぶよしたものを詰めこまれる夢をよく見た。目覚めると、背中や股のあいだに縫い目がないか、必死に手で探ったものだ。起きているあいだ、子どものわたしはいつも、自分が自分であるというふりをしていた気がする。そして巧妙にふりを続けているうちに、それがわたしの人格として周りに公然と認められ、ジャッジされていくのを、冷ややかな目で眺めていた。

伯母がまだ家に出入りしていたあのころ、わたしがまだわたしのふりをしないですんだころ、わたしは死ぬほど週末が待ち遠しかった――土曜の朝から別々に出かけていく父と母の代わりに、伯母が泊まりがけでわたしの面倒を見ることになっていたから。

中学校の国語教師をしていた伯母は朗読が上手だった。伯母が選んでくれた何冊もの本を、わたしたちはソファで寝転び、クッキーを齧りながら交代交代に読み聞かせあった。「ごんぎつね」や「鶴の恩返し」に始まり、生物図鑑、アガサ・クリスティのミステリー、六法全書、伯母の大好きなオースティン、源氏物語や中国の漢詩だって読んだ。意味なんて少しもわかっていなかった。ただそこには読める文字と読めない文字があって、伯母の助けを借りて、すべての文字を音にしていっただけだ。なかでも我々が大好きだったのは「桃夭」だった。もものようようたる、しゃくしゃくたりそのはな……。何度も二人で暗誦したから、いまでも難なく口ずさめる。言葉から意味や物語が炭酸の泡のようにしゅわしゅわと抜けていって、ただ甘かったり酸っぱかったりする音だけが口に残る、その感覚にわたしは夢中になっていた。

加えて伯母は、たいしたストーリーテラーでもあった。夜、わたしのベッドはあらゆる物語の舞台になった。伯母の話のなかでは、白雪姫は王子さまを待つまでもなくひとりでに目覚めて海賊になったし、人魚姫は自害せず海時代の仲間たちと合唱団を作って世界じゅうを旅した。昼間喜んで捨て去ったはずの、菌糸のように言葉にまとわりつく複雑な意味の体系が、夜にはわたしを強烈に魅了した。でも窓の外から車の低いエンジン音が聞こえてきた途端、その世界は一瞬でバラバラに砕け散る。わたしは伯母の声を聞きながら、ドアの向こうの、父か母が手を洗う水の音だとか、冷蔵庫を開け閉めする音のほうに、じっと耳を澄ませる。

あの日曜もまた、いつもどおりにそんな苦い終わりを迎えるはずだった。でもわたしたちに何かが起きた。あの日、わたしたちは三時のおやつを食べると「桃夭」を歌いながら家を出て、山岳地方に向かう電車に乗り、それから三日、帰らなかった。

あの日、二人で手をつないで降りたったどこかの駅の喫茶店で、温かいココアを飲んだことを覚えている。ちょうど点灯のタイミングが合い、窓の外の通りに一斉にイルミネーションが灯ったのを見て、伯母と手を叩いて喜んだ。わたしたちは山に桃の花を探しにいく途中だった。きりきりと冷え込む秋の夕方だったというのに、二人とも必ずや満開の桃の花を見つけられると信じていた。三千年も前に海の向こうで生まれた詩人が見た桃の花が、まだこうしていきいきと歌われている、それならば季節を問わずに三千年咲きつづける桃の木があってもちっともおかしくはないではないか？　二人ともすっかりそう思い込んでいた——いや、そう信じていたのは伯母だけだったのか、わたしだけだったのか、あるいは二人とも「桃夭」の音だけに導かれて、気づけばそこでココアをすすっていたのか。

あれからもう二十年が経った。伯母が指定した喫茶店にはわたし以外誰もおらず、窓際の席からは外のメタセコイア並木がよく見えた。

あの日と同じように、わたしはココアを頼んで伯母を待った。時間をかけてゆっくり飲むつもりだったのに、熱いココアをわたしはほとんど一気に口に流し込み、空になったカップを手のひらでくるくる回転させながら、ずっと窓の向こうを見ていた。いつのまにか、「緑の灯」というパン屋の電飾看板がメタセコイアの向こうで緑色に浮かび上がっている。看板に明かりが灯る、その瞬間を見逃したことが悔しかった。

そしてとうとうパン屋のドアが開き、紺色のダッフルコートを着た伯母が出てきた。肩を縮こめ、北風にあおられながらメタセコイアの並木をつっきり、まっすぐこちらへ向かってくる。全身が白っぽい街灯に照らされメタリックに光り、彼女はどこか近未来の亡霊めいて見えた。

「ごめんね、お待たせしちゃって」

チリンとベルを鳴らして店に入ってきた伯母は、コートを脱がずに、外にいたときよりもっと寒そうにコートの胸元をかきよせて向かいの席に座った。いつもは三角巾で覆われて見えない長い髪が、まだ風にあおられたまま頰にくっついている。

「沙羅ちゃん、お腹すいてない？　ここのスパゲッティ、すごくおいしいから食べてみない？」

うなずくと、伯母は水のグラスを運んできた中年男性の店員に「海の幸のトマトソーススパゲッティ、二つお願い」と注文した。顔なじみらしい、分厚い白いフリースを着込んだ店員は青白い顔に笑みを浮かべ、こちら、お嬢さんですかと聞く。姪です、伯母は笑って答える。

水を一口飲んでも、彼女はまだコートを脱ごうとはしなかった。パン屋からの急な呼び出しに備えているかのようで、それがわたしを落ち着かない気持ちにさせた。スパゲッティはすぐに運ばれてきた。びっくりするくらい具だくさんで、湯気がたくさん立っていた。思ったとおりの、赤いソースのスパゲッティ。わたしはこのスパゲッティをすでに知っている。

「あのひとたちも、このスパゲッティを食べていたよね？」

するると伯母はフォークの動きを止め、小さくまとまりかけていたスパゲッティの輪から、それをそっと抜き去った。

「……読んでくれたの？」

「生きている実感が湧いてくる、スパゲッティでしょ？　そう書いてあった」

伯母は戸惑うように微笑むだけで何も言わないので、わたしはスパゲッティを食べることに専念した。書いてあったとおり、本当においしいスパゲッティだった。生きている実感が湧いてくる、書けない小説のことはさておき、これからもずっと生きていくぞ、誰よりも長く図太く気丈夫に生きて、世のゆく末を何もかも見てやるぞという気になる、あの小説家が大好きだったスパゲッティ。

「調べたの」黙って皿を半分空にしたあと、わたしは言った。「すごくおいしそうだったから。似たようなスパゲッティが食べられるところ、探したけど見つからなかった」

「……読んでくれたのね」

「ごめんね。勝手に読んじゃった」

「あなたのお母さんは？　読んでくれた？」

伯母の視線は、窓際でぺしゃんとつぶれているトートバッグに向けられていた。三週間前、彼女に託された角2サイズの分厚い茶封筒の角がのぞいている。

「でもちょっと嬉しかった」伯母の質問に、わたしはあえて答えなかった。「わたし、最初から最後までちょっと賢そうな子に書かれてたから」

「だって沙羅ちゃんは、ちっちゃいころからほんとに賢かったから。あのお話に書いたとおり」

「ねえ百合ちゃん、あれって、お話……お話なの？」

「そう。お話。百合ちゃんと梗子ちゃんのお話」

「でもあれは……」

「デタラメだと思う？」

わたしはうなずきもせず、首を横に振りもしなかった。

「あのころのこと」伯母は続けた。「沙羅ちゃんはどのくらい覚えてる？」

「よく覚えてる」

「わたしと山に桃の木を探しにいった日のことも？」

「うん。二人でココア飲んでるとき、イルミネーションが灯ったの。どこだかわからないけど、ここよりもっと広いお店だった」

「怖かった？」

　ううん、とわたしは答えた。すると伯母はまたほんの少しだけ笑い、「冷めちゃうから、食べましょ」とフォークにスパゲッティを巻きつけはじめた。かと思うと、すぐに手を止めてまた口を開いた。

「沙羅ちゃんにはデタラメに思えるかもしれないけど、わたしはね、あそこには本当のことしか書いてないつもり」

「でも作り話でしょ？　だってわたし、あんなおかしな小説家なんて知らない。一度も会ったことない。そもそも百合ちゃんは死んでないもの。ここでこうやって、いまもわたしと一緒にスパゲッティを食べてるし」

「確かにそうよね。でもああいう方法でしか、わたしは本当のことが言えないと思ったの」

「本当のことって何？」

　口に出してはっとした。覚えのある問いだった。同じ質問を、伯母に書かれた小さなわたしが、あの小説家に向けて発していた。

「ねえ、沙羅ちゃん」今度は伯母が、質問を無視した。「教えて。お母さんは、読んでくれた?」

わたしははっきり首を横に振った。

「読んでない。返してきてって言われちゃった」

伯母はまた、長く黙った。わたしは残りのスパゲッティを片付けてしまうことにした。確かに冷めてもおいしいスパゲッティだった。少なくともこのスパゲッティに関してだけは、伯母は嘘を書いていない。

「さっきのレジの子……」最後のトマトソースをスプーンですくいきったところで、気になっていたことを聞いた。「名前が同じだったけど……」

「ああ、園州さんね」沈み込んでいた伯母の顔に、一瞬光が射した。「リッチー。園州律さん。変わった名前でしょ。名前だけもらったの。ずっと小説を書いてるけど、一度も最後まで書き切ったことがないんだって」

「でもあんな子、あんな小説家は、本当にはいなかったんだよね?」

「現実にはね。でもわたしの書くものには、あの子がどうしても必要だった。元気でどこでも動き回って、死んだわたしの人生を書き記してくれる若いひとが」

「それってやっぱり、百合ちゃんの作り話だってことだよね? 百合ちゃんはあれをお母さんに読ませて、何がしたかったの? あんなふうにお母さんのことを書いて、お母さんにどう思ってほしかったの? それにお父さんのことも……」

実際の父は、ずっと昔に家を出ていった。わたしと伯母の失踪事件からまもないころだったと思う。理由はわからないけれど察しはついている。でも伯母の〝お話〟を読んで、これこそ父の身に起こったことではないかと、ようやく腑に落ちたところもあるのだ。わたしの知ることのなかった父の顔を、やっとこの手で、納得のいくかたちで、捉えられたような気がしたのだ。

「ねえ、百合ちゃんはお父さんのこと、どう思ってたの？　もしかして、ほんとに百合ちゃんとお父さんは……」

「わたしはね、沙羅ちゃん、いくらでもあったかもしれないお話の一つを書いたのよ」

目を伏せた伯母は、それ以上は何も教えてくれそうになかった。わたしはトートバッグから茶封筒を取り出し、テーブルの上に置いた。

「これ、返しにきたの」

伯母は答えず、黙って窓の向こうに顔を向けた。厳しい表情ではなく、ほんの少しだけ微笑んでいるように見えた。

厚着の店員が空になった皿を下げ、グラスに水を注ぎ足すあいだ、伯母はずっとそうして外を見ていた。

知らない街の喫茶店で向かい合ってココアを飲んだあの日も、こうして彼女の横顔を眺めるひとときがあった。さっきまで一緒になってイルミネーションに歓声を上げていたのに、急に黙ってしまった伯母に、幼いわたしはにわかに不安を感じた。窓の向こう、ごくわずかに微笑む伯母の視線の先にあるものがなんなのか、知るのが怖かった。伯母に見えているものが自分には見えていないんじゃないか、あるいは、自分には当たり前に見えているものが伯母には見えていないんじゃないか。そんな疑いが急に頭をもたげてきて、圧倒された。ひょっとして、この百合ちゃんはわたしの知っている百合ちゃんではないのかもしれないと思った。すると足の裏から皮膚がめくれあがって、そのまま自分が裏表さかさまになっていくような気がした。

「それはまだ、持っていてほしいの」

ようやくこちらに向き直った伯母は、決然とした口調でそう言った。そして茶封筒の端に両手を添え、わたしのほうへ押し返した。

「まだ続きがあるから」

「……続き？」

「そう。まだ終わってない。二番があるの」

「二番……あの歌みたいに？」

あの歌、という言葉に伯母は微笑み、小さく口ずさんだ。もものようようたる、ふんたるありそのみ……

「同じことを、最初から書き直すってこと？」

「ううん。書き直すのじゃなくて、違うふうに書くの」

伯母は茶封筒の上の手を伸ばして、無意識に水のグラスを握っていたわたしの手を包み込んだ。それからまるでいたずらをした子どもを諫めるみたいに、その手を優しく握った。

「わたし、ほんとは、百合ちゃんのことが怖かった」

伯母はほんのわずかに首を傾げただけだった。聞こえないふりをしているみたいだった。

「あの日、山に桃の木を探しにいった日……百合ちゃんのことが怖くなった。いまみたいに百合ちゃんが窓の外を見ていたとき、百合ちゃんが急に、知らないひとみたいに見えたの。百合ちゃんとそっくりなひとが、わたしの見ていないうちに本当の百合ちゃんと入れ替わっちゃったんじゃないかと思ったの。そのときだけじゃなくて、もうずっと昔から、家で本を読んでもらってるときから、ただ百合ちゃんにそっくりなひとを、わたしが勝手に百合ちゃんだと思い込んでただけなんじゃないかって。すごくすごく、怖くなったの」

「それで最後は、お母さんに電話をかけたのね？」

わたしは無言でうなずいた。伯母もまた、何も言わなかった。わたしは伯母が、謝ってくれることを期待していた。あの出立の日、最初に桃の木を見たいと言ったのは、わたしだったのに。それは駄目だと言う伯母に腹を立て、すねたのはわたしだったのに。そういうわたしが、二十年経ついまも伯母に謝罪を求めていた。

「そろそろ出ましょうか」

伯母はテーブルに置かれた透明の筒から伝票を抜き、立ち上がった。結局最後まで、コートは脱がないままだった。茶封筒をトートバッグに収め、わたしもその後を追った。

それから伯母はパン屋の横に停めてあった自転車を取ってきて、並木の端にある地下鉄の入り口までわたしを送ってくれた。暖かくなったらまた来てほしい、自分はいつでもあのパン屋で働いているからと言う。

「暖かくなったらって、春のこと？　具体的には何月のこと？」

「何月ってことはないの。ただ、沙羅ちゃんが今日は暖かいと思った日のこと。朝からぽかぽか暖かくて、ほかにやることも特になくて、パン屋に行って、百合ちゃんの顔を見るのもいいかなと思った日のこと」

「そんな日、来るかどうかわからない」

伯母はわたしの腕にそっと触れると、遅くなるといけないから、と言った。わたしはもう九歳の子どもではない、遅くなってもわたしを心配するひとなど、誰もいないのに。行こうとすると、彼女はふいにわたしを抱擁し、ささやいた。

「あのころ、わたしはあなたのこと、本気で自分の娘だと思ってた。梗子ちゃんが産んでくれた、わたしの娘だって。ひどい伯母さんよね」

立ち並ぶメタセコイアにかろうじて残る葉が街灯に照らされ、季節はずれの蟬の羽のように薄銀色に光っていた。

＊

この二十年近く、わたしはずっと、あなたとの音信をどうしたらうまく復活できるのかということを考えつづけてきました。沙羅ちゃんのことはいまでも本当に申し訳なく思っています。あなたに恨まれ嫌われるのももっともなことをしました。

あれからあなたはすみやかにわたしから離れていった。わたしを遠ざけ、わたしたちのお話のなかに、わたしを置き去りにした。わたしはこの二十年、あのお話のなかに――わたしたちの「ウリ坊姉妹物語」のなかに閉じこめられていたようなものでした。何をしても、誰と出会っても、これはあのお話のなかにすでに書かれていたことだという錯覚を捨てることができませんでした。でもあなたは、徹底的にわたしを拒否した。手紙は受取拒否のスタンプを押され戻ってくるようになり、電話は不通になりました。それでも直接家を訪ねる勇気はとうとう出なかった。だから偶然の出会いを求めて、あちこちの街を歩きました。ちょうど彼女が真夏の空の下、汗を流してパン屋を探しまわったように。愚かなふるまいに映るでしょうね。そんなにもあなたを切望していたのに、わたしは一度も、あなたがいかにも現れそうなデパートにも美容院にも行かなかった。心の底では、再会を恐れていたのでしょう。でもそれでも、あなたを諦めてしまうわけにはいかなかった。

そしてようやく去年、わたしは荒川の堤防の上であなたを見つけました。あなたは一人で、コッカースパニエルの老犬を胸に抱き、ピンク色のフリースを着て、川面に反射する朝日に目を細めていました。黒い瞳でわたしの顔をじっと見つめ、落ち着かなげに震え出したその老犬を、あなたはぎゅっと抱きしめ、そのモップのような背中に顔を埋めました。一目見た瞬間から、二十年の年月がぐるぐると体のなかで大きな渦を巻きはじめ、わたしは堤防の上で足をすくわれないよう必死で地面に踏ん張りました。

わたしがあなたの名前を呼んだとき、あなたはわたしのことがわからないようでした。コッカースパニエル犬が暴れはじめ、あなたの胸のなかから飛び出して地面に下り、わたしに吠えかかりました。「申し訳ないのですが、ひと違いかと……」そう言われてもまだ、諦めきれませんでした。なぜって、目の前にいる女性はわたしが二十年近く想像してきた、中年になったあなたにそっくりだったからなのです。気づけば頬には涙が流れていました。無視してその場を去っても良かったのに、そのかたは親切でした。わたしの知らない名を名乗り、この街の写真店の一人っ子として生まれたこと、この街で育ち、高校の同級生と結婚して両親から写真店を引き継いだものの紆余曲折あっていまは夫婦でコンビニエンスストアのオーナーになっていること、人間の子には恵まれなかったけれど、この犬が我々の子なのだということを丁寧に教えてくれました。お礼を言って別れたあとも、わたしはこっそり彼女のあとを追いました。彼女が帰っていったのは幹線道路沿いの三階建てのマンションで、一階に入っている街角のコンビニエンスストアでは、彼女の夫らしき中年の男性が一人でのんびりとポテトを揚げていました。

このときなのです、目もくらむような希望の一槌がわたしの頭に振り下ろされたのは。わたしはあなたに瓜二つの彼女の生活の一端に触れ、心からの安堵を感じていました。驚くほどの安堵でした。わたしを見つめる彼女の憐れみと慈愛に満ちた目に、わたしは確かにあなたを感じました。最後に会ったときの、わたしを蔑み怒りをたぎらせたあなたの顔に隠されて見えなくなっていた、わたしとあなたの長い時間、姉妹として過ごした濃密な時間に充満していたあの眼差しが、あのときのままに甦ってきたのです。

わたしはわたしにそっくりの誰かが、あなたの目の前に現れる場面を想像しました。そのときのあなたの表情、あなたの動揺がどんなものか、夜を徹して想いつづけました。そしてそのわたしにそっくりの誰かを通してなら、あなたもまた彼女を通して、わたしを見つめ返してくれるのではないかと希望を抱いたのです。

でもわたしは、その想念を現実のものに変えるために、自分に瓜二つの誰かを探し出したりはしませんでした。わたしはその人物を、自らの手で作り上げたのです。わたしとあなたが長年交わしてきた、お話の言葉——喧嘩をしたり愛をささやきあったり今晩のおかずを相談するために使うあの言葉ではなく、お話の言葉で作り上げた瓜二つのわたしを、あなたのもとへ遣わそうとしたのです。なぜならわたしたちはいつもそうして、ありあまる想像力をこれくりまわして、わたしたち自身の姿を手ずからこしらえていたのですから。

わたしとあなたの生きた時間をここに甦らせるために、わたしはとてもまわりくどい方法を選びました。わたしとあなたの真実にいちばんふさわしい物語を見出すため、この一年間、何度も何度も書き直しを重ねました。あなたがわたしにしたこと、わたしがあなたにしたこと、わたしが恐れたこと、あなたが望んだこと……こんなお話のかたちでしか、それを言い換えることはできませんでした。いえ、そんなことより、わたしはただ、あなたをもう一度楽しませたかったのかもしれません。もっともっとと、お話をせがまれたかったのかもしれません。

でもあまりに夢中になりすぎて、わたしは迷子になってしまったようです。気づいたときにはもう遅く、わたしが作り出したわたしに瓜二つの人物は、わたしになんの断りもなく、勝手に彼女の生を生きはじめてしまいました。彼女はしつこくてしぶといのです。わたし以上に書くことに自覚と責任感があるのです。今回は失敗したけれど、自分にはもっとできる、もっとべつの、うまい方法を見つけることができると言っています。

沙羅ちゃんを通して連絡をください。電話番号は知らせてあります。

百合より

梗子へ

＊

黒い綴じ紐でくくられた紙束の最後の一枚にクリップで留められた手書きの文字を、わたしは地下鉄のなかで熱心に追っていた。

伯母の長い〝お話〟は一度しか読まなかったけれど、この手紙は今朝から何度も読んだ。

先月パン屋で偶然の再会を果たしたあの日、伯母は今日は閉店までシフトが入っているからゆっくりは話せない、また近いうちに、できれば平日の夕方に来てほしいと言い、今日と同じくビニール袋いっぱいにパンを詰めてお土産に持たせてくれた。

もう二度と会わずにいることもできたのに、翌週わたしは奇妙な義務感に駆られて再びエプロン姿の伯母の前に立っていた。そこで母宛のこの茶封筒を託されたのだ。封はされていなかった。のぞくと分厚い紙の束が見えたから、きっと長い手紙だろうと思った。おそらくはこれまで離ればなれでいた二十年間の想いを綴った手紙、そしてわたしを連れて失踪したあの数日間のことを謝罪するような手紙が入っているのだろうと。

でも当の母は、この封筒を拒絶した。百合ちゃんからだと言ったとき、まるで娘が幽霊から手紙を受け取ったかのように、こちらの正気を疑うような目でわたしを見た……ずっと昔、急な仕事が入ったと言って家を出ていく父に向けたのとそっくり同じ目で。昨日ようすを見にいったときも、茶封筒はテーブルの上の、三週間前にわたしが置いたままの位置にあった。「読まないの？」と聞くと、「持って帰って」と母は言った。

突き返された封筒を、そのまま伯母に返すことだってできた。でもそれでは、あまりに伯母が哀れだという気がしてならなかった。封筒のなかの重い紙束が伯母の手紙ならば、それはおそらく、わたしたちが離ればなれになった原因でもある、あの小旅行のことを詫びた手紙であるはずなのだ。それなら、わたしにも読む権利があると思った。いや、わたしこそが読むべき当人なのではないかと都合よく解釈してしまった。

ところが一人暮らしのマンションに帰り、白紙を先頭にして綴じられたA4用紙の束をめくりだすと、すぐにこれは思っていたようなものではないと気づいた。それでも読むのをやめることができなかった。最後の一文まで辿り着き、それに続く手書きの手紙まで読み終えたときには、もう夜が明けそうになっていた。

わたしは疲弊し、混乱していた。でも頭の一部に血が上ってぶくぶく泡立ち、とても眠れそうになかった。

これはいったいなんなのだ？　わたし自身も含め、数人の人物は確かに実在していたけれど、起こっていることはめちゃくちゃだった。支離滅裂な展開は、そのまま伯母の内面の混乱を表しているように思えた。でもなかにはいくつか、事実も含まれている。わたしたちが暮らした家、そしていま母が一人で暮らしているあの広い家には、確かに定家葛を這わせた立派な塀があって、春にはうっとりするような甘い匂いを漂わせていた。そして壁際の食器棚には、あふれんばかりに家族の写真が飾られていた――小説家が見たとおり、ビーチの写真も、若かりしころのウェディングドレス姿の母と着物姿の伯母の写真も、彼女たちを育てた〝小宮のおばちゃん〟と並び、三人で微笑んでいる写真も。

わたしはいつかの誕生日に確かにフリルの丸襟付きのラベンダー色のワンピースを着たことがあるし、いつか母が着ていた、からだの線がくっきり出る、ローズピンク色の素敵なワンピースも覚えている。〝小宮のおばちゃん〟が住んでいたという、郊外の巨大なマンション群の一室も、ほとんど記憶のままだった。それだけではない、ここに書かれたいくつかの風景や母の出で立ちは、むしろ現実よりもずっと現実らしくわたしの胸に迫ってきた。あまりにそれが圧倒的で、たまらず涙ぐんでしまうことだってあった。

とはいえ、こんな無鉄砲な若い小説家など、一度だってうちにやってきたことはない。伯母は死んでなどいないし、父はレオナルド・ディカプリオなんかに似てはいない。父は……記憶にある父は、ハリウッドスターなんかにはほど遠く、ビーバーみたいなひょうきんな顔をした、ずんぐりむっくりの男だったのだから。確かにスーツを着てベンツを乗り回していたけれど、それよりは釣り堀でビールケースを逆さまにして座っているほうがずっと似合うような容貌をしていた。

この〝お話〟のなかで伯母は自分を殺し、瓜二つの小説家を出現させ、彼女を母と出会わせ、わたしとも父とも出会わせた。そして彼女に死んだ自分の物語を書かせようとして、失敗した。

何度手紙を読み返してみても、どうしてこんなかたちでしか伯母は母に語りかけられないのか、わたしにはわからなかった。素朴な謝罪の言葉の代わりに、なぜこれほど多くの虚構の言葉が費やされねばならないのか。これはむしろ、伯母が望んだけれども実現しなかったもう一つの現実の幻を忠実に写し取っただけのもの、目覚めながら見た、エゴイスティックな長い夢の記録に過ぎないのではないかとも思った。

顔を上げると、地下鉄の暗い窓に自分の顔が映っていた。頬はこけ、目の下には濃い隈が浮かんでいる。これが未来の自分の姿だと知れば、伯母の話に出てきた美少女がすぐにも泣き出しそうな、ひどい顔だ。伯母の手紙を読んでいる自分という存在を、わたしはそうして少し離れたところから眺めた。読んでしまったからには、そしてああして書かれてしまったからには、もはやわたしも伯母の物語の一部になってしまっているのだろうか。だとすれば、幼いころ、寝ているあいだにすっかり抜き出されてしまった本当のわたしも、もしかしたらこのお話のなかに保存されているかもしれない。

わたしは地下鉄を降り、都心へ向かう路線に乗り換えた。

花崗岩に彫られたＫＵＫＩの四文字のくぼみはすっかり黒ずみ、細かな砂が溜まっていた。

昔はアプローチにびっしり敷きつめてあった白い小石もいまではまばらで、地の味気ないコンクリートがあちこち顔を出している。季節に一度庭師を呼んでいるからかろうじて見られる状態を保っているものの、庭の木は不格好に均整を崩し、中途半端な樹形をさらしていた。大好きだった立派な金木犀は、数年前の大きな台風で根本の近くから倒れた。植木屋に根から掘り出されて撤去され、いまではそこだけ土が剝き出しになっている。かつてはいつもセラミックの歯のように真っ白だった家の壁も、チョコレート色の玄関ドアも、もう何年も塗り直されていない。

一階のリビングのカーテンの隙間から、橙《だいだい》色の光が細く庭に落ちていた。伯母が家に来なくなり、父が出ていき、わたしと二人暮らしをするようになってから、母の家事能力は途端に衰えた。手作りの菓子を出すこともなくなり、毎日かけていた掃除機も二週に一度しかかけなくなり、弁当の中身も冷凍食品だらけになった。それでもわたしは少しもかまわなかった。むしろ、ろくに爪も切らず、体形も服装もだらしなくなって、うるさいことも言わなくなった母のほうが、前の完璧な母よりもずっと好きだった。わたしが職を得て一人暮らしを始めてから、母はさらに細かいことにこだわらなくなった。隙間が空かないようにカーテンをきっちり閉めるだとか、ごみ袋の口をしっかり縛るだとか、テーブルに散らばったパンくずを残らずふきんで拭き取るだとか、そういうことさえしなくなった。

わたしはこの家の鍵を持っていない。そもそも自分の鍵を持つ必要なんてなかった。というのも、鍵を開けてくれる母がいつもいたから。明かりがついていて、母がなかにいるとわかってはいても、インターフォンを押すときにはいつも少しだけ不安だった。ドアを開けるのが母じゃなかったらどうしよう、あるいは、明かりがついているのにいつまでも足音が聞こえず、ドアが閉じたままだったらどうしよう。その先を想像しようとすると、目の奥がすんと暗くなった。でも必ずドアは開いたのだ。いつもと同じ母の顔と、いつもと同じ「お帰り」。そのたびにわたしは心の底からほっとして、膝から力が抜けそうになった。でもどこかで、何かがずっと間違ったままであるような、今日もまたその間違いが見逃されてしまったような、ほんのかすかな落胆を感じてもいた。

「どうしたの、昨日の今日に」

今日、玄関を開けた母は「お帰り」と言わなかった。考えてみればもうしばらく母の「お帰り」を聞いていない。ここはもはやわたしたちの家ではなく、母の家、母一人の家だった。

「ちょっと、近くまで来たから」

とってつけたような理由を口にして、靴を脱ぐ。靴脱ぎには一足の靴も出ていなかった。母はひょっとして、もう二度と外には出ないと決めているのだろうか。昔はびっしり高級なハイヒールやロングブーツが並んでいたシュークローゼットを開けてみたいという誘惑に駆られる。でも自分がそこに昔ながらの靴の隊列を見たいのか、空っぽの空間を見たいのか、どちらを期待しているのかもわからなかった。

「ご飯は？　食べてきた？」

「うん。さっき食べた」

何を、とか、誰と、とか聞かれたら、正直に告白するつもりだった。百合ちゃんと海の幸スパゲッティを食べたのだと。でも母は何も言わず、ティファールのポットでお湯を沸かしはじめた。テレビには中国語の宮廷ドラマが映っていた。字幕はついていないけれど、母が中国語を勉強しているところは一度も見たことがない。母にとっては、もう意味などどうでもいいのかもしれない。そこにひとがいて、たくさんの音があり、ついでにひとが泣いたり怒ったりしているところが見られればそれでじゅうぶんで、わたしと伯母がかつて溺れていた意味を失った言葉の甘美な世界に、母はいま一人で溺れているのかもしれない。

「百合ちゃんと、海の幸スパゲッティを食べたんだよ」

白湯を運んできた母とテーブルで向かい合ったとき、自分から切り出した。母の表情、動揺が見たかった。母は何も答えず、顔を横に向けてまた意味のない宮廷ドラマの世界に戻っていった。

「お母さん」その母の横顔に呼びかけた。「わたし、百合ちゃんと、ご飯を食べてきたんだよ」

母は反応しなかった。何かの拍子に誤って空気を抜かれたビニール人形のように、はりのない、それでいてそのなりゆきに憤ったり抗ったりするところのない顔だった。輪ゴムで一つにくくった白髪交じりの髪にはかつての両生類めいた艶はなく、古びた根菜の繊維を束ねたみたいだった。わたしは立ち上がって、テレビの電源を切った。テーブルに戻ってからも、母は真っ暗になったテレビの画面、そこに映っている自分の顔を見ていた。わたしはトートバッグから茶封筒を取り出し、なかの原稿をテーブルに載せた。

「これ、お母さんは読んだほうがいいと思う」

母はようやく顔をこちらに向け、束の先頭の白紙に視線を落とした。

「このあいだ置いていったのと同じだよ。今日、百合ちゃんに返そうと思ったんだけど、突き返されちゃったの」

「お母さんは読まないよ」

母ははっきり言った。そんなにはっきりとものを言う母を見るのは久々だった。

「どうして？」

「お母さんは読まない。言ったでしょ。それは沙羅が持ち帰って」

「でも百合ちゃんは、お母さんがきっと読んでくれるって信じてるよ。きっと仲直りしたいんだよ。ややっこしいけど、百合ちゃんには、お母さんとの仲直りの方法が、これしか思いつかないんだよ。もう二人とも大人でしょ。昔のことは水に流してまた仲良くしなよ。わたしはもう、恨んでないよ、あの家出事件のこと。むしろ悪かったと思ってる。あのときは言えなかったけど、家を出たいと言ったのはわたしなの。百合ちゃんはわたしのわがままに付きあっただけなの」

「……これ、沙羅は読んだ？」

「うん」わたしは束の白紙に目を落とした。「お母さんが読まないならと思って、読んじゃった」

「ならもう、いいじゃない」

言って母は、リモコンでテレビの電源をつけようとした。わたしはそのリモコンを奪い取り、ソファに投げつけた。母はひるんだ。「ねえお母さん」わたしはその目から目をそらさなかった。「読まなくてもいいから、せめて一つ教えて。『ウリ坊姉妹物語』って何？」

母は頬杖をつき、目を閉じた。もう眠ろうとしているみたいだった。でもわたしはあきらめなかった。

「ねえ、それって、どういうお話なの？　百合ちゃんが作ったお話の一つなの？」

「百合ちゃんじゃない」母は目を閉じたまま言った。「あれは、お母さんと百合ちゃんが、二人で一緒に作ったお話なの」

「二人で？　お母さんと百合ちゃんが、二人でお話を作っていたの？」

「そう。はじめは、そうだった。はじめは……」

「そのお話のなかに、百合ちゃんは置き去りになってるの？　それっていったい、どういうことなの？」

「あれはね」激しい痛みに耐えるかのように、母はぎゅっと眉間に皺を寄せた。「あれはもともと、わたしたち二人が、自分たちを元気づけるために作った話なの」

「元気づけるため？……どんなふうに？」

「最初はね、お父さんとお母さんを亡くしたウリ坊の姉妹が、長い冒険の旅に出て、たくさん友だちを作って、どんどん大きくきれいになっていくお話だった。旅の途中で、渦巻き蚯蚓に食べられそうになったり、虎の王様に声を奪われたり……でもそういう難局を、二匹は力を合わせて乗り越えるの。その二匹っていうのは、もちろん、わたしと百合ちゃんのこと。最初は二人で作っていたけど、途中からわたしは百合ちゃんにお話を譲ったの。わたしは途中から、読むだけのひとになった」

「それってもしかして、ここに書いてあった作文コンクールがきっかけなの？　百合ちゃんの代作じゃなくて、自分の作文を出して入賞してからお母さんは書かなくなったって、あれって本当の話だったの？」

「まあ、そんなこともあったのかもしれない。とにかくあるときから、お話を書くのは百合ちゃんの役目になった。でも、書かせているのはいつもわたしだった。わたしがいたから、わたしに読ませるために、百合ちゃんはお話を書きつづけたの。もっとおもしろい続きを聞かせてとわたしはいつも百合ちゃんをせっついた。お腹をすかせたウリ坊の姉妹はわたしをおもしろがらせるために、何百回と冒険の旅に出なきゃならなかった。読み手のわたしは、その冒険がつまらないと何度だって書き直しをさせた。こんなんじゃぜんぜん駄目だと言って、いつも百合ちゃんを追いつめていた。つまりはね、自分がいい気持ちになるお話だけを書いてもらっていたの。お姉さんウリ坊が素敵なウリ坊の男の子を見つけて、姉妹の家を出ていくことになったときには、すぐに書き直させた。お話のなかでは、その男の子はすぐに心変わりして、穴ぐらで一人残されて泣いている妹を迎えにいくの。実際に、あなたのお父さんは最初、百合ちゃんの恋人だった。本当ならあなたは、お父さんと百合ちゃんのあいだに生まれていたかもしれなかった。でもわたしが、筋書きを変えさせたの」

「じゃあお母さんたちは、『ウリ坊姉妹物語』のとおりに、行動したってこと？　自分たちで作ったお話に、お母さんも百合ちゃんも従ってたってこと？」

「おかしいでしょう。でもあのころ、わたしたちにとって、あのお話は一つの道筋だった。人生の道筋を自分たちで作っているんだという手応えを感じていた。実際、お話のなかで、大人になった妹イノシシには可愛い女の子のウリ坊が生まれたと書いてもらえば、あなたが生まれてきたのだから」

「何それ？　お母さんがそう書かせたから、わたしが生まれてきたってこと？　そんなのおかしいでしょ、わたしはお母さんたちのお話とはぜんぜん関係なく生まれてきたはずだよ」

「でもわたしたちには、そういうお話が必要だったの。そうやって二人で生きてきたの。わたしたちは早くに両親を失ったから、自分たちの作ったお話に手を引かれて生きていくしかなかった。そうでもしないと、いつまでも真っ暗の穴ぐらから出られなかった」

「でも結局、お母さんはいつも、百合ちゃんのお話を自分の気に入るようにねじ曲げてきたんでしょ？　自分に都合のいいお話ばかり書かせてきたんでしょ？　そうして百合ちゃんを一人で穴ぐらに残して、お母さんだけが明るいところに行ったから……百合ちゃんがお母さんを書いたようにお母さんが百合ちゃんを書いてあげなかったから、百合ちゃんはこのお話のなかで、自分を書いてくれるひとを書かなきゃいけなかったんじゃないの？」

　母は何も答えなかった。

「でもこのお話のなかではね、百合ちゃんは書かれることをすごく怖がってもいるの。お母さんに丸裸にされて絵を描かれたことが本当にあったのかはわからない。それはすごく乱暴で、屈辱的なことだよね。でも百合ちゃんが丸裸になれるのは、きっとお母さんの前だけだった。その気持ちをお母さんにわかるように言い換えるには、これだけの言葉が必要だったんだよ」

　いつのまにか、まるで自分が伯母になりかわったかのように、わたしはこの〝お話〟に肩入れしていた。この〝お話〟を守ってやれるのは自分しかいないのだという気がしていた。伯母はこの壮大な作り話を介して、母に直接呼びかけたかったのだ。離ればなれの時間を乗り越え、本当の再会を果たすためには、二人にはこんな遠回りの裏道しか残されていなかったのだ。

「でもね」母は再び口を開いた。「姉イノシシが妹イノシシの子をさらって旅に出るなんてことは、わたしたちのお話のどこにも書かれていなかった。あの日、あなたを連れて姿を消した百合ちゃんは、お話からはみ出してしまったの。裏切られて、わたしはあの日、それまでの『ウリ坊姉妹物語』をぜんぶ捨てた。だからわかってね、置き去りにされたのは百合ちゃんじゃない、わたし、お母さんのほうなのよ。百合ちゃんだけじゃない、あなたのお父さんも、あなたも、皆がわたしを置き去りにしたの」

「お母さん、お話と現実は違うよ。お父さんが出ていったのも、わたしがこの家を出たのも、百合ちゃんのお話とは関係ない。ちゃんと理由があることだよ。お母さん、お願いだから自分の人生を生きてよ。いつまでもぼんやり家のなかに閉じこもっていないで、いい加減自分の手で自分を外に引っぱっていってよ。誰かに書かせた筋書きなんかなくったって、できることがたくさんあるでしょ。わたしもお父さんも、そうやって外に出ていったんだよ、どんなに痛い目にあっても外の世界にはそれだけの価値があると思ったから、ここよりもっと、明るくて自由で広いところに行きたいと思ったから」

これまでにない、重い沈黙が一気に部屋に落ちた。口にした言葉が、あとに続く言葉をすべて追い払ってしまった。わたしも父も、三人で暮らすにはじゅうぶんに明るくて広いはずの、この家にいることができなかった。それでいて、痛い目にあってもそれだけの価値がある世界というものを、わたしはまだ手に入れられずにいた。自分が目指していた外というものが具体的にはどんな場所だったのか、それさえわからなくなっていた。

わたしはトートバッグを摑むとリビングを出て、そのまま靴を履いて家を出た。

母は当然、追いかけてこなかった。油断するとこぼれそうになる涙をこらえた。涙を流すいわれなどない、嘆いたり悲しんだりするべきは母のほうだ。夫からも娘からも遠ざけられた母。人生の筋書きを失ってしまった母。和解を求める過去の声を聞く耳を失ってしまった母。意味を剝がれた言葉に取り囲まれ、音の世界に閉じこもっている母。

そういう母から、できるだけ遠ざかりたいと思った。だから走って駅に向かった。それなのに、どれだけ息を切らして走ってみても、わたしはあの家から少しも遠ざかれていなかった。

苦しい呼吸の合間に、どこからか、季節外れの定家葛の香りが鼻先をかすめる。あの小説家がこの家に来たときに嗅いだ、懐かしい、甘い定家葛の香り……やはりいつのまにか、わたしは伯母の書いたお話のなかに迷い込んでしまったのだろうか？　この香りも、いまここにあるこのからだも、伯母のお話のなかの一場面に過ぎないのだろうか？

すると突然、足が止まった。得体のしれない熱い抗いに、全身を突き上げられた。

これは誰かに書かれたお話などではない、冷笑と諦念に向かって収束していく凡庸な筋書きならば、生きたわたしとしては断固拒否しなければならない。とりかえしのつかない崩壊の暗喩として、あの家を、そして母を、誰のものともしれない物語に譲ってしまうことなど絶対にできない。

わたしは踵を返した。母がまだお話のなかに閉じこめられているというのなら、その母から生み出されたわたしが今度はその檻を揺さぶり、引っぱりだしてあげればいい。そして母が自分の言葉で自分の物語を綴れるようになるまで、過去の声を聞き取る耳を取り戻すまで、再び目を開けてこの世界の光を受け止められる日が来るまで、手を引いてあげればいい。

家のリビングにはまだ明かりがついていて、細い橙色の光が庭に落ちていた。

インターフォンを鳴らす前に、わたしはその窓に近づき、カーテンの隙間からなかをのぞいた。わたしなしでも、母がそこに存在していることを確かめるために。母の仮面を外した見ず知らずの他人が、そこにひっそり憩っていないことを確かめるために。

窓の向こう、テーブルに前かがみに座っている母は、書いていた。鉛筆を握り、分厚く重ねた原稿用紙に、猛烈な勢いで何かを書いていた。

そのときになってようやくわたしは気づいた——娘に強いられるまでもなく、母は当然、あのお話を読んでいたのだと。そのお話を無言で突き返すことで、伯母が書きつづけることを知っているのだと、そしてそれからずっと、母自身もああして書いていたのだと。

表の一枚を文字で埋めると、母は休む間もなく次の一枚に取りかかる。何かに憑かれているかのような、ものすごい勢いだった。そうして絶え間なく手を動かしながら、彼女はうっすら微笑んでいた。その横顔が、今日、そして二十年前に喫茶店で見た、伯母の横顔にそっくりだった。母も伯母も、やはりわたしには見えていないものを見ているのだ。そしてわたしには当たり前に見えていることが、彼女たちには見えていないのだ。姉妹はそうして、長い時間をかけて遊びの続きを始めたのだ。

母が書いているテーブルの脇には、伯母のお話が入った茶封筒と、まだ薄いけれども、色も大きさもそれとそっくり同じ封筒が並べてある。

わたしは自分がどこに立っているのかわからなくなった。答えを求めて、暗い空を見上げた。無数の文字が重なりあい、ぶつかりあい、激しい圧で塗りつぶされたでこぼこの空があった。まばらな星が消しかすのように散らばっていた。

そしてわたしはその空を読んだ。

まもなく厚みを増すことになるあの封筒を、わたしは伯母のもとへ運ぶだろう。そしてそこで、また新たな封筒を託されるだろう。運ばれる文字は無限に増殖し、この空に濃く密に練り込まれ、地平線を押し広げていくことだろう。

わたしはその封筒の重みを思った。するともう、手が痺れてきた。

初出

「小説幻冬」二〇一七年七月号
「小説幻冬」二〇一七年十月号
「小説幻冬」二〇一八年一月号
「小説幻冬」二〇一八年五月号
「小説幻冬」二〇一八年八月号
「小説幻冬」二〇一八年十一月号
「小説幻冬」二〇一九年二月号
「小説幻冬」二〇一九年五月号
「小説幻冬」二〇一九年八月号
「小説幻冬」二〇一九年十一月号
「小説幻冬」二〇二〇年二月号

装丁　重実生哉

〈著者紹介〉
青山七恵　1983年埼玉県生まれ。2005年「窓の灯」で第42回文藝賞を受賞しデビュー。07年「ひとり日和」で第136回芥川賞、09年「かけら」で第35回川端賞を受賞。著書に『花嫁』『ハッチとマーローウ』『私の家』などがある。

GENTOSHA

みがわり
2020年10月30日　第1刷発行

著　者　青山七恵
発行人　見城 徹
編集人　森下康樹
編集者　壷井 円

発行所　株式会社 幻冬舎
〒151-0051 東京都渋谷区千駄ヶ谷4-9-7

電話：03(5411)6211(編集)
03(5411)6222(営業)
振替：00120-8-767643
印刷・製本所：中央精版印刷株式会社

検印廃止

ISBN978-4-344-03697-0 C0093
幻冬舎ホームページアドレス　https://www.gentosha.co.jp/

この本に関するご意見・ご感想をメールでお寄せいただく場合は、comment@gentosha.co.jpまで。